Marie Lerouge

La vengeance du corbeau

roman

MLR

ISBN 978-2-9582408-3-7

MLR Rue des Moines 75017 Paris

Conception de la couverture : Lydie Wallon - 2limaginaire
Correction : Karine Fichter Barnoud - L'encre de Karine

« Le type qui a dit qu'on avait toujours tort

de donner des explications avait cent fois raison. »

Agatha Christie

Préambule

Ne cherchez pas Chatton Green sur une carte routière. Cette petite cité verdoyante n'existe que dans l'imagination de la romancière. On pourrait néanmoins la placer dans le comté du Hertfordshire au nord de Londres.

Par conséquent, quiconque (à l'exception de la romancière elle-même) croirait se reconnaître dans l'un ou l'autre des personnages de cette histoire (et de celles qui suivront) ferait erreur.

Quant à l'époque où elle se déroule, voici quelques indices pour la situer : le terne John Major dirige le gouvernement conservateur ; la princesse Diana est en instance de divorce ; Éric Cantona fait les beaux matchs du club de football *Manchester United* ; les sujets de Sa très gracieuse Majesté s'emballent pour la nouvelle Loterie Nationale ; les vaches deviennent folles ; l'Angleterre est désormais reliée au continent par un tunnel.

~ 1 ~
À chacun sa croix

Chaque matin, après avoir ouvert l'agence immobilière qui l'employait, Rose Fitzgerald s'offrait une cigarette, debout sur le trottoir. La société *Smith & Baker* était spécialisée dans les biens haut de gamme. Implantée sur la place principale de la petite ville, la succursale de Chatton Green comptait parmi les plus performantes du réseau. Hélas, le boss du siège londonien y voyait plutôt le résultat du pouvoir d'attraction de la cité – *Ses écoles parmi les plus cotées du comté, sa desserte rapide de Londres, son calme, sa dimension humaine…* –, que l'effet du dynamisme de sa collaboratrice. Sans compter que le chef d'agence, un lèche-bottes assez bien en cour, tirait habilement la couverture à lui, quand c'était elle qui se coltinait tout le sale boulot. Parfois, elle en avait sa claque, Rose.

Une main crasseuse et tremblante se tendit en direction du paquet de Marlboro qu'elle triturait nerveusement entre ses doigts. Fidèle à ses habitudes, le clochard du village venait la taper. Le rituel matinal s'était établi sans qu'ils y prennent garde.

— Beau temps pour une fin octobre, n'est-ce pas ? remarqua-t-elle en lui allumant sa cigarette.

L'homme aspira une longue bouffée qu'il expira en l'air, les yeux fermés.

— Autant en profiter tant que ça dure, ajouta Rose en se demandant pourquoi elle s'obstinait à débiter des banalités sur la météo alors qu'il n'y avait jamais une parole à tirer de ce vagabond anonyme et mutique qui avait dû laisser sa mémoire en rade Dieu sait où, avant d'atterrir à Chatton Green.

Il la remercia d'un hochement de tête avant d'aller reprendre sa faction au pied de la croix celtique qui tenait lieu de mémorial pour les hommes du cru tombés sur plusieurs fronts depuis le début d'un siècle intensément guerrier. Cet homme sans âge faisait partie des meubles. Et comme il avait la cuite plus triste qu'agressive, on le tolérait. Quelques bonnes âmes apitoyées remplissaient sa gamelle avec ni plus ni moins d'affection que s'il avait été un de leurs animaux domestiques. Le soir venu, il disparaissait et personne ne se souciait de savoir dans quel abri il allait se réfugier pour dormir.

Fine observatrice, Rose voyait bien que le vernis de l'éducation perçait sous la couche de crasse. Elle aurait voulu faire davantage pour cet homme que la clope quotidienne qu'elle lui offrait. Mais à ses tentatives d'approche répétées, il opposait obstinément un refus poli. Au fond, elle le comprenait. En matière de déchéance sociale, elle-même avait été servie. Sur cette pénible considération, elle tira une dernière bouffée.

Autour d'elle dans High Street, la rue principale, on s'agitait. Après le passage des bataillons d'écoliers en uniforme, les commerces levaient leurs rideaux les uns après les autres. Face à la devanture de la quincaillerie à l'enseigne de *Harding & Hobbs*, un commis en blouse grise déployait la marchandise estivale bradée : barbecues mobiles, arrosoirs en zinc cabossés, bacs à fleurs ébréchés, cabas à roulettes, parasols défraîchis…

Juste à côté, Paul, le cogérant de *Tifs en Folie*, ouvrait son salon. Il vint lui faire la bise.

— Salut, Rose de mon cœur. Tu profites du soleil ?

Rose se fendit d'un sourire.

— Il se montre si rarement en cette saison.

— Tu as raison, ma jolie, c'est la saison des pluies.

Le coiffeur se mit à fureter dans les cheveux de sa voisine d'un air contrarié.

— À quand remonte ta dernière coupe ?

Elle fit la moue sans répondre.

— Passe au salon en fin d'après-midi, on arrangera ça.

D'un coup d'escarpin rageur, Rose écrasa son mégot. Son collant avait filé. Heureusement, elle en gardait toujours une paire dans son sac, mais il lui faudrait en racheter une. La troisième en un mois.

— C'est gentil, Paul, seulement tu sais bien que je n'ai plus les moyens de fréquenter ton salon aussi souvent que je le voudrais.

— Je cherche des modèles pour essayer de nouvelles coupes, gratos évidemment.

Elle éclata de rire.

— Est-ce que j'ai une tête de cobaye ?

— Tu as surtout une tête de mule. À plus tard, beauté. Je compte sur toi.

— On verra, répondit-elle avant de réintégrer son bureau.

Dans l'immobilier, l'automne représentait la saison creuse, celle où il fallait engranger des biens à vendre avant la ruée des acheteurs, à partir de janvier. L'œil rivé à la porte, Rose se plongea dans la rubrique nécrologique de *La gazette de Chatton Green*, source inépuisable de prospects. Le directeur de l'agence tardait comme d'habitude. Ce type était du genre à se pointer en fin de matinée. Sous prétexte qu'il déjeunait d'un sandwich de supermarché sur sa table et s'incrustait parfois au-delà des heures légales de bureau, il laissait entendre qu'il bossait dur. *Tu parles !* songea-t-elle avec amertume.

Rose avait déjà passé plusieurs coups de téléphone à des familles récemment endeuillées, quand son chef fit une entrée théâtrale, affectant un air épuisé comme s'il venait d'accomplir un exploit sportif.

— Ma femme est clouée au lit avec la grippe. J'étais de corvée de conduite à l'école, ce matin.

— Et moi, j'étais au boulot. C'est une voisine qui s'est chargée d'emmener *mes* enfants à l'école.

Sa remarque acerbe glissa sur lui comme l'eau sur le dos d'un canard. Non sans étonnement, il la vit se lever brusquement et fourrer un dossier dans son cartable.

— Il était temps que tu arrives, annonça-t-elle. J'ai un rendez-vous.

— Tu vas visiter une baraque ?

— Si on veut. Dans Park Avenue. Un couple que je connais. Des personnes âgées. Il paraît que le mari est au plus mal.

— Agis pour le mieux, ma chère Rose, dit-il d'un ton doucereux.

Elle appuya les poings sur son bureau et approcha son visage du sien.

— Compte sur moi comme d'habitude, mon *cher* Bob. À propos, ma bagnole est en rade. Je peux emprunter ta Rover ?

Il lui remit les clés en soupirant.

— Elle s'appelle *Reviens* !

Rose ne releva pas et quitta l'agence avec soulagement.

~ 2 ~
La maison du péril

Au même moment, dans l'étroite cuisine d'un pavillon au numéro 8 de Park Avenue, Desmond Dobson repoussait le bol de porridge que Pat, sa femme, avait posé devant lui. L'odeur âcre et l'aspect grumeleux de la mixture blanchâtre lui soulevaient le cœur. Il se sentait incapable d'en avaler la moindre cuillérée.

— Infect ! grommela-t-il.

Pat débarrassa la table sans protester.

— Tu veux retourner te reposer dans le living ? proposa-t-elle craintivement tandis qu'il tentait de se lever en s'appuyant des deux mains sur la table.

Repoussant l'aide de sa femme, Desmond gagna la pièce de séjour à pas lents. Il s'étendit sur le fauteuil releveur électrique où il passait le plus clair de son temps dans la journée. Les mains rivées aux accoudoirs, il ferma les yeux, soulagé de pouvoir enfin somnoler en paix. Les doses d'analgésique qu'une infirmière venait lui administrer quotidiennement avaient pour curieux effet secondaire de l'entraîner dans des songes érotiques liés à son passé. Sous ses paupières closes, ses plus belles années se mettaient à défiler au ralenti. Celles de son service militaire aux Indes sous l'uniforme de la garde écossaise : calotte à rubans, pantalon en tartan et chaussettes à pompons.

Une jeune hindoue à la peau foncée en était le personnage récurrent. Desmond avait oublié les traits de son visage, mais revoyait ses mains fines qui voletaient autour de son corps, aussi légères que des oiseaux. Il pouvait entendre le cliquetis de ses bracelets en argent au moment où ses doigts aux longs ongles peints allaient se poser sur sa peau moite pour lui prodiguer de savantes caresses dont son corps délabré conservait la mémoire. Le corps arqué par une souffrance qui s'apparentait au désir, il gémit. Une paume rêche et froide s'aplatit aussitôt sur son front.

— Tu as mal, tu veux un cachet ?

Desmond leva les yeux sur celle qui venait d'interrompre brutalement sa douce torpeur. Engoncée dans une robe de chambre en coton gratté devenue grisâtre à force de lavages, sa femme ressemblait à une vieille chaussette fripée. Comment avait-il pu tomber amoureux d'elle au point de l'épouser, et la désirer au point de lui faire un fils ? À présent, elle le dégoûtait.

— Tu es toujours là ! grogna-t-il en écartant avec brusquerie le verre d'eau qu'elle lui tendait.

Ah, ne plus dépendre de *la vioque* ! S'en débarrasser une bonne fois pour toutes ! Des années qu'il y pensait. Dans son état, que risquait-il à la trucider ? Plus grand-chose.

Le malade serra les dents. Loin de l'abattre, la douleur lui conférait un sursaut d'énergie. Souffrir, c'était vivre encore.

— Au lieu de rester plantée là, à m'espionner, même quand je dors, apporte-moi la collection des Agatha Christie !

Pat ricana.

— Je croyais que tu n'avais plus la force de lire une ligne.

— N'ergote pas sans arrêt ! Fais ce que je te dis !

Cinq minutes plus tard, elle réapparaissait avec une pile de livres qu'elle déposa au pied du fauteuil.

— C'est bon ! dit-il en lui faisant signe de déguerpir. Tu peux retourner à tes occupations.

Il attendit de percevoir des bruits de vaisselle dans la cuisine pour exhumer une flasque de sous le plaid et s'enfiler une lampée de vieux malt. Ni vu ni connu ! Puis il ouvrit le premier ouvrage de la pile qui lui était venu sous la main. Son titre, *La maison du péril*, lui sembla prémonitoire.

~ 3 ~
Cette chère Agatha

Dans le supermarché le plus proche de l'agence immobilière, Rose Fitzgerald fit l'emplette d'un gros bouquet estampillé *de luxe* à l'emballage duquel était agrafé un sachet d'une poudre de perlimpinpin destinée à prolonger la vie des végétaux. S'installer ensuite au volant de la Range Rover flambant neuve de son boss – vitres teintées, quatre roues motrices, sièges en cuir… – lui procura la sensation étrange de replonger dans l'aisance d'un monde perdu. Jadis, elle avait possédé un modèle similaire. À présent, elle conduisait une Saab délabrée comme le reste de ses biens, y compris son corps mal entretenu faute de moyens. Elle mit le contact en soupirant et gagna Park Avenue, son ancien quartier qu'elle s'efforçait d'éviter autant que possible.

Deux ans plus tôt, Rose coulait encore des jours heureux à quelques numéros du pavillon des Dobson, dans une maison dite « de caractère », dotée de tout ce qui faisait rêver ses clients : un double living avec cheminée, une vaste cuisine équipée d'un piano Aga, une véranda Amdega, une salle de jeux, cinq chambres *en suite*[1], un garage pour deux berlines, un jardin paysager…

[1] Avec salle de bains attenante.

Veuve avant l'heure, elle avait eu la malencontreuse idée de se remarier avec un homme plus jeune qui s'était révélé être un escroc de première. La vente de la villa – acquise par un certain Tom Frost, ferrailleur reconverti dans le commerce des voitures de luxe – avait servi à éponger les dettes de jeu de son mari. Avec des fonds de panier sauvés *in extremis*, elle n'avait pu se payer qu'une modeste maison mitoyenne dans l'ancien quartier ouvrier, dit « Le bas Chatton Green ». Bien sûr, elle aurait pu déménager dans une ville voisine moins huppée. Si elle s'était résignée à rester, quitte à subir toutes sortes d'humiliations, c'était uniquement pour ne pas perturber la scolarité de ses enfants du premier lit. En tout cas, question mariage, on ne l'y reprendrait plus. Son escroc d'ex-mari s'en était mieux tiré qu'elle. Après leur divorce, le salaud n'avait pas tardé à harponner une autre poule à plumer, plus jeune que lui, qui plus est.

Le temps de garer la voiture devant le pavillon, Rose vit retomber le voilage de l'une des fenêtres du rez-de-chaussée. Pat Dobson devait l'épier derrière ses jalousies. Elle poussa le portillon. Tout en suivant le chemin dallé qui menait à la porte d'entrée à travers le jardinet immaculé, elle évalua d'un regard professionnel l'état des lieux et nota mentalement : *travaux de ravalement à prévoir, fenêtres à changer, toit à vérifier…* Ce type de construction en préfabriqué des années cinquante supportait mal le passage du temps. Dans cette avenue calme et arborée qui évoquait les banlieues chics de certaines villes américaines, le modeste pavillon détonnait. Pour bien le vendre, il faudrait insister sur son emplacement privilégié. L'annonce s'écrivait déjà dans sa tête d'agent immobilier : *Maison de charme située dans l'une des avenues les plus recherchées de Chatton Green. Beau jardin, quartier tranquille, environnement exceptionnel, proximité des écoles, des commerces…*

Comme elle s'y attendait, la porte s'ouvrit avant qu'elle ait pris la peine d'appuyer sur la sonnette.

— Quelle surprise ! s'exclama faussement la maîtresse de maison en l'accueillant sur le seuil.

— Je passais dans le quartier, alors je me suis dit que c'était l'occasion de rendre visite à mes anciens voisins. Mais je ne voudrais pas m'imposer.

Pat avisa les fleurs. Sa bouche se crispa en un vilain sourire.

— Entrez, ma chère ! Desmond se repose en bas, il ne va pas bien, vous savez.

Rose feignit à son tour la surprise :

— La dernière fois que je l'ai croisé, il paraissait pourtant en forme.

— Cancer généralisé, annonça Pat à voix basse. Il n'en a que pour quelques semaines tout au plus.

— Oh mon Dieu !

— Suivez-moi, mais ne le fatiguez pas trop, par pitié. Et ne croyez pas aux sornettes qu'il vous débitera. Les antidouleurs le font délirer.

Rose se laissa conduire dans la pièce de séjour. Une odeur âcre de pourriture la frappa de plein fouet. Il lui sembla que c'était celle de la mort qui émanait des pores du vieil homme et s'était incrustée partout : dans les replis des voilages, dans le relief du papier peint affadi, dans les fibres synthétiques de la moquette...

À demi allongé dans son fauteuil extensible, le malade tourna la tête en direction de la porte. Son regard s'anima aussitôt.

— Enfin une jolie femme à mon chevet ! Bonjour, Rose. Asseyez-vous ! Si j'avais su, je me serais fait beau.

— Je vais brancher la cafetière, grommela Pat.

Bien plus bouleversée qu'elle ne s'y était attendue, Rose se posa sur le rebord d'un pouf à proximité.

— J'ai appris que vous étiez souffrant, mon pauvre Desmond.

— Abruti par les drogues qu'on me fourgue, vous voulez dire ! À part ça, je me porte comme un charme. Où est Pat ?

— Dans la cuisine.

— Cinq minutes de répit. Approchez-vous, ma chère !

Quand elle se trouva à sa portée, il agrippa son bras et chuchota :

— Un conseil : ne croyez pas un mot de tout ce que vous débitera la vieille pie.

Rose regretta soudain de s'être déplacée pour de mauvaises raisons. Du regard, elle chercha une bouée à laquelle s'accrocher et avisa une pile de livres à côté du fauteuil.

— Je vois que vous êtes acoquiné à cette chère Agatha.

Il ricana.

— Je m'étais juré de relire ses œuvres avant de mourir.

— Moi je les ai étudiées au lycée en terminale, répliqua-t-elle sans ciller. Je devais rédiger un exposé sur les multiples façons dont elle fait disparaître ses personnages.

Le malade s'anima :

— Voilà qui semble bougrement intéressant ! Racontez-moi vite avant le retour de la virago.

— Empoisonnement, armes tranchantes, armes à feu, strangulation, noyade, accidents divers…

— Les morts les plus efficaces sont provoquées par empoisonnement, n'est-ce pas ?

— C'est un procédé qu'Agatha appréciait particulièrement. Disons qu'elle s'y connaissait.

— Si je voulais assassiner Pat, aujourd'hui, dans l'état où je me trouve, quel procédé me conseilleriez-vous ?

Rose prit le parti d'en rire.

— Vous ne manquez pas d'aplomb, Desmond ! Et qui s'occuperait de vous si votre garde-malade disparaissait ?

— On a le droit de rêver à mon âge. De toute façon, je vais crever avant elle. Alors ?

— Laissez-moi réfléchir, répliqua-t-elle sur le ton de la plaisanterie. À part l'arsenic, le grand classique, je pense à la strychnine, à saupoudrer impérativement dans le café. Sinon, la digitaline est également très toxique. Peut-être quelques digitales sauvages poussent-elles dans votre jardin ?

Desmond se redressa avec peine pour saisir le bouquet abandonné par Pat sur la table basse. Il le fit tourner entre ses mains décharnées.

— Et la poudre à prolonger la vie des fleurs ? demanda-t-il en désignant le sachet fixé à l'emballage de cellophane.

— Vous estimez que cette poudre produirait l'effet inverse sur la vie des humains, s'amusa Rose. Pourquoi pas ?

Le vieil homme détacha le sachet et le fourra sous son plaid. Quelques secondes plus tard, Pat était de retour avec un plateau.

— Excusez-moi, je m'entretenais avec notre fils David au téléphone, annonça-t-elle en servant le café.

— Comment va-t-il ? s'enquit Rose. Quand je pense que je l'ai connu adolescent !

— Il travaille toujours à Sydney dans un cabinet d'avocats. Il s'y plaît. Il a une petite amie australienne maintenant, ajouta Pat avec une grimace.

— Si je comprends bien, il ne compte pas rentrer de sitôt.

— Hélas, non.

— La maison doit vous sembler bien vide et trop grande pour vous deux.

Pat fixa ses yeux chafouins sur la visiteuse. Ses pensées s'y reflétaient, claires comme de l'eau de source.

— J'ai entendu dire que vous travailliez dans l'immobilier maintenant, susurra-t-elle.

— Depuis deux ans.

Non contente de lui signifier habilement qu'elle avait percé ses intentions, la vieille dame s'empressa de la détourner vers une autre proie.

— Vous vous souvenez de Dorothy Parker, la voisine d'en face ?

— Naturellement.

— Sue, sa fille unique vit à Londres et…

Desmond lui coupa la parole :

— Notre fils courait après cette fille à une époque. Entre une inculte du pays des kangourous et une chochotte à son chat-chat, je préfère encore la première.

Rose trouva la force de sourire. Pat reprit la balle au bond :

— Sue pousse sa mère à vendre la maison. Quand je pense qu'ils l'ont fait construire en quinze jours. C'était incroyable de voir ça. Je me demande comment cette baraque en préfabriqué tient le coup depuis plus de quarante ans. En tout cas, je ne donne pas tort à sa fille. La pauvre Dorothy se déplace difficilement depuis son opération de la hanche.

— J'irai lui rendre visite un de ces jours, déclara Rose.

— Vous feriez bien, elle décline, révéla Pat avec un sourire sardonique. D'après Sue, elle commencerait à perdre la tête.

Desmond fut pris d'une subite quinte de toux qui pouvait passer pour un début d'étouffement.

— Calme-toi, mon petit, je vais chercher un verre d'eau.

Après son départ, son mari retrouva miraculeusement son souffle. Rose se pencha vers lui :

— Je dois retourner à l'agence, Desmond, mais je reviendrai vous rendre visite bientôt.

Il lui saisit la main pour l'attirer plus près.

— J'espère que la garce crèvera avant moi, chuchota-t-il.

Si c'est le cas, elle ne l'aura pas volé, songea Rose qui préféra garder cette pensée pour elle.

— Vous direz à Dorothy que je n'ai jamais cessé de l'aimer, reprit Desmond d'une voix à peine audible. Pas un seul instant.

Les mots ne sortaient plus. Rose lui caressa le front.

— Inutile de vous fatiguer, j'ai compris.

— Vous irez la voir, n'est-ce pas ?

— C'est promis, dès que possible.

La tête du vieil homme retomba sur le coussin. Sa toux revint avec la réapparition de Pat.

— Je ne vous raccompagne pas, signifia-t-elle à la visiteuse, vous connaissez le chemin.

Alors qu'elle s'apprêtait à sortir, Rose remarqua qu'un morceau de papier plié en deux gisait au milieu du couloir d'entrée. Il devait s'agir d'un prospectus publicitaire qu'on avait glissé sous la porte.

Mue par une soudaine intuition, elle s'en saisit d'un geste prompt et le fourra dans sa poche. Son agence n'était pas la seule en ville et ses concurrents employaient les mêmes méthodes qu'elle pour racoler des vendeurs potentiels. Après avoir repéré leurs cibles, ils postaient des messages tels que :

Nous recherchons des maisons à vendre dans votre quartier. N'hésitez pas à nous contacter pour une estimation gratuite de la vôtre…

Autant ne pas leur faciliter la tâche, se dit Rose pour se donner bonne conscience.

~ 4 ~
Tu ne l'emporteras pas au paradis

Le seuil des Dobson franchi, Rose respira profondément pour dissiper l'impression de malaise qui l'avait saisie dès le début de la visite. Comment pouvait-on demeurer ensemble durant tant d'années quand on se détestait à ce point ? À défaut d'amour, la haine pouvait-elle former le ciment d'un couple ?

Elle fit quelques pas sur le trottoir pour se placer hors de vue de l'espionne. Le message qu'elle découvrit alors se révéla d'une tout autre teneur que celui auquel elle s'attendait. La main devant la bouche, elle balança entre l'envie d'éclater de rire et celle de pousser un cri d'horreur.

Que faire ? se demanda-t-elle. Voilà où pouvait mener une curiosité mal placée ! Rose songea qu'il était trop tard pour le regretter. Le billet, qui n'avait rien d'anodin, portait l'empreinte de ses doigts. Devait-elle s'en débarrasser sur le champ ou le conserver dans un lieu secret au cas où l'impensable se produirait ? Et même dans ce cas, le divulguer à la police ne pourrait que lui attirer des ennuis. Ce n'était vraiment pas le moment.

Tandis qu'elle s'interrogeait sur l'attitude à adopter, une masse noire vint gambader autour d'elle. Elle reconnut sans mal Charlie, le labrador de Jackie Barton, la voisine des Dobson qui avait été également la sienne. Sa maîtresse, en tenue de joggeuse, remontait l'avenue en courant. Parvenue à leur hauteur, elle saisit son chien par le collier et s'écria :

— Salut, Rose ! ça fait plaisir de vous revoir dans le quartier.

Rose se rappela qu'elles avaient entretenu des relations de voisinage cordiales, sans devenir copines pour autant. Jackie était une jeune femme sympathique, mais assez superficielle et écervelée selon elle. Quant à son mari, un pilote de ligne, c'était un m'as-tu-vu de première. Les deux couples ne s'étaient pas fréquentés.

— Je sors de chez les Dobson, dit-elle en se sentant rougir. Dès que j'ai su pour Desmond, je suis venue lui rendre visite.

Jackie hocha la tête d'un air attristé.

— Vous avez bien fait. Il semble que le pauvre homme n'en a plus pour longtemps. Je vais le regretter.

Cette fois encore, elle paraissait sincère.

Le labrador s'était dégagé de la poigne de sa maîtresse et, le museau tourné vers elles, levait la patte sur le portillon des Dobson.

— Charlie ! gronda Jackie sans conviction.

L'incartade du chien détendit l'atmosphère. Les deux femmes échangèrent un sourire de connivence.

— Il vaut mieux qu'on se sauve, sinon, je ne donne pas cher de la peau de Charlie, annonça Jackie en lui adressant un clin d'œil. *Tchao*, Rose. Appelez-moi vite, on pourrait aller boire un verre ensemble au *Café Rouge* un de ces jours.

La joggeuse démarra sur les chapeaux de roues sans lui laisser le temps de réagir. Rose se surprit à envier sa silhouette parfaite moulée dans un survêtement de marque.

Une chatte persane bien dodue se prélassait sur le capot de la Rover. Elle déguerpit dès qu'elle vit Rose s'en approcher, puis traversa l'avenue sans se presser et se faufila sous le portail de la maison d'en face, celle de Dorothy Parker. La main plongée dans la poche de sa veste, Rose eut la sensation que le morceau de papier lui brûlait les doigts. Trop perturbée pour honorer dans l'immédiat la promesse faite à Desmond, elle s'installa au volant et fit ronronner le moteur.

De retour à l'agence, elle rédigea un brouillon d'annonce pour le pavillon et le classa dans le dossier intitulé sobrement *Biens en attente de mise sur le marché.*

À midi pile, son patron prétexta un déjeuner d'affaires pour s'éclipser. Rose en profita pour céder à l'envie d'examiner en détail le billet subtilisé avant de décider de la suite des opérations. Elle le déplia avec précaution. Le corbeau avait utilisé une mince feuille de papier dont la bordure supérieure était déchirée. Il s'était servi d'un crayon à mine pour rédiger son message en lettres majuscules et tremblées :

TON HEURE VA BIENTÔT SONNER LA VIEILLE
ET POUR CE QUE TU AS FAIT
TU NE L'EMPORTERAS PAS AU PARADIS

En guise de signature, il avait dessiné un cœur humain très réaliste, percé non pas d'une flèche, mais d'une faux.

Rose se glissa dans la peau d'une enquêtrice de choc. La phrase charriait une menace de mort très claire. Elle concernait Pat, sans nul doute. Quelle faute grave, la pauvre femme avait-elle pu commettre pour susciter une telle envie de vengeance ? Le savait-elle seulement ? Et qui lui en voulait au point de la terroriser ainsi ? Autant d'énigmes impossibles à résoudre sans interroger la potentielle future victime elle-même.

Persuadée que le corbeau – qui avait de l'orthographe, des lettres et s'y connaissait en anatomie – n'en était pas à son coup d'essai, Rose enfouit le billet dans le seul tiroir de son bureau qui fermait à clé. Les romans policiers qu'elle avait lus, à commencer par ceux de sa chère Agatha, lui avaient enseigné que dans toute enquête, il fallait commencer par déterminer le ou les mobiles du crime. Le crime n'avait certes pas encore été commis (et ne le serait peut-être jamais), mais si elle voulait l'empêcher, autant établir une liste de suspects.

Elle empoigna son paquet de cigarettes tout neuf et se posta devant l'agence. Fumer l'aidait toujours à ordonner ses idées. Dès qu'il l'aperçut, le clochard la rejoignit en traînant ses pieds chaussés de godillots éculés. Rose brandit le paquet vers lui avant même qu'il ait besoin de tendre la main. Il en extirpa une cigarette avec une surprenante dextérité et, pour la première fois depuis des mois, la gratifia d'un sourire accompagné d'un merci clairement articulé avant de regagner sa place au pied de la croix.

Stupéfaite de ce progrès dans leurs relations, Rose alluma la sienne. Elle en tira quelques bouffées avant de se mettre à réfléchir. À sa connaissance, deux personnes avaient des raisons de souhaiter la disparition de Pat. Son mari pour commencer qui ne s'en cachait pas, puis Dorothy Parker que Desmond « n'avait jamais cessé d'aimer ». En dépit des apparences, il semblait peu probable que les tourtereaux âgés et faibles soient capables, l'un comme l'autre, de passer à l'action, à moins de faire intervenir un complice. Plus elle se creusait la cervelle, plus Rose trouvait des raisons de les disculper. Il restait David, le fils absent qui avait mis des milliers de kilomètres entre ses parents et lui. Même si, comme de nombreux fils, il devait avoir accumulé des griefs contre sa mère, s'éloigner d'elle paraissait une punition suffisante. David Dobson n'avait aucun bénéfice à tirer d'un décès maternel prématuré, pas même celui d'un héritage plutôt modeste en regard de sa brillante situation professionnelle.

Sa cigarette consumée, Rose n'était pas plus avancée qu'avant. Elle se promit néanmoins d'aller rendre visite à Dorothy dès le lendemain.

~ 5 ~
Un petit coin de paradis

Il était aux environs de seize heures, ce même jour, quand un ballon de foot survola la palissade qui séparait le jardin de Dorothy Parker de celui du cottage voisin au numéro 11 bis, et vint atterrir dans un massif de dahlias. La vieille dame, qui somnolait dans sa véranda, sa chatte enroulée sur ses genoux, ne s'en aperçut pas.

Quelques minutes plus tard, un son de cloche la réveilla en sursaut. Tosca bondit sur le sol. Le temps de reprendre ses esprits, Dorothy se leva péniblement. Appuyée sur sa canne, elle gagna l'entrée à petits pas. Avant d'ouvrir la porte, elle vérifia l'état de sa coiffure dans le miroir et remit quelques mèches en place.

Une jeune femme souriante se tenait sur le seuil, flanquée de deux garçonnets à la ressemblance frappante qui portaient des maillots en acrylique d'un bleu criard. Dorothy reconnut sa nouvelle voisine venue se présenter à elle quelques semaines plus tôt.

— Désolée de vous déranger, madame Parker, mes fils ont malencontreusement lancé leur ballon de foot dans votre jardin.

— Vous ne me dérangez pas et, je vous en prie, pas de chichis entre nous, appelez-moi Dorothy.

— Dans ce cas, appelez-moi Charlotte.

— Je peux aller chercher mon ballon, s'il vous plaît ? s'impatienta l'un des garçons.

Dorothy fronça les sourcils et pointa l'index vers lui.

— Permission accordée. J'espère que ton ballon n'a pas écrasé mes dahlias. J'y tiens comme à la prunelle de mes yeux.

— Merci, madame.

Les frères s'élancèrent comme un seul homme dans le jardin. Alors que leur maman hésitait sur la conduite à adopter, Dorothy l'invita à entrer.

— Je reçois si peu de visites qu'un brin de compagnie me fait toujours plaisir.

Après avoir renvoyé les jumeaux à la maison, Charlotte la suivit vers la véranda envahie de plantes vertes.

— Quel endroit merveilleux !

Dorothy se rengorgea.

— C'est mon petit coin de paradis. Installez-vous. Prenez ce fauteuil, vous y serez bien. J'allais me préparer une bonne tasse de thé. Le boirez-vous avec moi ?

— Volontiers. Puis-je vous aider ?

— Ne bougez pas. Je n'en ai pas pour longtemps.

Quelques instants plus tard, elle revint avec un plateau chargé d'un service à thé en porcelaine anglaise et d'une assiette de biscuits.

— Servez-vous ! Ce sont des cookies faits maison.

Sa jeune voisine ne se fit pas prier.

— C'est vous qui chantez, n'est-ce pas ? Je vous entends parfois.

— Mon Dieu ! J'espère que vos oreilles ne souffrent pas trop. Ma voix n'est plus ce qu'elle était évidemment. Dans ma jeunesse, j'étais cantatrice, vous savez. Je faisais partie d'une troupe professionnelle. Nous donnions surtout des spectacles d'opérettes sur toutes les scènes du Royaume-Uni. Je suis même venue chanter sur le continent. Attendez que je me rappelle : le casino du Touquet-Paris-Plage ! C'est ça. J'ai une bonne mémoire. Ma fille Susan pense que je deviens sénile, mais elle se trompe.

Dorothy émit un petit rire gêné et se tapota les cheveux du bout de ses doigts aux ongles carmin.

— Vos fils ont-ils une sœur ? reprit-elle.

— Non, pas pour l'instant.

— Quelle chance ! Les filles sont tellement compliquées à élever, croyez-moi. Un autre cookie ?

— Avec plaisir, ils sont délicieux.

— Votre accent est charmant. Si je ne me trompe pas, vous êtes française.

— Je suis originaire de Bretagne, mais mon mari est écossais et nous avons souvent vécu à l'étranger.

— Moi, je suis galloise. J'ai passé la majorité de ma vie en Angleterre, dont plus de quarante ans dans cette maison que mon mari a fait construire. Il était architecte, vous savez. Hélas, il est décédé il y a dix ans. Depuis, je me sens très seule.

Sa voix dérapa, mais elle se reconnecta vite à ses souvenirs :

— Si vous aviez connu Chatton Green à l'époque. C'était presque la campagne. On sortait à peine de la guerre. Certaines denrées étaient encore rationnées... Je dois vous ennuyer avec mes histoires.

— L'évocation du passé me passionne au contraire.

Tosca quitta sa maîtresse pour venir se frotter contre les jambes de la visiteuse avant de sauter sur ses genoux et de s'y étendre de tout son long.

— Ma chatte vous aime bien, se réjouit Dorothy. En revanche, elle se tient éloignée de ma fille. C'est peut-être à cause de leurs divergences en matière de régime alimentaire. Sue ne consomme aucun produit d'origine animale. Ni viande, ni œufs, ni lait…

— Ça doit être très contraignant.

— Ma fille est très disciplinée, rigide. Aussi stricte envers les autres qu'envers elle-même. Il m'arrive de ne pas la comprendre. Pardon, elle prétendrait que je radote. Parlez-moi de vous pour changer. Êtes-vous satisfaite de votre cottage ? Vous savez, je n'entretenais pas de relations avec les anciens locataires. Le père était souvent absent, et la mère ne fréquentait personne du voisinage. C'était une cavalière. Elle semblait s'intéresser davantage aux chevaux qu'à sa progéniture et à son foyer.

— Pour l'instant, tout va bien. Nous aimons surtout le jardin. C'est ce qui nous a fait craquer. Surtout les garçons. Ils ont assez d'espace pour se défouler après l'école.

— C'est un grand jardin, en effet. Le mien est de taille modeste en comparaison. Je réussis tout de même à y cultiver quelques légumes pour complaire à ma fille. Et pourtant, elle voudrait que je déménage. Seulement, il n'en est pas question ! J'y conserve tous mes souvenirs, et puis les deux chats qui ont précédé Tosca sont enterrés là-bas, vous voyez, près du bassin.

— Je comprends.

— Pardon ! Vous allez juger que je suis une vieille dame sinistre. En réalité, je suis très gaie, sauf quand je pense à ma fille. Elle est si seule. Divorcée, sans enfants. Au fond, elle est plus à plaindre que moi. J'ai ma chatte et mes souvenirs pour me tenir compagnie, sans oublier la musique. Vous jouez du piano ?

— Non, j'aurais aimé.

— Si j'en avais encore la force, je vous prodiguerais quelques leçons. Hélas, mes doigts sont trop déformés par l'arthrose à présent, vous voyez. Je ne joue presque plus. Il faudrait que je le vende, ce piano. Que quelqu'un lui redonne vie. Un instrument doit être utilisé, faute de quoi il meurt.

— Vraiment ? s'étonna Charlotte.

— Ma fille en jouait quand elle était enfant. C'était une élève douée qui aurait pu devenir concertiste. Mais elle a tout abandonné à l'adolescence. Quelle pitié ! Elle s'y était remise après son mariage. Mon gendre l'avait beaucoup encouragée. Malheureusement… Enfin, ce sont des choses qui arrivent. De mon temps, on se mariait pour la vie. On ne se posait pas tant de questions… Encore un peu thé ?

— Non merci. Je vais devoir vous quitter, Dorothy, les garçons m'attendent.

— Bien sûr. Je parle trop. Une vraie pipelette, n'est-ce pas ? Mais n'hésitez pas à venir me tenir compagnie dès que vous aurez un moment.

— Je vous le promets, dit Charlotte en se levant.

Dorothy la retint un instant devant la porte.

— Vous savez que c'est bientôt Halloween. J'ai préparé des sachets de toffees pour les enfants qui font la tournée du quartier, ce soir-là. Connaissez-vous la coutume du *donnez-moi un bonbon ou je vous jette un sort*[2] ?

— Elle n'est pas encore très répandue en France, mais je la connais.

— Vos garçons pourront passer chez moi sans problème, et dans le voisinage aussi. Ils prendront plaisir à se déguiser en

---

[2] *Trick or treat* en anglais.

sorciers, en monstres ou en squelettes. L'essentiel est de faire peur.

— Je leur dirai, ça les amusera.

— Vous savez, Charlotte, j'aime bien les entendre rire et jouer dans votre jardin. Si Susan, ma fille, avait eu des enfants après son mariage, ils auraient leur âge aujourd'hui. Hélas… Voilà que je me remets à radoter. N'hésitez pas à m'interrompre pour me le signaler.

Charlotte sourit.

— Je peux vous embrasser ? lui demanda-t-elle avant de la quitter.

Dorothy acquiesça.

Entre les bras de la jeune femme, elle se sentit petite et aussi fragile que les objets de porcelaine fine dont elle aimait s'entourer.

~ 6 ~
Attention Chien Méchant !

Pat Dobson laissa retomber le voilage sur les plantes vertes alignées sur le rebord de sa fenêtre.

— La Française sort de chez *la Castafiore*. Je me demande ce qu'elles ont pu se raconter.

Enroulé dans sa couverture, Desmond ne réagit pas.

— Poussin, tu m'entends ?

— Tu me pompes l'air avec tes commérages !

À son tour, Pat fit la sourde oreille.

— Elle n'a même pas daigné venir se présenter depuis son emménagement.

— Je ne lui donne pas tort, ricana Desmond.

— J'ai une idée. Je pourrais aller lui rendre visite pour l'informer du programme « Voisins vigilants ».

— Brillant ! Elle sera tout de suite fixée.

— Justement, reprit Pat sans relever l'ironie du ton, une lettre du nouveau responsable de la sécurité du quartier est arrivée ce matin. Il s'appelle Tom Frost. Tu sais, c'est le vendeur de voitures qui a racheté la maison de Rose Fitzgerald. Tu veux que je te la lise ?

La main osseuse du malade se souleva à peine avant de retomber sur la couverture. Qu'en avait-il à foutre des recommandations du nouveau chien de garde de Park Avenue ?

Sans se préoccuper de sa réponse, Pat avait déjà chaussé les lunettes à la monture disgracieuse agréée NHS[3] et entama sa lecture à voix haute : « Le taux de criminalité dans notre quartier augmente. Cependant, grâce à notre veille vigilante, nous serons en mesure de mettre la main sur ces gens des cités voisines qui nous prennent pour des cibles faciles et nous dépouillent de nos biens en toute impunité… »

Le malade rota. Elle s'interrompit brusquement.

— As-tu besoin du bassin ?

— Laisse-moi roupiller en paix ! beugla-t-il.

Desmond ferma les yeux et tâtonna à la recherche du sachet de poudre pour prolonger la vie des fleurs qu'il gardait sous sa couverture depuis la visite de Rose Fitzgerald. Bien entendu, il n'avait pas l'intention de s'en servir à des fins criminelles. Et quand bien même s'y risquerait-il, il était peu probable que la mixture miracle le débarrasse de sa *bonne femme.* Tout juste arriverait-il à lui coller une chiasse carabinée. Ce serait déjà ça.

— Comme tu voudras, mon petit. Repose-toi. L'infirmière ne va pas tarder.

Pat s'approcha pour remonter le plaid sur les épaules de son mari qui la repoussa avec rudesse. En regagnant la cuisine pour préparer la soupe, elle balaya d'un regard craintif les dalles du couloir sur lesquelles aucun papier ne traînait. Elle en éprouva un certain soulagement aussitôt mâtiné d'angoisse. Le corbeau, dont elle était la cible depuis quelques jours, allait-il enfin la laisser tranquille ou devait-elle s'attendre au pire ? Elle avait beau se tenir sans cesse aux aguets, l'oiseau de malheur avait échappé jusque-là à sa vigilance.

---

[3] National Health Service, l'équivalent de la Sécurité Sociale française.

Trois messages s'empilaient déjà dans une boîte à biscuits vide dissimulée au fond du buffet. Après le premier, qui l'avait sidérée, elle s'était promis de déchirer ou de brûler les éventuels suivants sans les lire. Pourtant, une sorte de curiosité morbide l'avait emporté à chaque fois sur la terreur que ces billets lui inspiraient.

Pat extirpa la boîte de sa cachette et la déposa avec précaution sur la toile cirée de la table. Les mains plaquées sur le couvercle qu'elle hésitait à soulever, elle se demanda une fois de plus si elle devait prévenir la police. Mais à quoi bon ? Les flics lui riraient au nez et incrimineraient probablement des gamins effrontés des quartiers défavorisés cherchant à effrayer les vieilles gens. Rien de bien méchant pour eux. Les flics avaient d'autres chats à fouetter. Se souvenant de la lettre de Tom Frost qu'elle venait de lire à son mari, Pat songea qu'il serait sans doute en mesure de l'aider. N'était-ce pas à ça que devaient servir les « voisins vigilants » ? Seulement, il faudrait qu'elle trouve le courage d'aller lui montrer les billets du corbeau. Les manières grossières de l'ancien ferrailleur l'effrayaient, sans parler de son affreux chien, un yorkshire dressé comme un chien de garde à en croire le panneau cloué sur un pilier de leur portail automatique : ATTENTION CHIEN MÉCHANT !

Remettant cette corvée à plus tard, elle replaça la boîte sous une pile de linge, tout en bas du buffet.

~ 7 ~
La fin d'une rude journée

En fin d'après-midi, Rose profita de l'absence de son patron pour fermer l'agence une heure plus tôt que d'habitude et se rendre au salon de coiffure voisin, comme son ami Paul l'y avait invitée. Seule une cliente somnolait sous l'un des casques chauffants. On aurait dit qu'une soucoupe volante avait atterri sur son crâne semé de bigoudis. Campé sur ses santiags à talonnettes, Paul patientait en sculptant sa crête au gel devant l'un des miroirs baroques.

— Tu tombes pile-poil, ma jolie. Installe-toi au bac et laisse-toi chouchouter. J'ai l'impression que tu en as bien besoin.

Tout en la shampouinant, le coiffeur lui posa le genre de question qu'elle redoutait :

— Que fais-tu à Noël, cette année ?

— C'est un peu tôt pour s'en préoccuper, non ?

— Au contraire, il est plus que temps ! Greg et moi, on a l'intention d'aller passer quelques jours à Ibiza. Il paraît que c'est la défonce là-bas en fin d'année. Qu'est-ce que tu en penses ?

— Je n'ai jamais mis les pieds à Ibiza. Mon premier mari ne jurait que par l'île Maurice.

La sonnerie du casque chauffant interrompit la conversation au grand soulagement de Rose.

— Ne bougez pas ! Je viens vous délivrer tout de suite, cria Paul à la femme aux bigoudis qui tentait vainement d'évacuer la soucoupe.

Il emmaillota le crâne de Rose dans une serviette et lui indiqua un siège.

— Le temps de dresser la choucroute de ma cliente, je suis à toi, chuchota-t-il en lui fourrant un magazine *people* entre les mains.

Pendant que Paul s'enquérait des projets de Noël de sa voisine de fauteuil, Rose se mit à feuilleter la revue dont la princesse Diana faisait la couverture, avec sa tête légèrement penchée et son habituel petit sourire triste.

La « choucroute » enfin montée et fixée par une épaisse couche de laque, Paul revint s'occuper de Rose plongée dans l'article abondamment illustré qui concernait Diana. Sur l'une des photos en pleine page, la jeune femme paraissait rayonnante au milieu d'un groupe d'enfants africains tout sourire. Le coiffeur s'extasia :

— Comme elle est belle, notre future reine !

— Quand on possède son compte en banque, c'est pas difficile ! commenta Rose amèrement.

Il lui massa doucement les épaules.

— Tu as dû avoir une rude journée, ma Rosy.

Elle ricana.

— Mon patron est con, mon ex-voisin est mourant et mon chat est malade. Trois jours qu'il refuse d'avaler quoi que ce soit.

— Emmène-le chez le véto !

— Tu sais combien ça coûte, une visite ? Sans compter le prix des médocs.

— Putain ! Tu ne vas pas le laisser crever tout de même !

— Non, tu as raison, j'irai ce soir.

Paul écarta les doigts et ébouriffa la chevelure humide de son amie.

— De quand date ta dernière coupe ?

— C'est tellement loin que je ne m'en souviens même plus. Trois mois peut-être ?

Rose laissa échapper un soupir. Du temps de son premier mari, un chirurgien cardiaque réputé, elle fréquentait le salon au moins une fois par semaine. Le coiffeur tordit une mèche entre le pouce et l'index.

— On fait quoi ?

— Quelque chose d'un peu plus…

— D'un peu plus sexy ?

— Oui, c'est ça, approuva-t-elle avec des sanglots dans la voix.

— Qu'est-ce que tu dirais d'un look à la Diana ?

— Tu plaisantes ?

— Pas le moins du monde, dit Paul en s'emparant de ses ciseaux.

La coupe et le brushing terminés, Rose approcha son visage du miroir.

— Tu es un génie, mon Paul. Tu ferais fortune à Londres, tu sais ?

— Je sais. Mais Greg rechigne à quitter Chatton Green. Je te rappelle que nous ne sommes pas seulement partenaires dans la vie.

— Les affaires de cœur et d'argent font rarement bon ménage.

— Greg passe avant ma carrière.

— Je vous envie de vous aimer comme ça.

— Tu verras, ça t'arrivera un jour.

— Ne dis pas de bêtises. À mon âge et avec la tête que j'ai, je ne risque plus de rencontrer le prince charmant.

— Elle est superbe, ta tête, quand tu ne fais pas la gueule.

Preuve que son ami coiffeur avait du talent, dès que Rose fut de retour chez elle, sa fille se jeta à son cou en s'exclamant :

— Maman, comme tu es belle ! On dirait la princesse Diana !

— C'est vrai ?

— Je te jure !

— Pompon a vomi sur le tapis chinois, pesta son fils aîné vautré sur le canapé de la pièce principale, une canette de Coca et un paquet de chips à portée de main.

Rose se précipita pour ouvrir la fenêtre du bow-window.

— Ça pue ici ! Tu aurais pu nettoyer ! Mince, j'y tiens à ce tapis ! Il vient de ta grand-mère.

— C'est pas mon chat et j'en ai rien à branler de ton tapis de merde !

Sa mère serra les lèvres pour ne pas sortir la réplique qui aurait mis le feu aux poudres.

— Maman, dépêche-toi ! Pompon est dans la cuisine, je crois qu'il va plus mal, supplia sa fille en la tirant par la manche.

Les larmes aux yeux, Rose la suivit. Depuis que le trio avait dû emménager dans cette modeste maison, elle se reprochait de contraindre ses enfants à une vie à laquelle ils n'avaient pas été habitués. Bien sûr, il y avait des tas de familles autour d'eux qui vivaient dans les mêmes conditions sans se plaindre et beaucoup d'autres qui les enviaient certainement. Peu lui importait la réduction drastique de son train de vie. Mais impossible pour elle d'en vouloir à ses enfants qui payaient les pots cassés de l'inconséquence de leur mère et n'hériteraient jamais de leur père. La petite Emma était encore trop attachée à elle pour éprouver le moindre ressentiment. Nul doute qu'elle se rattraperait à l'adolescence, comme son aîné.

Le chat gisait sur le sol de la minuscule cuisine. Rose le prit dans ses bras.

— Je l'emmène chez le véto. À cette heure-ci, le cabinet doit être encore ouvert.

— Je viens avec toi, insista sa fille.

La salle d'attente était encombrée d'animaux accompagnés de leurs propriétaires. Par chance, le cabinet comptait trois praticiens. Relativement au nombre de patients potentiels, Chatton Green alignait sans doute plus de vétérinaires que de médecins. La cage du chat sur les genoux, Rose s'assit à côté d'une grosse dame à moustache dont la chienne, une bâtarde très poilue, était couchée à ses pieds, tremblant à la manière d'un épileptique. « Ma pauvre fifille ! », se lamentait sa « mémère » en la pelotant.

La porte de l'un des bureaux s'ouvrit enfin sur un grand lévrier qui arborait la même face pointue que sa maîtresse. Dans l'encadrement, se tenait un homme en blouse blanche qui fit signe à Rose d'entrer. Elle ne l'avait jamais vu auparavant. Ce devait être un nouveau, ou un remplaçant.

Terré au fond de sa cage de transport, le chat refusa d'abord d'en sortir, avant de se laisser persuader par le vétérinaire qui le prit entre ses bras pour le calmer.

— Comment s'appelle-t-il, ce chat magnifique ?

— Pompon, répondit fièrement Emma.

— Que lui arrive-t-il ? demanda-t-il en le posant délicatement sur la table d'examen.

— Perte d'appétit, vomissements, diarrhée, résuma Rose.

Tandis qu'il palpait l'animal avec des gestes très doux, elle se détendit d'un coup. Cet homme d'âge mûr, aux épaules et à la mâchoire carrées, émettait un flux d'ondes apaisantes qu'elle ressentait jusqu'au tréfonds d'elle-même. À l'issue de sa « rude journée », ça faisait un bien fou. Il releva la tête et planta son regard bleu dans le sien.

— Je ne pense pas que ce soit grave. Un simple dérèglement intestinal. Il se peut qu'en déambulant dans les jardins du voisinage, Pompon ait avalé de l'engrais ou de la nourriture avariée.

— Il y a des gens qui empoisonnent les chats, affirma Emma d'une petite voix révoltée.

Le vétérinaire sourit largement.

— C'est exact. Mais je ne crois pas que le tien l'ait été volontairement. En tout cas, il faudra le garder à l'intérieur pendant au moins trois jours.

Sans cesser de caresser l'animal qui s'abandonnait avec délectation à ses larges mains, il remplit une ordonnance tout en expliquant la posologie du traitement. Envoûtée par sa voix, Rose n'écoutait plus. Elle aurait vendu son âme pour s'allonger sur la table, à la place du chat, et se laisser caresser par le vétérinaire.

— Je vous le rends, annonça-t-il, inconscient du trouble qu'il suscitait en elle.

Écarlate, Rose jaillit de sa chaise. Leurs mains se rejoignirent sur le pelage tigré de Pompon, chat de gouttière. Une flèche se ficha dans le cœur de sa maîtresse et une autre entre ses cuisses.

Le pauvre animal resta un instant suspendu en l'air se balançant entre ces quatre mains entremêlées, si bien qu'à la fin, il miaula férocement. Emma s'en empara et Rose revint à la réalité.

— J'aimerais revoir Pompon dans trois ou quatre jours pour m'assurer que tout va bien.

— Je vous dois combien ?

— On va vous dire ça à l'accueil.

Débarrassé du chat, le vétérinaire tendit la main. Surprise, Rose avança la sienne et reçut une nouvelle décharge au contact de leurs peaux. Lui-même parut troublé.

— Eh bien, au revoir madame…

— Fitzgerald.

— N'oubliez pas de ramener Pompon en consultation dans quelques jours.

— Non, non. Je n'oublierai pas.

— Tu viens, maman ? s'impatienta Emma.

— Une minute, j'arrive ! J'ai une dernière question à poser au docteur.

— Je vous écoute, dit celui-ci, surpris.

— Eh bien, voilà… vous allez juger ma question étrange ou stupide, mais… de la poudre pour prolonger la vie des fleurs peut-elle empoisonner un animal ou même un humain ?

— Vous croyez que Pompon aurait pu…

— Non, c'est juste par curiosité, bredouilla Rose.

— C'est difficile de répondre sans connaître la composition de cette poudre.

— Naturellement, j'aurais dû y penser. Excusez-moi… Ça n'a pas d'importance.

Le vétérinaire ouvrit la porte sur la salle d'attente à présent désertée.

— Si vous le souhaitez, je peux me renseigner.

— Inutile. Merci pour tout, docteur.

— À bientôt, madame Fitzgerald.

Il la gratifia d'un dernier sourire avant de s'enfermer dans son cabinet. Dehors, Emma piétinait à côté de la voiture.

— Tu en as mis du temps, maugréa-t-elle.

Le chat miaula en guise d'assentiment.

— Pardon, ma chérie. Je vais préparer des crêpes pour le dîner. Qu'est-ce que tu en penses ?

Rose caressa la tête de sa fille. Jamais plus, elle n'infligerait à ses enfants la moindre souffrance à cause d'un homme. Elle avait tracé une croix sur sa vie amoureuse. Pompon guérirait, un point c'est tout, et la vieille Dobson pouvait mourir empoisonnée, elle s'en fichait. Quoi qu'il arrive, le corbeau devait la connaître intimement, car il avait raison : Pat Dobson ne l'emporterait pas au paradis.

~ 8 ~
Vol au-dessus de Park Avenue

Le lendemain matin, le pick-up de Derek Peacock pénétra au ralenti dans l'allée des Barton au numéro 10 de Park Avenue. Aussitôt, Charlie vint se jeter contre la carrosserie. Derek pesta. Un beau jour, ça ne faisait pas un pli, ce fichu clébard passerait sous les roues et sa maîtresse en ferait tout un plat.

Il ouvrit la portière d'un solide coup d'épaule. Surpris, le labrador bondit en arrière. Une seconde plus tard, le jardinier recevait sa masse noire contre lui.

— Du calme, Charlie ! Du calme !

Tout en lui flattant l'encolure et les flancs, Derek se mit à rire. Bon sang anglais ne saurait mentir. Il aimait les bêtes. Lui-même possédait un vieil épagneul presque aveugle et impotent. Milo, il s'appelait. « On n'est jamais déçu avec les chiens, répétait sa femme. Eux au moins ne nous jugent pas, nous vouent un amour inconditionnel, et pourvu qu'on leur remplisse la gamelle, ils nous sont fidèles. » Derek reconnaissait qu'elle n'avait pas tout à fait tort, Meg. À se demander s'il ne se serait pas senti plus heureux dans la peau de leur chien.

— Charlie, reviens ici ! modula une voix flûtée dans laquelle roulait un relent d'accent écossais.

Peine perdue. Le labrador continuait à bondir autour de lui. Ce clebs était monté sur ressorts. Un vrai Zébulon !

— T'es aussi brindezingue que ta maîtresse, toi !

— Charlie ! gronda la voix un ton plus haut.

Cette fois, le chien s'immobilisa net, comme un jouet mécanique en bout de course. Sa maîtresse s'avançait vers eux d'un pas nonchalant. Derek en profita pour extraire de la remorque une massive tondeuse vert pomme estampillée aux armes de la couronne. L'engin lui avait été offert cinq ans plus tôt par le personnel de son entreprise à l'occasion de son licenciement maquillé en « départ pour raison de santé ». À cinquante ans et des poussières, l'ingénieur en mécanique automobile ne souffrait à l'époque d'aucun problème de santé. À moins de considérer la politique thatchérienne comme une épidémie de peste dont il était la victime collatérale. Maggie avait été chassée du 10 Downing Street à peu près au même moment. Personne ne la regrettait, cette peau de vache ! Un large assortiment d'outils accompagnait la tondeuse dans le paquet-cadeau de départ. « Vous pourrez pleinement vous adonner à votre passion pour le jardinage », avait susurré la secrétaire chargée par ses collègues de récolter les fonds et d'organiser le pot d'adieu. Seulement, depuis qu'elle lui tenait lieu de gagne-pain, sa passion s'était bien émoussée. Sans compter qu'à force de s'échiner à l'extérieur six jours sur sept par tous les temps, il souffrait de rhumatismes et de grippes à répétition. Merci Maggie ! Encore une qui ne l'emporterait pas au paradis. Le jardinier enfila ses Wellies[4], seul accessoire à lui conférer un semblant de dignité dans son nouveau métier.

— Comment allez-vous, Derek ? lui demanda la séduisante Jackie Barton. Beau temps pour la saison, n'est-ce pas ?

---

[4] Surnom familier des iconiques bottes en caoutchouc de marque Wellington.

— On fait aller, merci, répondit le jardinier en soupirant, et justement, je vais profiter de cette sécheresse exceptionnelle pour donner le coup de grâce au gazon. On annonce de la pluie pour la semaine prochaine.

Sa cliente émit un rire cristallin.

— Je reconnais bien là votre légendaire pessimisme, mon cher ami.

Facile à dire ! songea-t-il. À l'époque où il passait le plus clair de son temps ployé sur sa table à dessin dans son bureau douillet, il se moquait bien du temps qu'il faisait et des prévisions météo. L'optimisme béat, c'était bon pour ceux qui n'avaient pas à se préoccuper de joindre les deux bouts à la fin du mois. La Barton, elle, ne frayait pas dans les fins fonds de la classe moyenne et ne risquait pas de déchoir. Héritière d'un gros paquet d'actions d'une boîte de sodas bien connue, elle représentait le dessus du panier.

Derek fit démarrer la tondeuse. Fidèle à son habitude, Charlie grogna. Sa maîtresse le tenait fermement par le collier. Ce dingue aurait été capable de se propulser sous les lames.

Vers 11 heures, Jackie vint lui apporter du café dans un mug décoré d'un troupeau d'animaux de ferme dont elle semblait lui réserver l'usage exclusif. Femme d'habitudes, elle versait le sien dans un mug de collection qui représentait une future princesse de Galles radieuse blottie contre l'épaule de son fiancé, le type aux oreilles de Mickey.

Le jardinier stoppa le moteur de l'engin et ôta ses gants.

— Merci, Jackie. Pouvons-nous boire le café dans la roseraie ? J'aimerais vous entretenir d'un problème botanique.

Il avait dit roseraie pour lui faire plaisir, parce qu'à son avis, quelques massifs de roses anciennes aux couleurs de guimauve ne méritaient pas cet honneur sémantique. Des fleurs chichiteuses que ces roses, et compliquées à cultiver aussi. La patronne les choisissait sur catalogue en se laissant uniquement guider par la poésie de leurs noms de baptême : *Tendre Juliette, Nuage Rose, Aube Nouvelle…* À lui de les acclimater du mieux qu'il pouvait. *Merci bien !*

Jackie le suivit vers les massifs où seules quelques roses des variétés remontantes survivaient vaillamment en cette saison.

— Nous sommes victimes d'une sévère attaque de pucerons, annonça-t-il sur le ton d'un général à la tête d'une armée en déroute.

— Vraiment ? s'écria Jackie qui semblait s'en moquer comme de l'an quarante.

Le nez en l'air, elle scrutait le ciel bleu layette sur la toile duquel un avion traçait son sillage blanc tandis que Charlie aboyait frénétiquement. Derek la vit déposer un baiser au creux de sa paume avant de le lancer vers le ciel comme on lâche une colombe ou un ballon. Envolé ! Cette femme aurait dû être actrice, ça crevait les yeux.

* * *

Le Boeing 737 qui survolait Park Avenue venait de décoller de l'aéroport international de Lexington à trente kilomètres de Chatton Green. Il naviguait plein sud. Trois heures plus tard, il allait larguer sa cargaison de peaux blanches sur le tarmac brûlant de l'aéroport de Palma de Majorque. Avachis et imbibés de bière, voilà comment le commandant Barton imaginait ses passagers. Au retour, ils seraient encore plus imbibés et avachis, et ils auraient la peau rouge.

Côté cabine, une voix sirupeuse d'hôtesse débitait les consignes de sécurité habituelles. Dans le cockpit, l'altimètre indiquait sept mille pieds. Sous la carlingue, s'étalait l'ilot verdoyant de Chatton Green coupé en deux par la voie de chemin de fer qui reliait la ville à Londres. S'il avait été doté d'une pupille d'aigle, Richard Barton, alias Rich pour les intimes, aurait pu distinguer sa maison nichée dans la tache verte que formait l'îlot de Park Avenue.

Il se pencha vers son copilote – un jeune blanc-bec qui avait tendance à la ramener sous son uniforme à ramages dorés –, et pointa l'index vers le bas.

— À l'heure qu'il est, mon jardinier doit être en train de baiser ma femme sur mon gazon, là-dessous. Ça me dirait plutôt de les mater.

Les épaulettes dorées se soulevèrent.

— Fantasme de pilote !

— Fantasme tout court, mec !

Au sein de la compagnie, Rich passait pour un joyeux drille ou un sacré numéro, au choix. Un type pas franchement aimable avec le personnel ni avec les passagers, mais un pilote hors pair. Réglo sur les horaires, sobre, professionnellement au top. À se demander pourquoi il avait lâché les ors de British Airways pour une compagnie à bas coûts spécialisée dans les destinations bon marché prisées par une clientèle de base animée d'une seule ambition : fuir « ce putain de climat pourri » pour aller s'éclater au soleil ?

La porte du cockpit s'ouvrit sur la chef de cabine, chignon banane, air renfrogné, arrière-train avantageux moulé dans la jupe droite, mais tenu soigneusement à l'écart des mains baladeuses du commandant Barton.

— Un café pour ces messieurs ?

— Ouais, mais envoie la nouvelle serveuse ! Un peu de chair fraîche ça changera, pas vrai, ma vieille ?

La « vieille » échangea un regard blasé avec le copilote.

— Quoi ? C'est à ça que se résume votre boulot, non ? reprit Barton. Sauf que vous bossez en l'air, c'est la seule différence avec les serveuses de bar. Deux sucres dans le café si c'est pas trop te demander. Attends ! On crèche où, cette nuit ?

— Au Sheraton de l'aéroport.

— Pour changer ! maugréa-t-il.

* * *

Au moment où l'hôtesse fermait la porte du cockpit en serrant les dents et les fesses, la femme du commandant Barton rêvassait toujours, le nez en l'air, tandis que son jardinier envoyait valser d'une pichenette quelques pucerons agglutinés autour d'un bouton de rose recroquevillé sur lui-même.

— J'ai commandé des larves de coccinelles, annonça-t-il. Elles devraient arriver chez vous par courrier…

Comme elle ne réagissait pas, il se tourna vers elle et agita la main devant son visage.

— Hello, Jackie, êtes-vous avec moi ?

— Je suis tout ouïe. Poursuivez, Derek, je vous en prie.

— Ces larves raffolent des pucerons. Elles sont capables de vous nettoyer un rosier en moins de deux. En tout cas, c'est le moyen le plus naturel de s'en débarrasser. Le prince Charles est un adepte de cette méthode, il…

Jackie se figea et leva une main impérieuse, preuve que cette fois, elle avait prêté l'oreille aux propos de son jardinier.

— Stop !

— Que se passe-t-il ?

— Ne prononcez plus jamais le nom de l'*infidèle* devant moi !

— Mais enfin, je ne vois pas le rapport.

— Son attitude à l'égard de Diana est indigne.

— De son côté, elle n'est pas…

— Plus un mot sur cette pauvre princesse où je serai contrainte de me passer de vos services.

Le jardinier garda le bec cloué, mais n'en pensa pas moins. Il tenait cette cliente pour une midinette du genre coincé, une sorte de lady Chatterley[5] à propos de laquelle il s'interdisait de fantasmer. De toute façon, elle n'avait que deux amours, son homme et son toutou, dans l'ordre qu'on voulait.

Le regard de la belle rousse s'était à nouveau échappé vers les nuées où le sillon du Boeing s'élargissait jusqu'à former une succession de petites mottes vaporeuses.

Charlie vint frotter sa robe noire contre le jupon fleuri de sa maîtresse. La voir se languir de son mari en particulier et déplorer l'infidélité masculine en général bouleversait toujours son cœur de chien. Elle le remercia d'une caresse entre les oreilles.

— Mon brave Charlie, heureusement que tu es là.

Le « brave » en question ne pouvait qu'approuver. Il adorait sa vie de chien. Tous ses congénères n'étaient pas logés à la même enseigne. Lui, habitait une belle maison, était bien nourri, pouvait vagabonder à son gré, se sentait adulé par ses maîtres et rares étaient les humains qui ne l'appréciaient pas.

---

[5] Allusion au roman de D.H Lawrence *L'Amant de lady Chatterley* (1928).

Des piaillements aigus lui firent oublier illico que cette vie de rêve pourrait s'arrêter un jour, et il délaissa sa maîtresse pour filer comme une flèche en direction du pavillon voisin.

— Charlie, viens ici ! gronda Jackie. Excusez-moi, Derek, si je ne le rattrape pas, il va encore affoler les perruches des Dobson. Pour les pucerons, faites au mieux, je vous laisse carte blanche.

Sur ces mots, elle s'élança à la poursuite du labrador, sans se douter qu'à la verticale des faubourgs brumeux de Londres, le pilote du vol BZ5119 pelotait en douce le galbe soyeux d'une jeune jambe d'hôtesse encombrée d'un plateau sur lequel tanguaient deux mugs de café.

~ 9 ~
Sincères condoléances

Chez les Dobson, Desmond somnolait dans son fauteuil, un plaid en tricot remonté jusqu'au cou. Un braillement de perruches affolées le tira de sa torpeur. Ces oiseaux faisaient la joie et la fierté de Pat qui les tenait confinés dans une volière de jardin pseudo-victorienne. Lui les haïssait, et tant mieux si le chien des Barton se plaisait à les terroriser. « Charlie, ici ! » s'égosillait sa maîtresse en vain. L'image de la gironde Écossaise s'imprima sous les paupières du vieil homme, tandis que Pat entrait subrepticement dans la pièce avec le plateau du café qu'elle posa sur la table basse avec rudesse.

— Ce maudit cabot ne fermera donc jamais sa gueule ! brama-t-elle. Je vais baisser la guillotine.

Extrait brutalement d'une rêverie qui s'annonçait délicieuse, Desmond gueula à son tour :

— Surtout pas ! L'air frais me fait du bien. Tes stupides volatiles n'ont qu'à la boucler.

— Comme tu voudras ! répondit-elle d'un ton sec.

Ses doigts déformés agissant comme des pinces, Pat saisit la vache en faïence blanche qui crachait le lait par le mufle, et dont la queue faisait office d'anse. Desmond l'observait par en dessous. Les lèvres minces marmonnaient dans le vide. La peau du cou pendait comme celle des dindes. Après le lait froid, elle versa le café dans les tasses de porcelaine à chinoiseries, uniques rescapées d'un cadeau de mariage qui remontait à la nuit des temps.

Son café avait un goût de jus de chaussette. Il repoussa la tasse qu'elle lui tendait puis palpa discrètement la flasque planquée sous le plaid. Dès que Pat aurait tourné le dos, il s'offrirait sa dose de réconfort. Mais la garce s'incrustait. Elle s'était installée en face de lui, raide comme la justice sur le bord de son fauteuil. Si seulement elle pouvait disparaître de sa vue ! Desmond ferma les yeux. Elle allait encore le saouler avec ses commérages.

— Il n'empêche que le chien de *la rouquine* fait exprès de se soulager devant notre portillon. Et bien entendu, ça ne viendrait pas à l'idée de sa maîtresse de ramasser ses crottes.

Une expression de dégoût déformait son visage ingrat.

Ne plus la voir, ne plus l'entendre ! Desmond tourna ostensiblement la tête vers le mur.

L'évocation du labrador lui fit penser à Fakir, le bâtard que leur fils, alors adolescent, avait recueilli et ramené à la maison. Le fils parti étudier à Édimbourg, Desmond avait dû s'en occuper. Il avait même fini par s'attacher à ce chien des rues, jusqu'au jour où il avait disparu. Cette disparition avait marqué le début de la haine qu'il vouait à sa femme. Sans pouvoir le prouver, il la soupçonnait d'avoir éliminé l'animal.

Désemparée, Pat sucra son café et saisit l'exemplaire du magazine qui traînait sur la table basse. Ce mensuel glorifiait les vertus de la vie à la campagne tout au long de ses pages glacées. Desmond y avait bénévolement collaboré autrefois. En échange, il avait gagné un abonnement à vie. Pat se demanda ce qui arrivait après la mort d'un abonné à vie. Le canard continuerait-il à tomber dans la boîte aux lettres chaque mois ? Faudrait-il leur signaler le décès ? Mais non, elle était sotte ! Ses rédacteurs lisaient les journaux comme tout le monde. Ils apprendraient la triste nouvelle par l'annonce qu'elle ferait paraître dans le *Times*. Ensuite, ils se fendraient d'une nécro avec photo dans la page « Disparitions ». Peut-être demanderaient-ils à sa veuve de l'écrire ? Elle se récita le texte qu'elle avait déjà préparé : *Desmond Dobson, notre ancien collaborateur, s'est éteint paisiblement à l'âge de soixante-seize ans dans sa maison de Chatton Green. Ce professeur à la retraite nous offrait dans chaque numéro une page savoureuse sur l'histoire de nos villes et de nos villages. Pour lui, il n'existait pas de différence entre la grande et la petite histoire, et blablabla… Il laisse une épouse et un fils à qui nous présentons nos plus sincères condoléances.*

— Qu'est-ce que tu marmonnes dans ta barbe ? grommela le futur défunt.

Pat sursauta.

— Tu ne dors pas, poussin ?

— Pas l'habitude de parler en dormant. Alors, tu disais quoi ?

Elle brandit le magazine.

— Je lisais à voix basse. Un article sur les blaireaux. On projette de creuser des tunnels pour faciliter leur passage sous une route qui vient d'être construite pas loin d'ici. Sans ça, ils disent que ce serait une hécatombe.

Desmond se redressa sur ses oreillers.

— Qui « ils » ?

— Les gens de la Ligue de protection des blaireaux.

— C'est ça ! éructa-t-il, et tu verras que pour sauver une poignée de blaireaux on va le trouver, le fric ! Mais les humains pendant ce temps-là, ils peuvent toujours crever ! Du cancer ou d'autre chose. Qu'est-ce qu'ils en ont à foutre, nos politicards de la santé publique ? Les blaireaux, ça rapporte plus de voix. Voilà où on en est arrivés dans ce fichu pays !

— Calme-toi, mon petit, je t'en supplie. Le médecin a dit que tu ne devais pas te contrarier comme ça.

— Il peut dire ce qui lui chante. Ça changera rien. Je vais y passer quand même.

— Desmond !

— Allez casse toi, ça vaut mieux. Ouste !

Pat abandonna la revue sur la table. La tête du malade était retombée sur l'oreiller. Il avait les yeux clos. Un léger sifflement s'exhalait de sa bouche entrouverte. Elle quitta la pièce sur la pointe des pieds.

Un nouveau billet l'attendait dans l'entrée. Pat porta la main à son cœur et sentit son sang se glacer. Elle le ramassa du bout des doigts, plissa les yeux et lut :

LA GRANDE FAUCHEUSE T'ATTEND
AU SEUIL DE L'ENFER
TROP TARD POUR TE REPENTIR DE TES PÉCHÉS

~ 10 ~
Attention au cerbère

La sonnerie du téléphone réveilla Dorothy Parker. Elle avança la main vers le combiné de l'appareil sans fil que sa fille, au prétexte qu'il pouvait vous suivre partout comme un toutou collant, venait de lui installer à la place de l'ancien dont l'immobilité lui convenait pourtant parfaitement. Sa forme aux angles droits le rendait peu maniable. Il était équipé d'une ridicule antenne escamotable et d'un clavier à touches auquel la pianiste aux doigts déformés ne parvenait pas à s'habituer. Son affreux socle encombrait la table de chevet. Dorothy oubliait régulièrement d'y reposer le combiné qu'elle semait aux quatre coins de la maison et mettait un temps fou à retrouver.

Tout en pestant, elle parvint presque par hasard à appuyer sur la touche adéquate. Qui pouvait bien l'appeler à dix heures passées, ainsi que l'indiquait sa pendulette dorée dotée de deux bonnes vieilles aiguilles ?

— Maison des Parker, je vous écoute, annonça-t-elle sur le ton mondain qu'elle adoptait à l'époque où elle faisait office de secrétaire pour son architecte de mari.

— Bonjour, Dorothy, ici Rose Fitzgerald, votre ancienne voisine. Je ne vous dérange pas ?

— Pas le moins du monde, répondit-elle en tâchant de mettre un visage sur cette Rose qui venait de la tirer du sommeil.

— Je me demandais si je pouvais vous rendre visite aujourd'hui, à une heure qui vous conviendrait, bien entendu.

Dorothy s'affola :

— Aujourd'hui ?

— Oui. Nous sommes samedi précisa son interlocutrice. J'ai un message à vous transmettre de la part de Desmond.

Son cœur se mit à battre plus vite. Sa main se crispa sur le combiné trop gros.

— Venez dans une heure, dit-elle d'une voix tremblante.

— Très bien, à tout à l'heure.

— Attendez… vous n'êtes pas porteuse d'une mauvaise nouvelle, j'espère.

— Rassurez-vous, Dorothy, au contraire.

— Très bien. Ne vous garez pas devant la maison et soyez discrète. Vous savez que rien n'échappe aux yeux de son cerbère.

— Je ferai attention. Ne vous inquiétez pas.

À l'autre bout de la ligne, Rose raccrocha en souriant. Même si les circonstances ne prêtaient pas à rire, l'évocation du chien à trois têtes, gardien de l'entrée des Enfers, paraissait tout à fait appropriée.

Une heure plus tard, un foulard Hermès, qui datait des jours heureux, noué sous le menton à la manière de la reine, et une paire de lunettes noires sur le nez, Rose se hâtait vers la résidence de Dorothy. Suivant ses conseils de prudence, elle avait garé la Saab à l'entrée de Park Avenue. Elle espérait que la vieille dame ne chercherait pas à la retenir, car elle n'aimait pas laisser ses enfants seuls trop longtemps à la maison.

Pour accueillir sa visiteuse, Dorothy s'était mise sur son trente-et-un. Rose, qui ne l'avait pas croisée depuis son déménagement, se réjouit de la retrouver presque inchangée, à l'exception de sa démarche hésitante. Le plateau du thé attendait déjà dans la véranda.

Après quelques échanges de nouvelles familiales et de banalités météorologiques, Rose se sentit soulagée quand Dorothy aborda le sujet qui les préoccupait toutes les deux :

— Rassurez-moi vite, comment se porte Desmond ?

Rose hésita. Après sa visite de la veille, elle-même avait du mal à se faire une idée sur l'état réel du malade.

— Il paraît faible, mais son esprit est toujours aussi vif.

— Je ne l'ai pas vu depuis longtemps, déplora Dorothy. Il est sous surveillance rapprochée, vous savez. Comme je vous l'ai dit, Pat est un vrai chien de garde. Elle m'empêche de lui rendre visite et de lui parler au téléphone. C'est ridicule. Je me demande ce qu'elle a à craindre de moi. Jadis peut-être, mais maintenant que nous sommes vieux…

Rose arqua un sourcil et Dorothy ébaucha un sourire coquin.

— Vous voulez connaître la vérité sur notre relation, n'est-ce pas ? Eh bien, la voici. Les Dobson nous avaient précédés de quelques semaines seulement dans Park Avenue. Ils étaient jeunes mariés comme nous. Nous avons commencé à nous fréquenter en voisins, puis en amis. Ça paraît difficile à croire, mais Pat était aimable en ce temps là. Mon époux appréciait beaucoup Desmond. Nous sortions souvent à quatre. Assez vite, Desmond et moi avons éprouvé de l'attirance l'un pour l'autre. Il avait beaucoup d'allure, vous savez. Un jour, alors que nous étions allés danser dans une boîte de nuit à Lexington, il m'a entraînée dehors et nous nous sommes embrassés fougueusement. Pour la première fois, j'ai compris ce que signifiait désirer un homme. Il m'a avoué qu'il m'aimait et qu'il voulait quitter Pat pour vivre avec moi. Seulement, c'était compliqué de divorcer à l'époque, et puis je venais de découvrir que j'étais enceinte. J'ai répondu que c'était impossible. Il a promis de m'attendre, le temps qu'il faudrait. À trois mois de grossesse, j'ai perdu l'enfant. Dieu me punissait. C'est ainsi que j'ai interprété ce malheur. Alors j'ai cessé de recevoir les Dobson et j'ai refusé leurs invitations. Pat n'a pas insisté. Je suppose qu'elle soupçonnait quelque chose. Susan est née huit ans plus tard. Mon mari et moi avons eu beaucoup de mal à la concevoir. Quelque chose en moi s'était noué pour toujours. Bien sûr, nous aurions dû déménager. Mais je n'en ai pas eu la force. Il me suffisait de savoir Desmond proche et de l'apercevoir à l'occasion.

Submergée par l'émotion, Dorothy se tut. Rose saisit ses mains entre les siennes. Elles étaient froides.

— Que vous a-t-il confié ? demanda-t-elle après s'être ressaisie.

— Il m'a confié qu'il n'avait pas cessé de vous aimer, révéla Rose après quelques secondes d'hésitation. Pas un seul instant. Ce sont ses mots, précisément.

— Quel gâchis ! s'écria Dorothy. Si seulement Pat n'était plus là…

Elle s'interrompit brusquement avant de reprendre :

— Vous semblez choquée, Rose. Je sais bien que ce n'est pas très chrétien de souhaiter la mort de quelqu'un. Mais la vie est injuste, croyez-moi. Avec ses problèmes cardiaques, cette femme aurait dû quitter la surface de la Terre depuis belle lurette, hélas, c'est une coriace, elle s'accroche. Quant à mon pauvre Desmond, je ne m'explique pas qu'un homme en pleine forme comme lui tombe soudain gravement malade. Pat répand la rumeur qu'il est atteint d'un cancer généralisé, mais j'en doute. Si vous voulez mon avis, c'est elle qui l'empoisonne à petit feu, depuis longtemps. Ce sont des choses qui arrivent dans les couples qui se haïssent.

— Ne pensez-vous pas que Desmond lui-même ou les médecins s'en seraient aperçus, risqua Rose qui se demandait si la vieille dame perdait vraiment la tête ou s'il fallait la prendre au sérieux.

Dorothy haussa les épaules.

— En tout cas, elle ne l'emportera pas au paradis.

Rose sursauta en entendant l'expression employée par le corbeau lui-même. En dépit de la surveillance de Pat, il était facile pour Dorothy de traverser l'avenue pour poster subrepticement des billets anonymes. Pourtant, elle avait du mal à l'imaginer se glissant dans la peau d'un corbeau pour effrayer une rivale cardiaque au point de provoquer une crise fatale.

— Les Dobson ont un fils, je crois, lança-t-elle afin d'explorer sa troisième hypothèse.

— Oui, il s'appelle David. Il y a longtemps qu'il a quitté la maison. Ses relations n'ont jamais été bonnes avec ses parents. Il travaille en Australie. Un prétexte suffisant pour ne jamais remettre les pieds à Chatton Green.

Elle se pencha vers Rose comme si elle craignait d'être entendue par des oreilles indiscrètes :

— À mon avis, sa situation n'est pas aussi mirifique que sa mère le prétend. Parfois, je me demande même s'il est réellement parti aussi loin.

— Vraiment ? s'étonna Rose qui buvait du petit lait.

Alors qu'elle se demandait comment aborder le sujet des relations entre David Dobson et la propre fille de Dorothy, cette dernière souleva le lièvre elle-même, et dit avec un drôle de sourire :

— Il s'était amouraché de Sue à une époque. Dieu merci, elle n'a pas accroché. Il faut dire que David n'a pas hérité du physique avantageux de son père, si vous voyez ce que je veux dire.

Elle émit un petit rire qu'elle dissimula derrière sa paume.

— Vous devez me juger méchante. Pardon, je ne devrais pas me moquer ainsi de ce pauvre garçon. Il a peut-être embelli avec le temps. Qui sait ?

Rose en avait assez entendu.

— Mes enfants m'attendent, je dois vous laisser, Dorothy, déclara-t-elle en se levant.

— Merci d'avoir pris la peine de vous déplacer. Votre visite m'a réconfortée, ma chère. Prenez soin de vous. Je ne vous raccompagne pas. Vous connaissez le chemin.

En marchant vers sa voiture, Rose constata que sa pseudo-enquête piétinait. Elle en vint même à penser, comme Pat l'avait sous-entendu, que Dorothy commençait à perdre la tête. Maintenant qu'elle avait tenu sa promesse, seule sa mauvaise conscience allait l'empêcher d'oublier l'affaire du corbeau.

Au moment où elle atteignait l'intersection de Park Avenue et de Church Road, une berline qui montait du centre s'engagea dans l'avenue. Elle remarqua avec amusement que son conducteur portait une casquette en tweed et des lunettes noires à la manière des espions ou des malfrats en mal d'incognito dans les séries policières que son fils ingurgitait à la télévision.

Moins d'une minute plus tard, la voiture ralentit et freina devant le pavillon des Dobson. Pat, qui désherbait le jardinet et avait vu Rose sortir de chez *la Castafiore*, en lâcha sa binette de saisissement. Elle ne connaissait ni cette voiture à la couleur bizarre ni cet homme qui la fixait derrière ses verres foncés. Les pneus crissèrent quand il redémarra en trombe avant de disparaître dans le virage en forme de fer à cheval de l'avenue. La gorge nouée par une boule d'angoisse, Pat s'en voulut de ne pas avoir tenté de relever le numéro d'immatriculation et rentra chez elle en abandonnant son outil.

~ 11 ~
Blessures d'enfance

En fin d'après-midi, Sue Dickinson travaillait à son bureau dans son appartement du Barbican Centre, quand elle entendit la clé tourner dans la serrure. Elle leva la tête et son regard se perdit entre les tours en béton gris de ce quartier londonien à l'architecture typique du style dit « brutaliste » des années cinquante. Phil, son ex-mari, lui avait laissé l'appartement au moment du divorce.

Une voix masculine l'interpela :

— Sue, tu es là ?

— Je suis dans mon bureau ! cria-t-elle alors que les pas s'approchaient déjà.

Quand la porte s'ouvrit, elle fit pivoter son fauteuil vers son visiteur.

— Alors ? demanda-t-elle sans dissimuler son agacement.

David Dobson secoua la tête d'un air penaud. Il tournait nerveusement sa casquette entre les mains.

— J'ai pas osé. Je n'y arrive pas.

Son expression pathétique acheva de l'irriter.

— C'est ridicule ! jugea-t-elle abruptement. Qu'est-ce qu'ils t'ont fait, tes parents, pour que ce soit aussi difficile pour toi de les revoir ? Tu ne me semblais pas si tourmenté dans ta jeunesse. Au contraire, ta mère te vénérait.

— J'étouffais en silence et je me suis barré dès que j'ai pu, tu le sais très bien. Là n'est pas le problème.

Sue s'adoucit.

— C'est ton père, le problème ?

— D'après ma mère, il est très malade. C'est en partie pour cette raison que je suis revenu.

— Justement, si tu continues à repousser l'échéance, tu risques de ne jamais le revoir vivant.

— Il était dur avec moi, se plaignit-il, exigeant. Il me frappait quand mes évaluations étaient mauvaises.

— Tu me l'as caché à l'époque, s'étonna Sue.

— J'avais honte. Je ne voulais pas t'embêter avec ça. Tu aurais pu le répéter à ta mère et elle ne t'aurait pas crue.

— Probablement pas. Mais c'est vieux et… tu as réglé le problème en t'éloignant.

— Guérit-on jamais des blessures de son enfance ?

— Sans doute pas, admit-elle en songeant à la sienne.

Plus émue qu'elle ne le souhaitait, Sue quitta sa place favorite.

— Allons nous assoir dans le living. Ce sera plus confortable pour poursuivre cette conversation.

David la suivit docilement vers la pièce principale de l'appartement où il avait trouvé refuge deux semaines plus tôt. Et il sentait bien que sa propriétaire n'allait pas supporter sa présence beaucoup plus longtemps, surtout depuis qu'à l'issue d'une soirée bien arrosée, ils avaient noyé leurs détresses respectives dans les bras l'un de l'autre. Il n'était pas impossible que son amie d'enfance lui annonce avec sa franchise habituelle qu'il était temps pour lui de se ressaisir et de lever le camp.

Sue se laissa tomber lourdement dans le canapé de cuir blanc et l'invita à prendre place près d'elle.

— Écoute, David, il est plus que temps d'avouer la vérité à tes parents, sinon ça pèsera sur ta conscience toute ta vie. Ça te soulagera, j'en suis certaine.

David ricana. La vérité reposait sur une illusion entretenue depuis vingt ans. Certes, il était bien parti en Australie après de médiocres études de droit à l'université d'Édimbourg. Mais il en était revenu au bout d'un an de petits boulots harassants dans des fermes. Ensuite, il s'était complu dans un modeste poste de gratte-papier au sein d'un chantier naval dans une ville sinistre du nord-est de l'Angleterre. Poste dont il venait de se faire virer comme un malpropre après des années de bons et loyaux services.

À son amie Sue, la seule personne susceptible de l'aider, il n'avait confié qu'une version édulcorée de cette triste vérité.

— Avouer à mon père que j'ai lamentablement échoué à devenir le brillant avocat qu'il aurait aimé avoir pour fils risquerait de l'achever.

— S'il se porte vraiment aussi mal que ta mère le prétend, qu'est-ce que ça changerait s'il partait un peu plus tôt ?

— Je ne te savais pas aussi cynique.

Elle lui prit la main.

— David…

— Ne t'inquiète pas, je vais bientôt libérer ta chambre d'amis.

Sue ne protesta pas, preuve qu'il ne se trompait pas sur ses intentions.

— Demain, je me rends à Chatton Green pour une cérémonie, annonça-t-elle. À toi de décider si tu m'accompagnes ou pas.

~ 12 ~
Nuit de pleine lune

Ce soir-là, Jackie Barton se prépara un gin-tonic qu'elle alla siroter dans sa véranda en contemplant le ciel crépusculaire à travers les panneaux vitrés du toit.

Charlie posa son museau sur le ventre palpitant dans lequel aucune vie n'avait encore germé. Une main affectueuse lui titilla le pelage entre les oreilles.

— Où est ton maître à cette heure-ci ? Le sais-tu, mon brave chien ?

Tel qu'il le connaissait, le labrador supputa que son maître se trouvait dans les bras d'une jeune femme dans une chambre d'hôtel impersonnelle en bordure de piste d'un quelconque aéroport. En compensation, il adressa un long regard énamouré à sa maîtresse présumée trompée.

— Je t'adore, mon toutou, dit-elle sans cesser de le caresser. Demain, nous irons porter un bouquet de roses aux Dobson pour nous faire pardonner le raffut que tu causes. Qu'en penses-tu ?

Fatigué d'avoir couru toute la journée, Charlie n'en pensait rien. Il se coucha sur les pieds de Jackie et s'endormit aussitôt.

La nuit en profita pour tomber tout à fait sur Park Avenue. Le hululement lugubre d'une chouette hulotte perça le silence tandis que les hérissons se risquaient hors de leurs cachettes pour explorer les jardins.

Depuis sa chaise longue, la paume toujours posée sur la tête de son chien, Jackie remarqua que la lune était parfaitement ronde, puis elle vit les lumières s'éteindre une à une aux fenêtres de ses voisins.

— Je crois qu'on ferait mieux d'aller au lit, décida-t-elle en soupirant.

Le labrador, qui ne dormait que d'un œil, bondit sur ses pattes. Sa maîtresse se redressa avec réticence. Les nuits de pleine lune, elle dormait mal et rêvait de crashs aériens.

~ 13 ~
L'amour est un oiseau rebelle

Le lendemain matin, Dorothy Parker ouvrit la fenêtre de sa chambre qui donnait sur Park Avenue, juste en face du pavillon des Dobson. Se glissant dans la peau de *Carmen*, elle se mit à chanter en français : « *L'amour est un oiseau rebelle que nul ne peut apprivoiser…* »

La sonnerie du téléphone la surprit au moment où elle entonnait à pleins poumons : « *Si tu ne m'aimes pas, je t'aime, mais si je t'aimeu… eu…*

Sans s'interrompre, la cantatrice décrocha.

— *… prends garde à toi.* »

— Mère ! Qu'est-ce que tu racontes ?

— Ah, ma chérie, c'est toi ! Que se passe-t-il ?

— Je tenais à te rappeler que c'est le jour de la bénédiction des animaux à Saint-Nicholas, dit Sue. Tu n'as pas oublié, j'espère.

— Bien sûr que non, prétendit-elle. Comment oublier un tel événement du calendrier paroissial ? À quelle heure Tosca et moi devons-nous être prêtes ?

— La cérémonie débute à 15 heures. Je passe te chercher une demi-heure avant, comme convenu.

— Pourquoi ne viendrais-tu pas déjeuner ? J'ai de quoi te rassasier sans heurter tes principes.

— Dans ce cas… j'accepte ton invitation, répondit Sue après un instant d'hésitation qui n'échappa pas à sa mère. S'il n'y a pas trop d'embouteillages à la sortie de Londres, j'arriverai dans une heure environ.

Après avoir raccroché, Dorothy tenta de se remémorer la date de sa dernière visite. Depuis qu'elle présidait son association de défense de la cause animale, Sue se faisait de plus en plus rare. Comment s'appelait-elle déjà cette association ? Il y en avait tant. Tant d'animaux maltraités, et tant de causes à défendre. Il fallait bien des gens pour s'en occuper. Sue était juriste. Elle s'y connaissait en matière de droit animal. Qu'allait-elle lui préparer à manger ? Pas évident de nourrir une végétarienne. Et puis, on n'avait pas idée non plus de s'annoncer à la dernière minute.

En s'aidant de la rampe, Dorothy descendit prudemment l'étroit escalier, et boitilla vers la cuisine. Après des mois d'attente, on venait enfin de lui implanter une prothèse de hanche. Mieux valait ne pas trébucher. Sa fille la pressait de vendre sa maison pour acheter un appartement dans une résidence médicalisée pour personnes âgées, autrement dit un mouroir. D'accord, elle allait sur ses soixante-quinze ans et ses articulations étaient rouillées. Pour autant, elle ne se sentait pas vieille, encore moins à l'article de la mort. On ne la forcerait pas à déménager. Pas question ! Tosca vint se frotter contre ses fines chevilles gainées de soie.

— Ici, ma belle. Tu as faim, n'est-ce pas ? Quelle chance tu as de pouvoir consommer de la viande et du poisson en toute impunité !

Du garde-manger, elle sortit une boîte de pâtée pour « félins délicats », plus un paquet de boulgour et du lait de soja. Quelques prunes fripées du jardin traînaient dans le compotier.

Elles feraient l'affaire. Les dernières tomates de la saison achevaient de mûrir sur l'appui de fenêtre. Avec tout ça, elle pouvait composer un lunch acceptable.

Comme alertée par l'urgence de la situation, la chatte finissait de déguster son plat au thon quand la cloche de l'entrée tinta brusquement en même temps que la clé tournait dans la serrure de la porte. Dorothy paniqua. L'heure était-elle déjà passée ? D'un geste automatique, elle lissa son casque de mèches bleutées avant de se mirer dans la porte vitrée du four. Se pouvait-il qu'à force de vivre au ralenti elle perde la notion du temps à ce point ?

— Mère, hurla une voix suraiguë, je suis là !

À pas lents, elle quitta la cuisine. Dans la pénombre du vestibule, se dessinait une silhouette informe engoncée dans une robe sac. Quelle pitié ! Jusqu'à l'adolescence, sa petite Susan avait été mignonne. Souvent vêtue de robes à smocks en tissu Liberty[6], ses boucles blondes coiffées en anglaises. Et puis, presque du jour au lendemain, elle s'était vouée au noir, corps et âme. Bardée de chaînes, percée d'anneaux, tatouée de symboles cabalistiques, son adorable fillette avait mué en une créature satanique. Chaque jour, Dorothy s'était attendue à la croiser dans la rue, un rat perché sur l'épaule. Dieu merci, la phase punk avait fait long feu.

Sue embrassa sa mère du bout des lèvres et se mit à parler avec véhémence :

— Je suivais la Mercedes d'Edward Hooper dans l'avenue. Il s'est offert une plaque d'immatriculation personnalisée ? MOI EDDY. Rien que ça !

[6] Le tissu Liberty est un coton aux imprimés fleuris. Il est toujours vendu dans le célèbre magasin Liberty à Londres.

Par la suite, Sue avait porté des tailleurs chics, retrouvé ses boucles blondes et occupé de hautes fonctions dans une banque avant d'épouser un beau parti. Hélas, cette phase-là avait fait long feu, elle aussi.

— Mère, tu m'écoutes ?

Surprise en pleine rêverie, Dorothy tenta de se remémorer les derniers mots de sa fille.

— Excuse-moi, je pensais à autre chose.

— Je te parlais de la voiture d'Eddy Hooper, le prétentieux propriétaire du manoir voisin.

— Je sais très bien qui est Eddy, grinça Dorothy. Ma mémoire n'est pas une passoire. Sa femme se prénomme Kate. Elle est tout à fait charmante.

Sue fronça les sourcils.

— En es-tu certaine ? Je croyais qu'elle s'appelait Olivia.

— Le déjeuner est prêt, ma chérie.

* * *

Edward J. Hooper actionna le portail automatique et gara sa Mercedes devant le perron du manoir. *Holly Lodge* devait son nom aux haies de houx séculaires qui entouraient cet ancien relais de chasse. Sa femme en avait hérité juste après leur mariage. À l'époque, la plus vaste propriété de Park Avenue avait déjà été lotie. Le potager, une partie du verger et le cottage de l'ancien jardinier n'en faisaient plus partie.

Les marches du perron gravies quatre à quatre, Eddy traversa le hall bourré de fusils et de trophées de chasse pour gagner la cuisine où Olivia s'affairait devant l'antique fourneau Aga reconditionné. De dos, en tablier de soubrette, il la trouvait infiniment plus sexy que de face, et dut refréner l'envie de coller une grande claque sur son appétissant postérieur moulé dans un jean blanc. Elle aurait crié que c'étaient là des manières d'Américain mal dégrossi. Les continentales se montraient sacrément moins farouches. Surtout les bourgeoises ! Eddy se contenta d'un baiser piqué sur le cou aristocratique et, d'un coup de langue, vola au passage une perle de sueur.

— Le déjeuner est presque prêt, annonça Olivia sans se retourner.

— Hum ! Ça sent bon. Que mijotes-tu dans tes jolies casseroles *Le Creuset*, ma chérie ? On peut goûter ?

Il se lova contre le dos buté de sa femme et plaqua ses larges mains en éventail sur un ventre qui avait porté leurs trois filles. Clare, la dernière, vivait toujours avec eux.

— Eh ! Bas les pattes ! C'est un « *poulet basque* ». Une recette de Delia Smith[7].

— Que Dieu bénisse cette chère Delia ! Je file me changer et j'ouvre une bonne bouteille.

De retour dans la cuisine, Eddy déboucha un cru californien. Olivia râpait des copeaux de parmesan au-dessus d'un saladier en bois d'olivier. Il versa le vin dans deux ballons de taille extralarge puis, les yeux fermés, huma le sien.

— Goûte-moi ça, chérie ! Tu m'en diras des nouvelles.

La cuisinière s'essuya les mains sur son tablier.

— C'est loin de valoir un bon bordeaux, mais ça se laisse boire, jugea-t-elle après la première gorgée.

Il secoua la tête avec agacement.

[7] Papesse de la cuisine britannique à l'époque. Ses livres de recettes se sont vendus à des millions d'exemplaires.

— Préjugés ! Ça te répugnerait d'admettre pour une fois que mon pays est capable de produire des vins comparables aux grands crus européens ?

Ils se toisèrent, l'Américain naturalisé et l'Anglaise bon teint. Il y avait plus qu'un océan pour les séparer. Olivia dénoua son tablier et s'empara du saladier.

— À table !

Cette capitulation rapide étonna son mari sans l'ébranler outre mesure. Depuis quelque temps, la belliqueuse Olivia s'appliquait à éviter les escarmouches conjugales. Par commodité, il préférait mettre cette nouvelle indifférence sur le compte du vieillissement. Sa femme n'allait pas tarder à aborder les rivages de la ménopause, un univers inconnu et vaguement inquiétant. En attendant, il lui restait quelques belles années. Autant en profiter.

— Clare ne mange pas avec nous ?

Le geste excédé que fit Olivia en guise de réponse pouvait prêter à de nombreuses interprétations. Eddy n'insista pas. L'adolescence avait transformé sa fille préférée en un être certes méconnaissable, mais toujours aussi adorable, sauf aux yeux de sa mère. Mieux valait éviter le sujet s'il voulait passer une soirée tranquille et la conclure par une séance de baise à l'arraché, objet de ses fantasmes du moment.

Olivia alluma des bougies. Raffinée jusqu'au bout des ongles, elle se mouvait avec aisance dans un décor à son image. C'était son élégance naturelle qui avait attiré Eddy dès leur rencontre. À part le contrôle de leur fille qui semblait lui échapper totalement, elle possédait l'art de s'adapter à toutes les situations et à tous les milieux, signe d'une éducation acquise dans la classe supérieure de cette société anglaise dont il maîtrisait mal les codes. Face à cet oiseau de fine porcelaine, il se comparait à un bison. Dans son bureau de la City, il passait pour un caïd, un type qu'on respectait pour sa capacité à faire du fric. Chez lui, il se sentait méprisé exactement pour la même raison.

— Quoi de neuf dans Park Avenue ? demanda-t-il à peine assis, comme si l'univers de sa femme se limitait à ce cercle topographique à l'intérieur duquel il l'imaginait tournant à l'infini tel un écureuil dans une roue.

— J'ai croisé Pat Dobson. Son mari est à l'article de la mort.

En la voyant pâlir, il se maudit.

— Allons, ma biche, ne te mets pas dans un état pareil ! Dobson est vieux. Vous, les cathos, vous êtes incroyables. Il faut toujours que vous portiez le malheur du monde sur vos épaules. Bois un coup, ça te remontra.

Elle le poignarda de son regard bleu lagon.

— Vous, les protestants, vous n'éprouvez aucune compassion pour les faibles. Chacun pour soi et que le meilleur gagne, quitte à piétiner les autres !

Eddy s'empressa de remplir son verre.

— J'irai rendre visite aux Dobson un de ces jours, reprit-elle plus aimablement. Pat a une langue de vipère, mais Desmond est un homme de qualité. Je me demande pourquoi il l'a épousée.

— Moi, je sais pourquoi je t'ai épousée, ma chérie.

— Laisse-moi deviner !

— Parce que tu cuisines divinement, répliqua-t-il aussitôt.

Elle lui décocha un sourire assassin.

— Vraiment ? Je pensais que c'était pour ma fortune.

— Ta famille n'a pas eu à se plaindre du retour sur investissement, dit-il sur un ton doucereux.

— J'apporte la suite, annonça sèchement Olivia.

~ 14 ~
L'arche de Noé

En début d'après-midi, les fils de Charlotte MacDonald jouaient au foot dans le jardin de leur cottage, quand un grand chien noir fit irruption dans leur jeu. Alertée par ses aboiements, leur mère sortit de la maison par la porte de la cuisine. Les garçons la rejoignirent, suivis de l'animal dont la queue s'agitait frénétiquement.

— Maman, il est à qui ce chien ? demanda Justin en lui caressant le flanc.

Il eut sa réponse en la personne d'une jeune femme rousse qui s'avançait dans l'allée.

— Bonjour, s'écria-t-elle, vous me reconnaissez ? Je suis Jackie Barton. J'habite la maison au toit de chaume, un peu plus haut.

— Bien sûr, dit Charlotte en se rappelant que peu après l'installation de la famille, deux mois plus tôt, Jackie était venue se présenter à elle, chargée d'une brassée de pivoines.

— Je vous prie de m'excuser pour l'intrusion intempestive de mon chien. Il adore les enfants, et il ne peut pas s'empêcher de s'immiscer dans leurs jeux. Mais rassurez-vous, il n'est pas méchant.

— Je n'en doute pas, mentit Charlotte qui craignait les grands chiens et se méfiait de tous les autres.

— Comment il s'appelle ? demanda Justin, le moins timide des jumeaux.

— Il s'appelle Charlie.

— Les garçons, vous pourriez dire bonjour, gronda leur mère.

— C'est dingue, dit Jason après un vague hello, ce chien sait jouer au foot. J'ai jamais vu ça.

— Il s'entraîne souvent avec son maître, répondit fièrement Jackie.

Comme pour prouver sa bonne foi, Charlie donna un coup de museau au ballon que Justin tenait sous le coude.

— Il peut rester un peu ? supplia-t-il.

Posé sur son séant, sa langue rose pendant entre ses crocs, le labrador coula un regard implorant vers sa maîtresse.

— Tout de suite, ce n'est pas possible, on se rend à la bénédiction des animaux à Saint-Nicholas, l'église anglicane en bas de Church Road.

— Il pourra revenir plus tard ? demanda Jason.

Charlie continua de fixer Charlotte en lui faisant les yeux doux.

— M'man s'il te plaît, dis oui, dis oui ? insistèrent les jumeaux d'une seule voix.

— On verra.

La partie n'était pas gagnée, mais Charlie n'était pas du genre à renoncer. Il adressa un regard de connivence à ses nouveaux copains et se jeta dans les jambes de sa maîtresse.

— En route ! ordonna Jackie, sinon on sera en retard. À bientôt, famille MacDonald.

— *Bye*, répondirent les garçons en chœur.

Au bout de l'allée, Charlie tourna la tête pour saluer la famille d'un aboiement amical.

Plantée au milieu de son vieux cimetière, l'église anglicane Saint-Nicholas était un monument de style médiéval doté d'une imposante tour crénelée. Voisine de sa concurrente catholique édifiée à la fin du XIXe siècle, elle impressionnait par sa massivité, symbole d'une religion profondément ancrée dans la culture locale. En ce dernier dimanche d'octobre, le parvis ressemblait à une ménagerie. Le père Eugene Paternoster, nouveau vicaire de la paroisse catholique, qui regagnait le presbytère tout proche, se frotta les yeux pour s'assurer qu'il ne rêvait pas. Au seuil de l'édifice, se pressaient des chevaux et des poneys que leurs cavaliers menaient par la bride, une multitude de chiens de toutes races tenus en laisse, autant de chats lovés dans leurs paniers de transport, ainsi que quelques lapins terrorisés qui jouaient les carpettes sur le plancher de leurs clapiers de fortune. Intrigué, le vicaire s'approcha. Une fillette serrait la cage d'un hamster, des poules caquetaient au fond d'une caisse, et il aperçut même un troupeau de souris grouillant à l'intérieur d'une boîte vitrée percée de trous d'aération.

Sous le porche, le révérend John Taylor, tout sourire, accueillait un à un ses paroissiens et leurs animaux. La porte était si basse que les chevaux devaient ployer l'échine pour pénétrer dans la nef. Le vicaire aborda son confrère qu'il commençait à connaître et apprécier.

— Voilà que vous vous prenez pour Noé en personne, révérend ! Un déluge est-il annoncé dans notre bonne ville de Chatton Green ?

John Taylor éclata de rire.

— Vous ne croyez pas si bien dire, mon père. Le temps de ce service très spécial, ma vieille église prendra des allures d'arche. Une fois tout ce beau monde à l'intérieur, je vous promets une joyeuse cacophonie d'aboiements, de hennissements et de caquetages divers. Notre organiste aura du mal à faire entendre sa musique. Par chance, je n'aperçois aucun âne. Ce sont les plus bruyants.

Le révérend s'interrompit pour accueillir deux femmes, dont la plus jeune portait un panier en osier dans lequel miaulait un chat persan.

— Comment allez-vous, madame Parker ?

— Pour le mieux, révérend.

— Et toi Sue ? Merci de nous honorer de ta présence. Cela fait si longtemps que je ne t'ai vue entre nos murs.

— Ma fille est très occupée, répliqua sèchement sa mère.

— Je m'en doute. Bien, vous avez des places réservées au premier rang. Ma chère Sue, je compte sur toi pour prononcer quelques mots avant la cérémonie. À tout de suite.

Fasciné par le spectacle, le vicaire n'avait pas bougé.

— Si cela vous amuse d'assister à la bénédiction des animaux, vous êtes le bienvenu, mon père. J'organise cette petite cérémonie chaque année pour complaire à mes paroissiens. Le produit des dons recueillis à l'issue de l'office sera versé à l'association que préside Susan Dickinson, la jeune femme que je viens de saluer.

— C'est aimable à vous, révérend, mais O'Hara me vouerait aux flammes de l'enfer s'il apprenait mon incursion en territoire ennemi.

John Taylor sourit. Tel Don Quichotte se battant contre des moulins à vent, le vieux chanoine irlandais, curé de la paroisse catholique, lui menait une guerre sans merci.

— Je comprends. Le pauvre homme ne s'est pas bonifié en vieillissant. Néanmoins, je ne lui en veux pas. C'est un homme de conviction. À présent, je vous laisse. Comme vous l'entendez, mes paroissiens me réclament à cor et à cri.

Le père Eugene acquiesça. En reprenant la direction du presbytère, il médita sur le sens de cette opération de séduction. À mi-chemin, il fit volte-face. Dieu saurait bien reconnaître les siens.

Tandis que Sue et sa mère progressaient lentement le long de la nef aussi encombrée qu'une allée de marché aux bestiaux, elles furent hélées par une jolie rousse accompagnée d'un labrador noir. Dorothy reconnut Jackie Barton, la voisine des Dobson.

— Je suis heureuse de vous rencontrer, Jackie. Comment vous portez-vous ? Vous vous souvenez de ma fille Susan ?

— Bien entendu. Ravie de vous revoir, Sue.

— Quel beau chien ! remarqua Sue. Comment s'appelle-t-il ?

— Charlie.

Appréciant le compliment, Charlie ne put s'empêcher de cabotiner avant de se remettre à faire la gueule. Non seulement il regrettait sa partie de foot interrompue, mais ce genre de raout animal lui donnait des puces rien que d'y penser. D'abord parce que sa maîtresse lui avait noué à l'encolure un bandana rouge qui l'étranglait. Ensuite, parce que les cockers à l'œil triste, les épagneuls prétentieux et les jack russells hargneux avaient plus la cote que les braves labradors dans cette paroisse. Sans compter tous ces chats diaboliques qu'il ne portait pas dans son cœur. Bref, il était d'une humeur de chien et alla s'étendre le plus loin possible de ses congénères pour piquer un petit somme.

Après quelques mots d'accueil, le révérend Taylor invita Sue à venir présenter l'association qu'elle présidait.

— Comme vous le savez sans doute, la Croix-Bleue a pour vocation d'aider les animaux en difficulté. Nous recueillons, abritons et relogeons des milliers d'entre eux. Nos centres de soins traitent gratuitement ceux dont les maîtres ne peuvent payer des honoraires de vétérinaire…

Assise à la place d'honneur, Dorothy lâcha rapidement le fil du discours de sa fille, ponctué par un concert d'aboiements. Pour elle seule, Sue était redevenue la jeune femme élégante et enjouée du temps de son mariage. Au mot vétérinaire, un hennissement approbateur se fit entendre, suivi de quelques rires. Sue perdit encore quelques années aux yeux de sa mère qui la revit enfant, montant Daisy, son poney adoré.

— … C'est pourquoi, à la fin de la cérémonie, nous nous permettrons de faire appel à votre générosité. Au nom de nos amies les bêtes, je vous remercie par avance.

Dès que la présidente de la Croix-Bleue eût regagné sa place, le révérend invita maîtres et animaux à s'avancer en bon ordre vers l'autel pour la bénédiction. Sue délivra Tosca qui s'agitait dans son panier pour la déposer dans les bras de sa mère et la vit considérer la chatte d'un air hébété.

— Tout va bien, maman ?

— Mais oui, ne t'inquiète pas, ma chérie. Je rêvais, voilà tout. J'ai cru… c'est idiot, je n'ose même pas te le dire. J'ai cru… enfin, j'ai pris Tosca pour un bébé, pour ton bébé.

Sue se rembrunit.

— Je suis désolée, murmura Dorothy.

Charlie souleva une paupière. Ses congénères lui passaient sous la truffe en procession. Il espérait que sa maîtresse l'aurait oublié jusqu'au moment où il sentit qu'elle l'attrapait par le collier pour le pousser dans la file. De mauvais poil, le labrador récalcitrant n'aperçut pas la belle qui attendait sagement son tour devant lui, ou plutôt, son odorat capta le message avant ses yeux. Dotée d'une robe couleur miel, c'était une femelle de la race cousine de la sienne : une golden retriever. Elle était affublée d'un collier qui tenait plus du harnachement que de la parure. Son bandana lui parut léger en comparaison de ce barda. Le maître, un homme de haute taille, brandissait une canne blanche devant lui.

— Que le Seigneur Jésus vous aime et vous bénisse aujourd'hui et toujours, déclara le révérend en imposant les mains au-dessus du couple, pendant que Charlie rendait à l'arrière train de l'inconnue un hommage auquel aucune femelle normalement constituée n'aurait pu résister.

La belle resta de marbre. Après qu'ils eurent reçu la bénédiction à leur tour, ce dont il se moquait éperdument, Jackie se pencha vers lui.

— Je conçois ton dépit, mon brave Charlie, mais ce serait vain de t'amouracher d'une chienne d'aveugle. Comment t'expliquer simplement ? Disons qu'elle prête ses yeux à son maître qui ne voit pas. Elle ne peut donc tolérer aucune distraction, elle a été élevée comme ça, tu comprends ?

Lui ne pigeait qu'une chose : son plan drague avait échoué. Il en éprouvait beaucoup d'amertume et se demandait déjà comment retrouver la belle indifférente parmi la foule.

Le dernier hymne entonné par l'assistance fut troublé par les vocalises d'un roquet qui tentait piteusement de se faire mousser. Charlie reconnut cette voix de fausset. Elle appartenait à ce péteux d'Archibald, le yorkshire des Frost auquel il aurait volontiers fait la peau. Le problème avec les chiens de petite taille, c'était qu'ils se croyaient toujours obligés d'en faire des tonnes pour s'imposer.

Un bel embouteillage se produisit à la sortie. Les humains pestaient en piétinant les souvenirs odorants laissés par les animaux soulagés de recouvrer la liberté. Jackie déposa un gros billet dans la sébile d'un homme sollicitant le bon cœur des paroissiens. Charlie, qui avait reconnu le clochard du village, poussa un léger aboiement quand l'homme cessa de mendier pour le caresser longuement.

Pendant ce temps, sur le parvis, les cavaliers se remettaient en selle, les chiens se coursaient, les chats se regardaient en chiens de faïence, les lapins cherchaient des brins d'herbe à grignoter, et les poules picoraient le sol d'un air mauvais.

Bientôt, les abords de l'église retrouvèrent le calme. Les morts enfouis sous les dalles fendues et les croix de guingois du vieux cimetière voisin purent continuer à reposer en paix, au moins jusqu'au jour prochain de leur fête.

~ 15 ~
Comme chien et chat

Sue aida sa mère à prendre place dans sa voiture. De retour chez elle, le premier geste de Dorothy fut de brancher la bouilloire électrique.

— Une bonne tasse de thé nous réconfortera.

— Je suis morte, avoua Sue. Ce chahut m'a donné la migraine.

— Installe-toi dans la véranda, ma chérie. Repose-toi. Je m'occupe de tout. Veux-tu un cookie avec ton thé ?

Sue hésita.

— Non merci, je n'ai pas très faim.

Depuis son réveil, elle se sentait nauséeuse. Du reste, cela faisait quelques jours que l'idée d'ingurgiter de la nourriture la rendait malade. Était-ce le signe précurseur d'un corps en révolte ?

— Un fruit peut-être ?

— Non, je t'en prie, maman, n'insiste pas.

— Comme tu voudras. Allez, va t'asseoir à côté. L'eau bout. J'arrive.

Sue traversa le salon encombré des statuettes en fine porcelaine anglaise que sa mère avait accumulées au fil des ans. À chacune de ses visites, il lui semblait que la collection diminuait. Cette fois, elle nota la disparition de la paire d'épagneuls qui décoraient depuis toujours le dessus du manteau de la cheminée. Le Staffordshire valait une fortune. Sa mère avait-elle commencé à vendre ses chers objets ? Et si oui, pour quelle raison ?

Dans la véranda, Tosca occupait déjà son fauteuil attitré. Enroulée sur elle-même, la chatte l'observait d'un air de défi.

— Toi, tu ne m'aimes pas beaucoup, murmura Sue. Mais ne t'inquiète pas, c'est réciproque.

Tosca feula et ferma les yeux. Sue hésita à la faire décamper. La chatte aurait tenté de la griffer. Une fois de plus, elle se demanda comment elle pouvait ressentir autant d'aversion pour cet animal. Était-ce parce que sa mère l'adorait ?

Quand Dorothy entra dans la véranda en poussant une table roulante, Sue feuilletait nerveusement le dernier numéro de la revue *Le Monde du Chat* à laquelle elle était abonnée.

— As-tu repensé à notre conversation à propos de la résidence pour seniors qu'on construit près du centre-ville ? demanda-t-elle en posant le magazine sur la table basse.

Dorothy tapota de l'index la photo de couverture.

— N'est-elle pas attendrissante, cette petite chatte ? Elle a remporté le concours du félin le plus photogénique du Royaume-Uni. Et pourtant, d'après ses maîtres, elle est très timide et émotive.

— Ne tarde pas à te décider, maman, insista Sue. Les appartements les mieux orientés se vendent vite. Ce serait dommage de manquer une si belle occasion.

Sa fille n'avait pas tort. Demeurer dans cette maison n'était pas raisonnable pour une femme de son âge se déplaçant avec difficulté. Juste après son veuvage, Dorothy n'avait pas trouvé le courage de la vendre. Ensuite, elle s'était dit qu'elle aurait la place d'y accueillir un jour des petits-enfants qui seraient heureux de s'amuser dans le jardin. Enfin, le divorce de son unique fille avait été prononcé. Sue approchait de la quarantaine et ne semblait guère disposée à refaire sa vie. Quel prétexte invoquer désormais pour retarder son déménagement ? Elle ne réclamait pas grand-chose, juste quelques mois, quelques semaines de répit dans le pire des cas.

— J'admire ta constance, ma chérie, mais je te le répète, j'ai besoin de temps pour m'habituer à l'idée d'abandonner cette maison où j'ai des souvenirs, et ce quartier où j'ai des amis.

À son grand soulagement, Sue finit par capituler. Mais Dorothy se doutait qu'elle reviendrait bientôt à la charge.

Alors qu'elle s'apprêtait à servir le thé, Sue lui ôta la théière des mains.

— Laisse ! Elle est lourde.

— T'ai-je dit que Phil m'avait appelée l'autre jour ? lâcha Dorothy d'un ton badin. Il voulait prendre de mes nouvelles. D'après lui, tu ne lui en donnes pas beaucoup.

Sue sentit son cœur se comprimer. Si elle conservait de cordiales relations avec son ex-mari, elle préférait espacer leurs conversations téléphoniques. La remarque de sa mère était plausible. Mais plus que le reproche insinué, elle détecta dans le propos en apparence anodin la volonté de la blesser.

— Nous nous parlons rarement. Phil est très occupé comme moi, et quand nous nous téléphonons, c'est plutôt pour des raisons financières que privées.

— Quel dommage ! Un si charmant garçon. Je ne me suis jamais remise de ton divorce, tu sais.

— Moi si, mentit Sue. Tout cela est du passé. Il faut vivre dans le présent.

— Plus on vieillit, plus le passé s'incruste dans les pensées. Tu verras, ma chérie, c'est si dur de se tourner vers l'avenir. Si effrayant.

Pour la première fois, Sue éprouva de la compassion pour sa mère, mais au lieu de tenter de la rassurer, elle se défila.

— Au fait, que sont devenus les chiens en Staffordshire que papa t'avait offerts pour vos noces de porcelaine ?

— Quels chiens ? répondit Dorothy l'air effaré.

— Aucune importance.

Sa mère bluffait-elle ou était-elle vraiment en train de perdre la mémoire ? Son thé bu, Sue s'extirpa du fauteuil qui grinça.

— Je vais rentrer. Il est tard.

— Déjà ! se désola Dorothy. Pourquoi ne pas dormir ici ? Ta chambre est toujours prête, tu le sais.

— Je dois me lever tôt demain matin. J'ai un rendez-vous à Londres.

Dorothy s'efforça de ravaler ses larmes. Sue n'apprécierait pas de la voir céder à l'émotion en sa présence. Sur le pas de la porte, elles échangèrent un baiser sec. La vieille dame ne se rappelait plus que sa fille l'ait un jour longuement serrée entre ses bras. Cette dernière avait dressé entre elles une barrière qui empêchait tout rapprochement, à la manière de ces clôtures électriques qui retiennent le bétail dans les pâturages.

— Tu sens la violette, maman.

Son cœur de mère se réchauffa quelque peu. Elle avait appris à se contenter du moindre signe d'affection, même le plus ténu.

~ 16 ~
Des têtes effrayantes

Le soir du 31 octobre, Charlie, qui vagabondait librement dans Park Avenue, aperçut ses nouveaux copains émerger de l'allée de leur cottage dans des tenues étranges et peu adaptées à l'exercice du foot. Sa maîtresse, qui avait passé l'après-midi à transformer une citrouille en tête « effrayante », avait tenté de lui expliquer ce qu'était la fête d'Halloween. C'est à peine s'il l'avait écoutée. Posée sur le seuil de la chaumière, la citrouille, dans laquelle vacillait la flamme d'une bougie, n'avait rien d'effrayant à ses yeux de chien. Mais Charlie se sentait différent de ses congénères.

Toujours est-il qu'il vit les jumeaux, dont l'un brandissait une fourche en plastique, traverser la chaussée et se diriger vers la maison de celle qui maintenait ses amies les perruches en détention. Il s'apprêtait à les rejoindre quand il perçut un vrombissement familier de moteur. Une Ferrari rouge venait de virer dans l'avenue. Le labrador renonça aussitôt à son projet pour détaler ventre à terre vers sa chaumière. De cette course avec le bolide de son maître, il sortait toujours vainqueur. Virage sur les chapeaux de roues, crissement de pneus, la voiture entrait à peine dans son garage que Charlie, dressé sur deux pattes, ouvrait d'un coup de museau la porte arrière de la maison, fonçait dans le vestibule et s'aplatissait sur le dos, pattes en l'air, attendant qu'une main d'homme vienne lui gratouiller longuement le ventre. La clé tourna dans la serrure. Son maître vint s'accroupir près de lui.

— Eh Charlie ! Ça fait plaisir de te retrouver.

Il n'avait pas quitté son bel uniforme.

— Y a quelqu'un ? cria-t-il. L'*homme* est de retour.

Des talons de mules en satin claquèrent dans l'escalier.

— Richard, mon amour !

Jackie se jeta au cou de l'homme en bleu. C'était parti pour un baiser de cinéma. Avec eux, ça durait toujours des plombes. Délaissé, le labrador leur accorda un délai décent avant de s'immiscer entre leurs deux paires de jambes. Sa maîtresse vacilla.

— Regardez-moi ce jaloux ! Il va nous faire trébucher.

— Charlie, au panier ! tonna Richard en entraînant sa femme vers l'escalier.

La queue basse, il se traîna vers la cuisine. C'était toujours comme ça quand son maître s'absentait plus de vingt-quatre heures. À peine rentré, il fallait qu'il monte sa femelle en chaleur. Pire que des chiens ! Comme d'habitude, on pouvait s'attendre à un concert de cris, de halètements et de soupirs. Charlie se roula en boule dans son couffin et enfouit la tête sous un coussin pour ne pas les entendre.

* * *

Quand le carillon retentit, Pat Dobson, supposant qu'il s'agissait de l'infirmière, ouvrit sa porte sans prendre la précaution de regarder par l'œilleton auparavant. Trop tard ! Un diable et un fantôme de même taille se trémoussaient sur son seuil. Ce devait être les jumeaux de la Française. L'un d'eux tendit son panier.

— Donnez-nous des bonbons ou on vous jette un mauvais sort !

Bien sûr, c'était la nuit d'Halloween.

— Attendez, grogna-t-elle, je vais voir ce que je peux trouver.

Il lui fallut un peu de temps pour dénicher un paquet de pastilles de menthe oublié au fond d'un tiroir dans la cuisine. Elle le jeta dans le panier. Le diable brandit sa fourche et le fantôme agita les bras en poussant des cris déchirants.

Même pas un « s'il vous plaît » ni un « merci, madame », songea-t-elle aigrement tandis qu'ils se sauvaient. *Ces gamins sont vraiment mal élevés.*

Au moment où elle s'apprêtait à fermer sa porte, en se jurant qu'on ne l'y reprendrait plus, une silhouette surgit de l'ombre, immense et menaçante. Paralysée de terreur, Pat sentit qu'on l'agrippait par la nuque. Les os du squelette brillaient dans la nuit. Il était armé d'une faux dont la lame luisante lui frôla le visage. Sa pointe aiguisée lui égratigna la joue faisant perler une goutte de sang. Elle voulut hurler, mais aucun son ne sortit de sa gorge nouée. Son cœur cognait si fort qu'elle percevait ses coups contre ses côtes et l'afflux de sang sous ses tempes palpitantes. Le crâne fluorescent se pencha vers son visage et murmura d'une voix d'outre-tombe :

— La grande faucheuse t'attend au seuil de l'enfer. Ta dernière heure est enfin arrivée, la vieille.

Une odeur de pourriture émanait de sa personne. Il puait la mort. Littéralement. Pat ferma les yeux. La paume de son agresseur se resserra autour de son cou. Elle sentit la pression de son pouce sur sa glotte. Si son cœur ne lâchait pas avant, elle allait mourir par étranglement. L'air ne parvenait plus dans ses poumons. Par réflexe, elle ouvrit la bouche pour en aspirer une goulée. Ses lèvres sèches, sur lesquelles elle passa la langue, avaient le goût âcre du sang.

— Regarde-moi ! ordonna-t-il. Aie au moins le courage de regarder la mort en face.

Elle obéit et cette fois, il la toisait à visage découvert en guettant sa réaction.

Même après toutes ces années, elle le reconnut sur le champ. C'était donc lui, le corbeau ! Il la tenait sous l'emprise de son regard hypnotisant. Au seuil de la mort, la dernière pensée de Pat Dobson ne serait pas pour son fils ou son mari, ni même pour sa mère défunte.

Le regard des hommes ne change pas, se dit-elle. Celui de son bourreau, noir et brillant, n'exprimait qu'un profond dégoût.

~ 17 ~
Le petit boulot de Charlie

Le lendemain matin, Jackie Barton enfila un gilet matelassé sur son survêtement rose, se coiffa d'un serre-tête à oreilles de fourrure et laça ses chaussures de cross. Son chien l'attendait déjà au garde-à-vous en bas de l'escalier.

— En forme, mon Charlie ? On a du boulot aujourd'hui.

Le labrador remua la queue. Pour accomplir ce genre de boulot, il n'était pas du genre à rechigner. On pouvait même assurer que sans lui, le boulot n'aurait pas été abattu avec autant d'efficacité. Sa maîtresse courait et il la coachait. Vu sous cet angle, ça avait plutôt l'air d'un passe-temps. En réalité, c'était un vrai boulot. Jackie ne courait pas seulement pour le plaisir ni pour se maintenir en forme. Dotée d'une solide paire de jambes et de « beaux poumons » comme l'affirmait son mari avec gourmandise, elle les mettait au service de toutes les causes qu'elle acceptait d'endosser : les animaux abandonnés, les enfants africains affamés, les vedettes de sauvetage en mer, sans oublier les aveugles, les cancéreux, les paralytiques... Mile après mile, sa cagnotte se remplissait. Bien entendu, en matière de fonds collectés, Jackie n'arrivait pas à la cheville de la princesse Diana qui avait d'autres atouts dans sa manche. Néanmoins, elle ne s'en tirait pas trop mal. Le principe reposait sur la confiance. Son podomètre faisait office de preuve si nécessaire. Dans sa poche, elle gardait la liste de ses sponsors illustrée des promesses de dons. Au rythme où elle les engrangeait, il lui faudrait accomplir plusieurs fois le tour du monde. Personne ne pouvait résister au sourire de cet ange roux au teint de rose.

Le circuit du coach et de la joggeuse était immuable. À petites foulées, ils descendaient la colline par Church Road et gagnaient le centre-ville. Charlie en profitait pour se vider les entrailles et la vessie. Il fallait s'alléger avant de parcourir au pas de course un bon paquet de miles à travers les *greens* auxquels la cité devait son nom et sa réputation non usurpée de ville la plus verte du comté. Car bien entendu, les *greens* n'étaient pas uniquement plantés de gazon. On y trouvait des arbres, des bosquets, des chemins, des étangs, des tables de pique-nique, des cours de tennis, des aires de jeux pour les enfants, et même des parcours de santé que tous deux parcouraient allégrement.

L'objectif du jour atteint, le duo remontait la colline et bouclait la boucle par la branche nord de Park Avenue. Au retour, Jackie se jetait sous la douche, et Charlie dans son panier. Là, il se remémorait leurs rencontres : la dame de l'agence immobilière fumant devant la vitrine, le clochard méditant sur son banc au pied de la croix, les autres joggeurs, les rares piétons du quartier, sans oublier bon nombre de quadrupèdes et volatiles divers auxquels le labrador ne prêtait qu'une attention distraite, leur préférant la compagnie et le verbe des humains. Cependant, comme il était normalement constitué et « plutôt bien balancé de ce côté-là », comme le faisait remarquer fièrement son maître, ça ne l'empêchait pas de lorgner les femelles de son espèce, ni de risquer le cas échéant des manœuvres d'approche. Mais au contraire de Richard, qui frétillait au passage du moindre jupon, Charlie se montrait exigeant sur les attributs de la belle. Rares étaient celles qui avaient l'heur de satisfaire ses critères d'excellence.

Ce matin-là, tout en suivant sa maîtresse qui entamait sa course dans Park Avenue, le labrador se demanda s'il aurait la chance de revoir la chienne blonde de ses rêves. Celle qu'il avait croisée dans l'église le jour de la bénédiction des animaux et qui, comme lui, se coltinait un petit boulot.

~ 18 ~
On peut toujours rêver

Un mauvais pressentiment assaillit Pat Dobson dès qu'elle ouvrit les yeux. En cette terrible soirée d'Halloween, alors qu'elle s'attendait à mourir étranglée ou décapitée d'un coup de faux, elle s'était soudain retrouvée seule devant sa porte, profondément choquée, mais vivante. Le corbeau déguisé en squelette s'était envolé. Hagarde, elle était parvenue à se hisser jusqu'à sa chambre et n'avait pu s'endormir qu'après avoir avalé un somnifère. Le cauchemar au milieu duquel elle s'était réveillée en sursaut continuait de la hanter.

Pat se frotta les yeux. Son cerveau ébranlé avait-il conçu le scénario machiavélique de son agression ou le cauchemar n'était-il qu'une répétition de ce qu'il s'était réellement passé la veille au soir ? L'égratignure de sa joue et les bleus imprimés sur son cou prouvaient pourtant qu'elle n'était pas gagnée par la folie.

Après avoir absorbé une double dose de calmant, elle enfila sa vieille robe de chambre et enroula une écharpe autour de son cou meurtri. Il fallait qu'elle se ressaisisse. Desmond, qui ne s'était aperçu de rien au moment fatidique, n'allait pas tarder à la sonner. S'il s'étonnait de la voir porter une écharpe, elle prétendrait qu'elle avait pris froid. Car bien entendu, elle ne soufflerait mot de l'agression ni de l'identité du corbeau. Inutile de déterrer cette vieille histoire. Ils en avaient assez bavé par la suite. Oh, pas très longtemps, mais suffisamment pour que Desmond s'acharne depuis lors à lui faire payer sa « faute » par tous les moyens. Dieu merci, la délivrance était proche. C'était sa seule consolation.

Le cœur battant à tout rompre et les jambes tremblantes, elle parvint à descendre l'escalier en s'accrochant à la rampe. Verser le café moulu dans le filtre et brancher la cafetière électrique nécessitèrent un effort surhumain tant elle avait du mal à respirer. Il devait être aux environs de huit heures et le jour semblait ne jamais vouloir se lever. *Triste 1er novembre !* déplora-t-elle intérieurement. Pour chasser ses idées noires, Pat s'efforça une fois de plus d'imaginer sa vie sans Desmond. Quand il « ne serait plus là », comme elle se le disait à elle-même pudiquement, elle pourrait enfin s'offrir quelques distractions et peut-être des voyages. Après toutes ces années de dévouement au service d'un mari exigeant et parfois violent, elle l'avait bien mérité. Certaines associations organisaient des voyages culturels pas trop fatigants dans des pays pas trop lointains. À part quelques brèves incursions sur le continent, Pat ne connaissait pas grand-chose du vaste monde. Ils n'étaient même pas allés rendre visite à leur fils en Australie, à une époque où ils auraient pu se le permettre. « Trop loin et trop cher ! », avait décrété Desmond quand elle en avait émis l'idée. « Et puis, il ne nous a pas invités officiellement. » « Peut-être attend-il que l'initiative vienne de nous ? », avait-elle rétorqué. « Foutaises ! », avait-il répliqué du tac au tac. Ça avait été le mot de la fin et le projet était tombé à l'eau avant même d'avoir été mis sur pied. Plouf ! Jamais elle ne verrait de kangourous à l'état sauvage ni d'adorables koalas nichés au cœur des grands eucalyptus odorants.

Le café s'écoulait goutte à goutte du filtre dans la cafetière. Chaque matin depuis des années, selon un rituel immuable, le couple en buvait une tasse au réveil avant le petit déjeuner. Desmond était un homme d'ordre et d'habitudes. Leur vie conjugale s'était déroulée ainsi depuis le premier jour. Une vie terne et sans passion, ponctuée de cris et de larmes. Une vie à côté de laquelle elle était passée. Peut-être était-il encore temps de se rattraper si l'état de son cœur le permettait ?

Un fond d'eau bouillota dans le filtre. Elle versa le café dans les tasses préparées sur un plateau avec le sucre et les cuillères. Quand elle entra dans le living, son mari attendait, bien droit dans son fauteuil.

— Bonjour, mon petit. Tu as bien dormi ?

Desmond grommela une vague réponse signifiant que dans son cas, dormir ne servait plus à rien. Elle posa le plateau sur la table basse au plus près de lui.

J'aimerais grignoter quelque chose avec le café.

Pat le considéra avec surprise. Ces derniers temps, il ne pouvait plus avaler aucune nourriture solide. Il fit le geste de la chasser de la pièce.

— Eh bien, qu'est-ce que tu attends ?

Résignée – elle n'en était plus à un caprice près –, elle regagna la cuisine et revint quelques instants plus tard avec une assiette de biscuits ramollis repêchés au fond d'une boîte qui avait eu du mal à s'ouvrir.

— Tu en as mis du temps !

À quoi bon répliquer ? Depuis des lustres, elle avait renoncé à se défendre. Pat sucra son café et commença à le boire.

~ 19 ~
Le prestige de l'uniforme

Deux heures plus tard, Jackie Barton rentrait de sa course matinale en compagnie de son chien quand elle aperçut une voiture de police et deux ambulances stationnées devant le pavillon des Dobson. Précédée de Charlie, elle accéléra sa foulée et arriva juste à temps pour entrevoir un corps masqué par un drap qu'on engouffrait dans l'une des ambulances. Était-ce celui du malade ? Puis ce fut au tour de Desmond d'être évacué sur une civière, suivi de l'infirmière. Les portes des deux véhicules claquèrent. Ils démarrèrent en trombe, sirènes hurlantes. L'infirmière était restée sur le trottoir. Elle paraissait en état de choc.

— Que s'est-il passé ? s'enquit Jackie.

— La bonne femme a clamsé, répondit-elle crûment. C'est moi qui l'ai découverte en arrivant tout à l'heure. Elle était effondrée dans son fauteuil. Il n'y avait plus rien à faire.

Jackie porta la main devant sa bouche et étouffa un léger cri. Charlie tournait autour d'elle en poussant de petits jappements qui sonnaient comme la respiration d'un asthmatique.

— Et Desmond ?

— Il était prostré. Je n'ai pas pu lui tirer un mot. Ils l'ont emmené à l'hôpital de Lexington.

— Qu'est-ce qui est arrivé à Pat ?

— Un arrêt cardiaque d'après le médecin des urgences. Elle était agrippée à sa tasse de café vide et elle avait les yeux exorbités, comme si elle ne comprenait pas ce qui lui arrivait. Dans le doute, il a appelé les flics.

L'infirmière s'interrompit un instant avant de reprendre, sur le ton de la confidence :

— D'après moi, elle est morte étranglée.

Elle se toucha le cou et ajouta :

— Elle avait des bleus ici et là. Le toubib les a remarqués aussi. L'assassin a dû se servir de l'écharpe pour... enfin, vous comprenez.

Jackie secoua la tête. Sa voisine, *assassinée* ! Elle avait du mal à le croire. Alors qu'elle s'interrogeait, deux hommes, l'un en civil et l'autre en uniforme, sortaient justement de chez les Dobson. Le plus âgé la salua d'un bref hochement de tête.

— Inspecteur Bentley. Vous vivez dans le quartier ?

— J'habite là, répondit-elle en montrant sa chaumière.

— Ah, très bien. Dans ce cas, vous connaissez peut-être des membres de la famille Dobson : enfants, petits-enfants, frères, sœurs… ?

— Non. Ils ne reçoivent pas beaucoup de visites. Je sais seulement qu'ils ont un fils à Sydney. Il s'appelle David si mes souvenirs sont bons.

Le policier se frotta les mains d'un air satisfait.

— Parfait, parfait. Tenez, voici ma carte.

Jackie s'en saisit entre ses doigts gantés de laine sans trop comprendre ce que ça signifiait. Cet inspecteur était plutôt beau mec et s'il l'avait invitée gentiment à boire un verre avec lui, elle aurait peut-être cédé à la tentation. Charlie gronda en montrant les crocs entre lesquels pendait sa langue rose.

— Madame Dobson semble être décédée de mort naturelle, reprit-il. Mais en attendant les résultats de…

— L'autopsie, souffla Jackie.

La gêne du policier à prononcer devant elle un mot lourd de sous-entendus le rendait encore plus séduisant. C'était le genre d'homme qui, sous des airs bourrus, devait cacher une grande humanité. Il rougit.

— En effet. Eh bien, si ses résultats le nécessitaient, il se pourrait que vous soyez convoquée par mes services.

Jackie afficha son plus radieux sourire.

— Avec plaisir, monsieur l'inspecteur.

— Bien, bien ! Alors à bientôt, qui sait ?

— Qui sait ? répéta-t-elle.

Charlie poussa un aboiement réprobateur. Nullement démonté, Bentley entreprit de lui flatter l'encolure.

— Beau chien !

— N'est-ce pas ?

— Comment s'appelle-t-il ?

— Charlie.

— Eh bien, Charlie, j'ai l'impression que tu as très soif, dit-il en bêtifiant un peu.

— Ça n'a rien d'étonnant. Nous venons de courir l'équivalent d'un semi-marathon.

Redressé, le policier se remit à se frotter les mains comme s'il les savonnait. Ça devait être un tic qui trahissait un certain embarras. Pendant ce temps, son subordonné commençait à montrer des signes très nets d'impatience et martelait le sol des pieds comme s'il cherchait à se réchauffer. Charlie s'était mis à faire la toupie comme s'il voulait attraper sa queue. Tous semblaient avoir oublié la morte. La voiture de police, dont les portières étaient restées ouvertes, émit une sorte de bourdonnement.

— Téléphone ! annonça bêtement le jeune flic sans bouger d'une semelle.

Son chef eut l'air d'un ours émergeant d'une longue hibernation.

— Sergent, relevez l'identité de madame et son numéro de téléphone, ordonna-t-il avant de décamper.

Jackie le regarda s'engouffrer dans la voiture et se demanda de quoi il avait l'air en tenue officielle. Elle avait toujours été sensible au prestige de l'uniforme. Celui de Richard avait beaucoup compté et comptait toujours dans leur relation amoureuse.

— Si vous décidez d'abandonner votre chien, faites-moi signe, plaisanta le sergent à la fin de sa déposition.

Charlie se remit à hurler à la mort.

— Eh, t'excite pas, mon pote, je rigole !

Le jeune homme fit claquer ses talons en une sorte de salut militaire avant de rejoindre son patron à grands pas. Jackie retenait Charlie par le collier. Son chien était la douceur même, mais là, il avait envie de mordre.

~ 20 ~
Un corbeau bien informé

Le cadavre de Pat Dobson n'était pas encore froid que la rumeur de son décès soudain et suspect se propagea à toute allure des hauteurs de Chatton Green jusqu'au centre, avant d'aller se répandre dans les quartiers du bas de la ville.

Rose apprit la nouvelle à l'heure du déjeuner de la bouche de son ami coiffeur qui la tenait d'une cliente dont la belle-sœur était la voisine de l'infirmière ayant donné l'alerte. Autant dire qu'en passant de bouche en bouche, cette rumeur s'était enrichie d'un flot de détails tous aussi abracadabrantesques les uns que les autres. L'ancienne voisine des Dobson en fut d'autant plus ébranlée que sa mauvaise conscience n'avait cessé de la titiller depuis sa découverte du billet du corbeau.

Elle déverrouilla le tiroir de son bureau où elle l'avait tenu enfermé sous une pile de dossiers. Même si cette précaution lui paraissait dorénavant inutile, elle enfila des gants pour s'en saisir délicatement et le glisser dans une enveloppe qu'elle fourra dans son sac à main.

La rumeur évoquait aussi l'état alarmant du mari. Tout en se disant que Desmond ne risquait donc plus d'être interrogé, encore moins inquiété au cas où il serait suspecté, Rose avait décidé d'apaiser sa conscience en se rendant au poste de police afin de se délester du billet. Pour l'avoir fréquenté deux ans plus tôt à l'occasion des malversations de son escroc d'ex-mari, elle tenait l'inspecteur Bentley pour un homme compréhensif, honnête et juste.

Avant d'aller se confesser auprès de lui, elle rechercha dans son répertoire téléphonique le numéro de Jackie Barton dont la version des faits serait certainement la plus proche de la vérité.

Jackie répondit sur-le-champ, mais ne lui apprit pas grand-chose de plus que le peu qu'elle savait sur les circonstances de la mort de Pat et sur l'état de Desmond. Elle révéla que le chef de la police locale – « un fort bel homme au demeurant » – s'était rendu aussitôt sur les lieux, accompagné d'un jeune « blanc-bec » qui prétendait lui « enlever » son chien. Rose allait raccrocher quand Jackie lui fit cette surprenante proposition :

— Vous allez juger que le moment est mal choisi, mais j'organise demain matin une réunion entre voisines autour d'un café. Si vous pouvez vous joindre à nous, ce sera l'occasion d'évoquer la mort de cette pauvre Pat.

— Je vais essayer de passer, répondit évasivement Rose.

— Penny Frost a un empêchement, ajouta Jackie.

Cette précision en apparence anodine rassura Rose qui n'avait aucune envie de revoir l'acquéreuse de son ancienne maison. Après avoir raccroché, elle se félicita de la délicatesse de la belle rousse qu'elle avait peut-être jugée écervelée à tort. Et elle se dit qu'une nouvelle incursion dans le quartier lui fournirait l'occasion de prendre des photos du pavillon des Dobson avant ses concurrents. Leur fils avait dû être prévenu, mais le temps de rentrer d'Australie, il n'arriverait sans doute pas sur place avant le surlendemain. Rose saurait convaincre Jackie de faire le guet et de l'alerter dès qu'il débarquerait. Réjouie par cette perspective, elle prétexta un rendez-vous urgent et quitta l'agence en vitesse avant que son patron, qui s'entretenait au téléphone avec sa femme depuis un bon moment, n'ait eu la possibilité de réagir.

* * *

De retour au poste de police, Peter Bentley s'était empressé de remiser le cas des époux Dobson dans un coin reculé de son cerveau. Il avait des dossiers plus urgents et plus préoccupants à traiter que ce fait-divers somme toute banal. Sous son apparence de petite cité tranquille, Chatton Green n'était pas plus épargnée par la délinquance que ses voisines moins privilégiées. Le milieu social ne changeait pas grand-chose à la donne. L'affaire sur laquelle il enquêtait à cette époque consistait par exemple en une grossière escroquerie à l'assurance montée par le hobereau local ruiné par les travaux de rénovation de son manoir. Les crimes de sang qui lui tombaient sur les bras n'étaient certes pas monnaie courante, mais les affaires de mœurs étaient légion et il manquait de moyens humains pour les traiter. Sans parler du matériel obsolète qu'il avait trouvé à son arrivée deux ans plus tôt. En dépit de ses requêtes répétées, il ne parvenait même pas à obtenir ne serait-ce qu'un télécopieur digne de ce nom. Comment boucler efficacement des enquêtes dans ces conditions ?

Par conséquent, dans le cas de la vieille Dobson, il espérait que l'avis du légiste rejoindrait le sien, à savoir une mort par arrêt cardiaque tout ce qu'il y avait de plus naturelle et l'affaire serait vite classée. On pourrait rendre le corps à la famille, à condition de mettre la main sur le fils, tâche qu'il venait de déléguer à son adjoint.

Peter Bentley ouvrit en soupirant le tiroir le plus bas de son bureau métallique et y plongea la main à la recherche du paquet de Lucky Strike qu'il y avait planqué dans l'espoir d'être moins soumis à la tentation que s'il le gardait bien en vue sur sa table. Le stratagème ne fonctionnait pas toujours, en particulier des jours comme celui-ci. Ses doigts touchaient au but quand une tête s'introduisit dans l'entrebâillement de la porte.

— Patron, une dame demande à vous voir. Elle prétend que c'est urgent.

Bentley s'apprêtait à charger le jeune homme de s'en occuper quand l'image de la jolie rousse de Park Avenue traversa subrepticement son cerveau. Pour donner le change, il fit claquer son tiroir et bougonna :

— Faites-la entrer !

La *dame* en question n'était pas rousse mais blonde. Elle portait une de ces coupes courtes et bouffantes dont la mode avait été lancée par la princesse de Galles. Ravalant sa déception, il se leva pour l'accueillir.

— Bonjour, madame…

— Fitzgerald, Rose Fitzgerald, ex-Robinson, précisa-t-elle.

Cette fois, il la remettait. Son ex-mari était lié à l'affaire d'un cercle de jeux clandestins qui l'avait mis sur la paille et son épouse dans la foulée.

Il hocha la tête d'un air entendu en espérant qu'elle n'allait pas lui faire rouvrir un dossier classé.

— Je me souviens de vous, dit-il en s'efforçant de se montrer un tantinet compatissant. Que puis-je faire pour vous, chère madame ?

La visiteuse se racla la gorge avant de débiter la phrase qu'elle avait dû préparer en chemin :

— Avant mon divorce, je vivais dans Park Avenue et j'étais une proche voisine des Dobson. Vendredi dernier, je leur ai rendu visite. J'avais entendu dire que le mari était gravement malade. Je voulais prendre de ses nouvelles. Et en quittant la maison, j'ai…

— Oui… l'encouragea Bentley que l'envie de fumer une cigarette commençait à titiller.

— Je suis tombée sur ça, dans leur entrée, par inadvertance, croyez-le bien.

« Ça » était un morceau de papier qu'elle sortit de son sac pour le lui tendre comme s'il lui brûlait les doigts.

Tandis qu'il chaussait ses lunettes et dépliait le billet, son interlocutrice poursuivit :

— Je réalise aujourd'hui que j'aurais dû vous prévenir sans tarder, mais… j'ai craint de vous déranger pour rien. Je le regrette, croyez-moi.

— « Ton heure va bientôt sonner, la vieille, et pour ce que tu as fait, tu ne l'emporteras pas au paradis[8] », lut-il du ton le plus neutre possible.

Bentley reposa le billet à plat devant lui et fixa Rose.

— Voilà un corbeau bien informé, du moins pour la première partie de la phrase. Un corbeau cultivé, qui plus est.

— C'est ce que je me suis dit aussi.

N'y tenant plus, il récupéra son paquet de Lucky Strike.

— Vous fumez, madame Fitzgerald ?

Comme elle hochait la tête, il lui tendit le paquet dont une cigarette était à moitié sortie.

— Dans ce cas, allons marcher un peu. Je m'engourdis à force de rester assis à cette table.

---

[8] Phrase tirée d'une parabole de l'Ancien Testament.

Rose le suivit et ils quittèrent la pièce par une porte dérobée qui s'ouvrait sur une ruelle. L'inspecteur lui alluma galamment sa cigarette.

— Connaissez-vous quelqu'un qui aurait eu des raisons d'en vouloir à Pat Dobson au point de la menacer ? demanda-t-il après avoir tiré une première bouffée salvatrice.

Rose comprit que le but de cette promenade, tout en satisfaisant l'irrépressible envie de fumer du policier, était d'entretenir une conversation sur un mode amical plutôt que professionnel. Elle ne l'en estima que davantage.

— Pas précisément, répondit-elle vivement, car elle s'était attendue à cette question et ne désirait surtout pas incriminer Desmond, encore moins Dorothy.

— Son mari, son fils… ? insista-t-il.

— Pat Dobson n'avait pas un caractère très aimable. Je présume que beaucoup de gens étaient susceptibles de lui en vouloir.

Il fit tomber sa longue cendre sur le pavé de la ruelle qu'ils avaient commencé d'arpenter à pas lents.

— Au point de souhaiter sa mort ?

Rose haussa les épaules.

— Je crains de ne pouvoir vous aider.

Le policier feignit de la croire et laissa s'écouler quelques secondes avant de se dévoiler :

— Madame Dobson buvait une tasse de café au moment de sa mort et l'on a trouvé au pied du fauteuil où se tenait son mari, un sachet de poudre blanche qui est en cours d'analyse. Vous qui les connaissiez un peu, pensez-vous qu'il pourrait avoir tenté d'empoisonner sa femme ?

Rose se sentit rougir malgré elle.

— C'est possible, reconnut-elle en songeant aux livres d'Agatha Christie qui n'avaient pas dû échapper à la vigilance de l'enquêteur.

Par chance, il ne s'attarda pas sur cette piste. Après avoir écrasé la cigarette à moitié consumée dans une boîte de pastilles vide sortie de sa poche, il lui donna congé :

— Parfait ! Si vous n'avez rien à ajouter, je vais vous laisser retourner à vos occupations. En vous remerciant d'avoir pris la peine de venir m'apporter ce billet.

Rose hésita avant de poser la question qui la préoccupait :

— Savez-vous quand les funérailles pourront avoir lieu ?

— Dans quelques jours tout au plus, le temps d'obtenir les résultats de l'autopsie.

Le mot la fit frissonner.

— Eh bien, au revoir, inspecteur, balbutia-t-elle.

— Une dernière chose, lança-t-il alors qu'elle s'apprêtait à tourner les talons, si vous connaissez d'autres personnes du voisinage susceptibles de détenir des informations utiles à l'enquête, n'hésitez pas à m'appeler. Voici ma carte.

— Vous savez, cela fait deux ans que j'ai quitté le quartier et à part ma récente visite aux Dobson, j'ai coupé tout contact avec les gens de Park Avenue.

— Je comprends.

— Bon courage, monsieur l'inspecteur.

Il inclina la tête.

— Merci, madame Fitzgerald. Dès que j'aurai du nouveau, je ne manquerai pas de vous le faire savoir.

Elle lui remit sa carte à son tour, celle de l'agence immobilière qu'il examina avec attention avant de lui adresser un sourire chaleureux.

— Vous avez bien réussi votre reconversion. Bravo et au plaisir de vous revoir dans de meilleures circonstances.

En sortant du poste de police, Rose se sentit plus légère. Elle était parvenue à soulager sa conscience à moindres frais. Il restait à espérer que l'enquête aboutirait à la conclusion d'une mort naturelle, voire accidentelle, mais surtout pas criminelle. Plus tôt la date des funérailles serait fixée, plus vite elle pourrait approcher le fils Dobson et jouer de son ancienne proximité avec ses parents pour obtenir l'exclusivité de la vente de leur maison. Car elle n'en doutait pas une seconde, il serait pressé de s'en débarrasser.

~ 21 ~
Une rencontre inopinée

Rose avait à peine posé un pied dans l'agence que son boss l'interpela.

— Puisque tu es debout, tu pourrais aller me chercher un sandwich crevettes mayo et un saumon-concombres au Waitrose, s'te plaît ! J'aurai pas le temps de sortir déjeuner. Trop de boulot !

Elle réprima un ricanement. « Trop de boulot ! » Mieux valait être sourde qu'entendre pareilles sornettes ! Sans se presser, elle vint se planter devant lui. Il la considéra d'un air étonné.

— Quoi ?

Elle frottait son pouce contre son index.

— Ah ouais.

De la poche arrière de son pantalon, il extirpa son portefeuille gonflé à bloc avant de lui tendre un billet de dix livres comme à regret.

— Pendant que tu y es, tu ajouteras une plaque de chocolat Cadbury aux noisettes et une bouteille de Pluvier Doré.

Rose ne bougea pas d'un poil. Cette bière de luxe au nom incongru valait à elle seule une fortune. Mais Bob se replongea dans ses dossiers comme si de rien n'était. Si elle réclamait une rallonge, il prétendrait qu'il était à court de monnaie et que de toute façon il la rembourserait « plus tard ». Chanson bien connue. Elle en serait de sa poche une fois de plus. Le pire était qu'il ferait passer le ticket de caisse sur sa note de frais. Le beurre et l'argent du beurre, il leur fallait tout aux chefs. Et puis, il devait se dire qu'en perspective de la prime qu'elle allait palper sur la vente du pavillon des Dobson, elle pouvait bien offrir à boire à son patron. Comprenant qu'il était inutile d'insister, Rose tourna les talons et quitta l'agence en pestant.

Dans le supermarché, son humeur ne s'améliora pas. Novembre commençait à peine que Noël se profilait sournoisement au fil des rayons. Bientôt, les rues, les boutiques et les maisons seraient envahies par les guirlandes clinquantes, les chants débiles, les sapins artificiels et les étalages de bouffe écœurants. Rose détestait cette période festive depuis toujours. Elle aurait même donné son chat pour passer le 25 décembre au lit avec une bouteille de scotch et un bon bouquin. Son rêve le plus fou : se barrer dans un pays exotique éloigné de toute civilisation où on ne fêtait pas Noël. Seulement, ses enfants tenaient aux traditions et fauchée comme elle était, elle devait se passer de voyages.

Elle était plantée devant le rayon des sandwichs quand une voix veloutée se fit entendre dans son dos.

— Pompon va bien ?

La flèche se ficha dans son cœur avant même la fin de la phrase. Elle se retourna lentement. Le vétérinaire aux yeux bleus et aux mains magiques lui sourit de toutes ses dents blanches fichées dans sa mâchoire carrée. Elle s'étonna :

— Vous vous souvenez du nom de mon chat.

— Précisément, madame Fitzgerald. Comment se porte ce petit vagabond ?

— Il semble tout à fait remis, répondit-elle en rougissant.

— Tant mieux ! Mais continuez à le surveiller et n'hésitez pas à revenir consulter le cas échéant.

Rose se troubla. Loin d'oublier cet homme au charme magnétique, elle s'était surprise à espérer, non sans honte, que l'état de Pompon justifierait une seconde visite à son cabinet. Mais sous l'effet du traitement, le chat avait vite retrouvé sa vigueur habituelle. À quoi bon dans ces conditions claquer le prix d'une consultation au lieu d'offrir à sa fille le jean de marque dont elle rêvait ? Et surtout, à quoi bon nourrir des espoirs sentimentaux complètement vains ? Bâti et séduisant comme il était, marié ou pas, le vétérinaire devait avoir toutes les femmes à ses pieds.

Dans l'intention de le voir s'éloigner au plus vite, elle reporta son attention sur le rayon.

— Eh bien, je vais vous laisser, madame. Je suis heureux d'avoir de rassurantes nouvelles de Pompon.

— Le traitement a été efficace en effet. Merci encore, docteur, et bon après-midi.

Il amorça un mouvement de départ avant de se raviser :

— J'allais oublier de vous signaler que j'ai soumis votre question à un toxicologue.

— Ma question ?

— Oui, à propos de l'effet de l'ingestion éventuelle de nutriments pour les fleurs par un humain.

— Bien sûr. Avez-vous obtenu la réponse ?

— Pas encore, mais je vous en ferai part dès que possible.

— C'est très gentil à vous.

Tel un petit chien, il l'avait suivie vers les caisses, alors que, comme Rose le nota avec amusement, son panier était vide. Tim

Pringle – elle venait de se remémorer son nom inscrit sur la facture du cabinet vétérinaire – devait être un homme soit distrait, soit aussi troublé qu'elle par leur rencontre inopinée.

— Comment pourrai-je vous joindre ? demanda-t-il timidement.

Rose lui tendit sa carte professionnelle. Il n'était pas question de lui communiquer le numéro de téléphone de la maison.

— Merci et à bientôt. Vous pouvez compter sur moi, madame Fitzgerald.

Il déposa son panier vide sur la pile et, en quittant le magasin, faillit heurter un chariot entrant. Rose en conclut qu'il était plutôt du genre distrait, ce qui valait mieux pour elle.

De retour à l'agence, elle balança le sac à provisions sur le bureau de Bob et lui mit sous le nez le ticket de caisse dont le montant s'élevait à dix-neuf livres et quatre-vingt-seize cents. Il l'examina avec étonnement.

— Rends-moi mes dix livres. Ce sera plus simple, comme ça je pourrai te rembourser avec un billet de vingt et tu garderas la monnaie pour la peine.

— Tu te paies ma tête ! C'est toi qui me dois dix livres, et je t'accorde vingt-quatre heures. Pas une de plus.

Rose ne se reconnaissait pas. La rencontre du beau vétérinaire lui avait donné des ailes. Son patron ne broncha pas. Il avait l'air d'un sale gamin pris en faute. Elle poussa son avantage :

— Je serai absente demain matin.

Penaud, il ne lui demanda pas de se justifier.

~ 22 ~
La vengeance est un plat qui se mange froid

Après la visite de Rose Fitzgerald, l'inspecteur Bentley avait étudié avec attention le billet du corbeau. Il savait qu'il aurait dû le classer en attendant d'être fixé sur la cause du décès de Pat Dobson, mais son instinct lui dictait d'agir autrement et son instinct le trompait rarement.

— Une petite perquisition, ça vous dirait, sergent Jones ?

Le jeune homme daigna détourner le regard de l'écran de l'unique ordinateur du bureau. Lui seul était capable de s'en servir. Bentley refusait de l'utiliser au prétexte qu'il ne parvenait pas à manipuler la souris. Il tapait ses rapports sur une machine à écrire électrique qui le suivait de poste en poste et dont il ne se serait débarrassé pour rien au monde.

— Vous voulez retourner chez les Dobson ? s'étonna son adjoint. Mais… on n'a pas de mandat.

Son chef était déjà dehors.

— On prend ma voiture, annonça-t-il. Ce sera plus discret.

* * *

Toutes fenêtres ouvertes, Dorothy Parker chantait à tue-tête son air préféré de *Carmen* quand elle aperçut les deux hommes qui s'introduisaient dans le pavillon des Dobson. Le plus âgé leva la tête vers elle et lui adressa un signe de la main auquel elle ne daigna pas répondre.

Il lui sembla reconnaître les policiers présents lors des opérations d'évacuation du matin. Quelques heures plus tôt, réveillée par le son strident des sirènes, elle avait assisté au spectacle à travers les voilages de sa chambre. « Te voilà enfin débarrassé de la vieille chouette ! », s'était-elle d'abord réjouie en songeant à son cher Desmond. Mais quand elle avait vu qu'on l'évacuait à son tour sur une civière, elle s'était affolée, avant de se raisonner. Son visage n'était pas recouvert, signe qu'il était toujours vivant. Dorothy avait ensuite appelé l'hôpital de Lexington. À force d'insister, elle avait fini par apprendre que Desmond se trouvait en observation, mais que, très fatigué, il ne pouvait recevoir de visites. Préférant ignorer cette interdiction, elle avait supplié sa gentille voisine française de la conduire dans cet hôpital où son mari avait vécu ses derniers jours, cinq ans plus tôt. Celle-ci devait arriver d'une minute à l'autre. Elle se gourmanda aussitôt : « Prépare-toi, au lieu de chanter. Il faut que tu sois belle pour te présenter à l'homme que tu as tant aimé. »

Le tintement de la cloche la surprit au moment où elle rangeait son tube de rouge à lèvres. Ce devait être sa voisine… comment s'appelait-elle déjà ? Son sourire s'évanouit quand elle découvrit celui qui se tenait sur son seuil.

La froideur de cet accueil n'étonna pas l'inspecteur.

— Excusez-moi de vous déranger, madame Parker – le nom était affiché sur la boîte aux lettres – je suis Peter Bentley, du poste de police de la ville. Puis-je vous parler quelques instants ?

— Oui, mais faites vite, bougonna-t-elle. J'attends quelqu'un.

— Rassurez-vous, ce ne sera pas long. Il s'agit d'une simple enquête de voisinage à propos du décès de madame Dobson. Je présume que vous êtes au courant.

— Avec tout le raffut que vous avez causé ce matin !

— Je suis navré pour le dérangement.

La vieille dame haussa les épaules.

— Qu'est-il arrivé à cette *pauvre* Pat ?

Il nota l'ironie du ton.

— Une crise cardiaque.

Elle hocha la tête à plusieurs reprises.

— M'étonne pas. Elle avait le cœur fragile. Il battait grâce à une pile, vous savez.

— En effet.

— Qu'attendez-vous de moi ? demanda-t-elle d'un ton plus aimable.

— Savez-vous où se trouve le fils des Dobson ? Nous cherchons à le contacter pour l'informer de la triste nouvelle.

— David ? dit-elle en ricanant. Pas la moindre idée ! Il ne rendait jamais visite à ses parents.

— D'après l'infirmière de monsieur Dobson, son fils vit en Australie.

— Possible ! Bien, je crains de ne pas me montrer d'une grande utilité.

Bentley s'inclina légèrement.

— Merci infiniment, madame Parker et pardon à nouveau pour le dérangement.

La porte ne se referma pas derrière lui et il sentit le regard de la vieille dame peser sur son dos. Durant les quelques minutes de l'entretien, elle l'avait reçu dans son couloir, la main crispée sur sa canne. En retraversant l'avenue, il eut l'intime conviction qu'elle n'était pas le corbeau.

Son adjoint l'attendait dans la maison dont l'infirmière leur avait remis la clé le matin-même.

— Qu'est-ce qu'on cherche exactement, patron ?

— Des lettres avec un timbre australien et des billets dans le genre de celui que je vous ai montré.

Le jeune homme entra spontanément dans la cuisine et ouvrit toutes les portes des placards sous l'œil amusé de son supérieur. Il ne fut pas long à dénicher la boîte dans laquelle la défunte conservait les billets.

— *Eurêka !* s'écria-t-il triomphalement.

— Comment avez-vous fait pour trouver la planque aussi vite ?

— Facile ! Les femmes dissimulent toujours leurs petits secrets dans des boîtes à gâteaux ou à sucre. Des boîtes métalliques parce qu'elles pensent qu'ils y seront bien à l'abri.

— Vous semblez vous y connaître en matière de comportement féminin, railla son patron qui était veuf et fréquentait peu de femmes à l'exception de sa mère.

— Boîtes qu'elles enfouissent sous des piles de linge en sachant que leurs maris ou leurs fils n'y plongeront jamais les mains, précisa Jones.

Bentley se garda de commenter cette généralité, mais n'en pensa pas moins. Après avoir enfilé des gants, il sortit les trois billets de leur cachette, les étala sur la table en formica jaune et demanda à son adjoint de les lire à voix haute.

— « Cerbère t'attend au seuil de l'enfer. Trop tard pour te repentir de tes péchés. » Eh bien, il n'y va pas de main morte, ce corbeau, si j'ose dire !

Il leva la tête pour épier la réaction de son supérieur qui demeura impassible.

— Continuez, sergent !

— « La vengeance est un plat qui se mange froid. » Donc il s'agit d'une vengeance.

L'inspecteur ébaucha un sourire.

— J'admire votre esprit de déduction. Et le dernier billet ?

— « Tremble, la vieille ! Ma faux se plantera bientôt dans ton cœur sec. » Chaque billet est illustré d'une faux qui transperce un cœur, un vrai cœur, parfaitement dessiné. On peut en déduire que le corbeau s'y connaît en anatomie.

Bentley fit mine d'applaudir.

— Ou bien qu'il s'est contenté de recopier un croquis tiré d'un manuel d'anatomie.

— Vous pensez que le corbeau cherchait à effrayer sa proie au point que son cœur finisse par lâcher ?

— Hum, c'est l'hypothèse la plus probable. Néanmoins, le résultat n'était pas garanti.

— Pourquoi ne nous a-t-elle pas contactés ? On aurait pu surveiller la maison, remonter la piste du harceleur.

L'inspecteur haussa les épaules.

— La gêne, la peur de paraître ridicule, la crainte de déranger, que sais-je ? On aurait pu lui répondre que c'était l'œuvre de plaisantins.

— Tout de même, le gars devait être informé de ses problèmes cardiaques.

— Ou pas ! Quant au corbeau, il peut tout aussi bien s'agir d'une femme.

Le sergent ne réagit pas à ce commentaire. Son attention était fixée sur les billets.

— Vous avez remarqué, ils ont le même format, le papier est jauni, un peu craquant, et l'un des bords est déchiré.

— Ça ne m'a pas échappé.

Bentley rassembla les billets et les rangea en soupirant dans une pochette destinée aux pièces à conviction.

— Si ces billets révèlent l'identité du corbeau et qu'on parvient à le coincer, pourra-t-il être inculpé d'assassinat ? s'enquit son adjoint, les sourcils froncés.

— Bonne question ! En attendant, contentons-nous de trouver le moyen de contacter le fils. Ensuite, nous tâcherons de dégoter un pub acceptant de servir des plats chauds à cette heure tardive.

— J'en connais un, patron : *Le Corbeau qui rit*. Je vous jure que ce n'est pas de la blague. Et pour le fils, il suffit de fouiller dans le sac à main de la défunte. On y trouvera certainement un répertoire téléphonique dans lequel le numéro sera placé en tête de la page des D, non pas pour Dobson, mais pour David. Mon nom est le premier de la page des L dans celui de ma mère.

— Vous m'épatez, Lindsay. Espérons que vous aurez raison. Je meurs de faim.

Ils n'eurent aucun mal à dénicher le sac – un modèle en cuir verni noir à fermoir doré, d'un style similaire à ceux qui pendaient au bras de la reine. Un carnet d'adresses s'y trouvait bien, mais ne contenait pas l'information qu'ils recherchaient.

— Tant pis, décréta l'inspecteur en embarquant le carnet. Allons déjeuner. Il est plus que temps.

~ 23 ~
Surprises et contrariétés

En descendant vers le centre-ville par Church Road, un peu plus tard, la voiture de l'inspecteur Bentley croisa une Ford Scorpio[9] qui montait et s'apprêtait à tourner dans Park Avenue.

David Dobson avait entassé ses affaires dans un sac de voyage et quitté l'appartement de Sue en lui laissant un billet griffonné sur le bloc-notes de son bureau à côté du téléphone.

Je vais suivre ton conseil et tenter de me réconcilier avec mon père. La comédie a assez duré. Peut-être acceptera-t-il de m'abriter en attendant que je retrouve du travail. Merci pour ton accueil et pour ton aide. Porte-toi bien.

David.

Cette fois, il était décidé à affronter son père, en espérant que la maladie lui aurait adouci le caractère. Faute de fiche de salaire, il n'avait aucune chance de trouver une location, et pas d'autre choix que de se réfugier chez ses parents. Sa mère le recevrait à bras ouverts, il en était certain. Au cours de toutes ces années, il avait inventé des séjours professionnels en

[9] Destiné au marché européen, ce modèle de berline a été produit entre 1994 et 1998. Sa ligne massive lui a forgé une réputation de laideur. La Scorpio était souvent comparée à une baleine.

Angleterre pour la revoir à Londres, dans de grands hôtels où il prétendait être logé par le cabinet qui l'employait et où ils se contentaient d'une tasse de thé au bar. Était-elle dupe ? Il se l'était souvent demandé. Mais si c'était le cas, elle n'en avait jamais rien laissé paraître, se satisfaisant de leurs brèves rencontres annuelles et de quelques échanges téléphoniques dont il prenait toujours l'initiative sous prétexte qu'il aurait été trop coûteux pour elle de l'appeler depuis l'Angleterre.

Personne ne répondit à son coup de sonnette. David fit le tour de la maison en regardant par les fenêtres, mais elle semblait vide. Puis il retourna se poster dans sa voiture. Son père devait dormir et sa mère être partie faire des courses. Elle finirait bien par rentrer.

* * *

Au même moment, Sue, assise sur la cuvette des toilettes dans le bureau de son association, fixait d'un air hébété le résultat du test de grossesse qu'elle venait d'acheter dans une pharmacie. Pour tenter de se rassurer, elle se dit que c'était une erreur. Elle ne pouvait pas être enceinte. Impossible !

Après s'être recomposé un visage devant le miroir, elle annonça à son assistant qu'il pouvait rentrer chez lui et attendit qu'il ait quitté les lieux avant d'appeler son gynécologue et de lui soutirer un rendez-vous pour le lendemain.

* * *

Dès son arrivée à l'hôpital de Lexington, Dorothy Parker congédia son chauffeur, la serviable Charlotte.

— Ne vous inquiétez pas pour moi, mon enfant. Je connais cet endroit comme ma poche, hélas. Il est inutile de m'attendre, je commanderai un taxi pour rentrer.

— Laissez-moi au moins vous conduire jusqu'au comptoir d'accueil.

— C'est bon, je vais me débrouiller seule. Vous pouvez filer.

Charlotte dut s'incliner face à la détermination de sa voisine.

Armée de sa canne en guise de carte de priorité, Dorothy remonta la file d'attente et se planta devant l'hygiaphone :

— Indiquez-moi la chambre de Desmond Dobson, s'il vous plaît, mademoiselle, demanda-t-elle à la réceptionniste qui avait largement dépassé l'âge de se faire appeler mademoiselle.

Cette dernière tapa le nom sur un clavier tandis que Dorothy frappait le sol dallé de sa canne pour signifier son impatience.

— Il est arrivé ce matin, insista-t-elle.

— En effet, madame. Il a été transféré en cancérologie, mais ne peut recevoir aucune visite, à l'exception de sa famille.

— Justement, je suis sa femme, gronda Dorothy en s'attaquant cette fois à la paroi de l'hygiaphone.

— Je vous en prie, calmez-vous, madame. Vous auriez dû m'en informer plus tôt. Chambre 168. Premier étage.

— Je sais, grogna-t-elle.

Après être entrée dans le premier ascenseur venu et avoir erré dans des couloirs qu'elle ne reconnaissait pas, Dorothy se heurta à un grand homme en blouse blanche qui la reconnut sur le champ :

— Madame Parker ! Comment allez-vous ?

Tout en papillonnant du regard, elle fit bouffer sa coiffure.

— Je me porte comme un charme, docteur.

— Tant mieux. Que faites-vous ici ? si je peux me permettre.

Elle le toisa.

— Je cherche mon mari, chambre 618.

Le médecin, qui se souvenait parfaitement avoir traité son défunt mari, se gratta la tonsure, soupçonnant un début de démence sénile.

— Desmond Dobson, insista la vieille dame en prenant soin d'articuler. Il a été admis ce matin.

— Vous vous êtes donc remariée ! s'exclama le médecin, en partie soulagé. S'il s'agit bien de la chambre 618, vous vous êtes trompé d'étage, madame Parker. Suivez-moi jusqu'au bureau des infirmières. On sera vite renseignés.

Arrivée dans la cage vitrée, Dorothy se posa sur une chaise. La chaleur était insupportable. Elle mourait de soif. Quand le médecin se tourna vers elle après un conciliabule à voix basse avec une femme en blouse bleue, il semblait préoccupé.

— Votre « mari », je veux dire monsieur Dobson, se trouve bien à cet étage, mais il est très faible et ne peut recevoir personne. Vous allez rentrer tranquillement chez vous, madame Parker. On va vous appeler un taxi.

Dorothy tenta de se lever pour s'enfuir, mais elle retomba lourdement sur sa chaise et avala sans broncher le liquide qu'on lui fit boire.

De retour chez elle, furieuse d'avoir manqué son coup, mais déterminée à recommencer, elle téléphona à sa fille. Dès qu'elle entendit sa voix, elle se mit à parler avant de se rendre compte qu'il s'agissait d'un message enregistré. Tout en maudissant les répondeurs et Sue qui n'était jamais là quand elle avait besoin d'elle, elle raccrocha.

* * *

Lorsque la sonnerie de son téléphone fixe retentit, Sue prenait un bain. Avant de se plonger dans l'eau, elle avait longuement examiné dans le miroir ce corps qu'elle détestait. Où allait donc se nicher l'embryon au milieu des couches flasques de son ventre ? De quoi aurait-elle l'air à six mois de grossesse ? D'une éléphante ? Non, on ne soupçonnerait pas la différence. Déjà, il n'était pas rare qu'on lui demande innocemment : « Alors, il est pour quand ce bébé ? »

Décidée à ne pas bouger, elle écouta sa propre voix déroulant le message d'accueil puis celle de sa mère dont le répondeur n'avait enregistré qu'un fragment de phrase sans début ni fin. Sue s'extirpa en soupirant de la baignoire. Elle s'enroula dans un peignoir griffé d'un palace qui datait de ses voyages avec son ex-mari, et gagna le living en prenant garde de ne pas glisser. Tout en frissonnant, elle composa le numéro de sa mère. L'attente lui parut interminable avant d'obtenir une réponse :

— La maison des Parker, je vous écoute.

Sue ne put réprimer un sourire.

— Mère, c'est moi, tu m'as appelée ?

— Peut-être.

— Que se passe-t-il ?

— Pat est morte.

— Qui ?

— La vieille chouette d'en face, tu sais bien. La femme de ce pauvre Desmond.

— Ah ! répondit Sue en regrettant d'avoir quitté sa bulle chaude pour si peu.

— Lui est à l'hôpital en état de choc. On m'a empêchée de le voir. Et la police cherche David.

L'œil de Sue fut attiré par le mot griffonné sur le bloc-notes.

— David ? Pourquoi ?

— Pour lui annoncer la mort de sa mère, pardi !

— Bien sûr. Mais… pourquoi, la police ?

— Un homme très aimable est venu m'interroger, ce matin. Il ne l'a pas affirmé, mais si la police s'en mêle, c'est que la mort de la vieille garce est suspecte.

Sue sentit son cœur se comprimer. Les lignes du message laissé par David ondulaient. Elle dut s'asseoir.

— Excuse-moi, on m'appelle sur ma ligne professionnelle, prétendit-elle. Je passerai te voir dès que possible.

Elle raccrocha sans attendre la réponse et relut le mot de David. S'il s'était vraiment rendu chez ses parents, il avait dû s'apercevoir que la maison était vide et chercher à se renseigner dans le voisinage. Il devait donc être déjà au courant du sort de sa mère. Comme elle n'avait aucun moyen de le joindre, elle se dit qu'elle aviserait le lendemain. Pour l'heure, elle se souciait uniquement de ce qui se déroulait dans ses entrailles, de cet embryon de vie auquel elle ne parvenait pas à croire. Prise d'une violente nausée, elle se rua vers la salle de bains.

* * *

Au *Corbeau qui rit*, un pub traditionnel situé à la sortie de Chatton Green en bordure de la nationale, Peter Bentley et son adjoint dégustaient une pinte de bière en attendant le plat qu'ils avaient commandé.

— Je repense aux billets du corbeau, patron, et j'ai une question.

— Je vous écoute, Jones.

— Qui est Cerbère ?

Bentley prit le temps d'avaler une longue gorgée en déplorant le manque de culture des jeunes, avant de se dire que c'était une réflexion de vieux con.

— Dans la mythologie grecque, Cerbère est le chien à trois têtes qui garde l'entrée des Enfers pour empêcher les morts de s'échapper et les vivants de venir les récupérer.

— Brrr… Vous y croyez à ces trucs : le paradis, l'enfer, la résurrection… tout ça.

— Pas vraiment, répondit Bentley qui se jugeait agnostique. Mais je crois en l'utilité des textes sacrés et mythologiques. Ils ont beaucoup à nous apprendre sur le comportement des humains. À nous, en particulier, les flics.

Cette tirade laissa le jeune homme perplexe. Il s'apprêtait à demander à son chef de lui suggérer des idées de lectures utiles à leur profession, quand l'arrivée des assiettes de poisson pané accompagné de frites et de purée de pois cassés fit diversion.

La sonnerie stridente de son téléphone cellulaire retentit au moment où il noyait de ketchup une poignée de frites.

— Je vous avais bien dit, Jones, qu'on ne pouvait jamais avoir la paix avec ces engins.

Pressentant qu'une urgence allait les empêcher de terminer leur repas, l'inspecteur s'empressa d'ingurgiter quelques bouchées pendant que son adjoint répondait à l'appel. Ce dernier finit par lui tendre le petit appareil noir de marque Nokia dont il était très fier.

— C'est pour vous, patron. Le poste a reçu un appel de l'hôpital de Lexington. Il s'agit de Desmond Dobson.

Bentley cala la miniature dans sa paume en soupirant, écouta le message, puis écrivit un nom et un numéro au dos du sous-bock.

— On dirait qu'il y a du nouveau, annonça-t-il à la fin de la communication. Finissez de manger pendant que j'appelle l'hôpital.

Le sergent Jones ne se le fit pas dire deux fois. Il regarda son patron grignoter deux frites en attendant qu'on lui passe son interlocuteur. Apparemment, la nouvelle lui avait coupé l'appétit.

Quelques minutes plus tard, les deux hommes filaient vers Lexington.

* * *

Au milieu de l'après-midi, Rose profita d'un moment creux à l'agence pour examiner la photocopie qu'elle avait faite du billet du corbeau avant d'aller le remettre à l'inspecteur Bentley. Un détail la turlupinait depuis sa découverte : le format inhabituel du feuillet et la déchirure de l'un des côtés. D'où lui venait cette impression de *déjà-vu* comme on disait en français ?

La réponse jaillit quelques heures plus tard alors qu'elle attendait son tour devant le comptoir de la pharmacie du centre derrière une dame qui tenait son ordonnance dans la main. Le corbeau s'était servi d'une ordonnance vierge dont il avait déchiré l'en-tête pour ne pas être démasqué. On pouvait en déduire logiquement qu'il s'agissait d'un médecin. Hypothèse d'autant plus vraisemblable que seul un initié était capable de reproduire aussi fidèlement le cœur anatomique qu'on pouvait interpréter comme sa signature.

En sortant de la pharmacie, Rose se demanda si elle devait livrer cette information à la police.

~ 24 ~
Le retour du fils prodigue

David Dobson, qui s'était endormi dans sa voiture toujours stationnée devant la maison de ses parents, fut réveillé en sursaut par le fracas des coups frappés contre la vitre. Une dame âgée aux cheveux mauves se tenait devant la portière, brandissant une canne à pommeau d'argent. Il se redressa et baissa la vitre. Elle l'interrogea avec sévérité :

— Qu'est-ce que vous faites là, jeune homme ?

Il pointa le pavillon du doigt.

— J'ai sonné, il n'y avait personne. J'attends le retour de ma mère.

— David ! s'exclama-t-elle. Bon sang, tu as changé, je ne t'aurais pas reconnu ! Sors de là que je te vois mieux !

— Et vous êtes ? risqua David que cette femme intimidait.

La canne indiqua la maison d'en face.

— Dorothy Parker.

Il se retint de rétorquer qu'il ne l'aurait pas reconnue non plus.

— Le fils prodigue est enfin de retour, ironisa-t-elle.

Debout sur le trottoir, David baissa la tête. Il se sentait comme un enfant pris en faute, mais renonça à se justifier. Sa vie ne regardait pas cette femme dont il savait – par Sue, car lui n'en gardait aucun souvenir – à quel point elle haïssait sa mère.

— J'ai le regret de t'annoncer que tu arrives trop tard. Ta mère… est décédée ce matin. D'une crise cardiaque selon la police.

Sous le choc, il dut s'asseoir sur le capot.

— Et mon père ?

— Il a été transporté à l'hôpital de Lexington, dit-elle dans un soupir, mais les visites ne sont pas autorisées.

— C'est grave ?

Elle le toisa.

— Si son cancer ne finit pas par le tuer, il mourra d'autre chose.

Sur ses mots, elle lâcha la portière ouverte à laquelle elle était agrippée et entreprit de traverser la chaussée d'un pas chancelant. Parvenue au beau milieu, elle se tourna vers lui.

— Tu ferais bien de te présenter au poste de police. Le grand chef te cherche. Un fort bel homme, au demeurant, marmonna-t-elle en reprenant sa marche.

Interloqué, David attendit de la voir rentrer chez elle avant de se glisser à l'arrière du pavillon. Il ne possédait pas de double des clés, mais savait comment s'y introduire en passant par la fenêtre de la cuisine dont il suffisait, en forçant un peu, de soulever le panneau inférieur. Si elle n'avait pas été réparée, c'était jouable. Il n'avait pas trop grossi depuis son adolescence.

Se donnant l'impression d'être un cambrioleur, il y parvint sans peine et gagna son ex-chambre, l'une des deux pièces de l'étage. Là, il ne fut pas étonné de découvrir que son père l'avait transformée en bureau. C'était de bonne guerre après tout. Au rez-de-chaussée, un fauteuil inclinable occupait une grande partie de l'espace du salon. Il s'y installa et décida que ça ferait un lit confortable. Puis il alla fourrager dans les placards de la cuisine et bénit sa mère qui accumulait les provisions « de peur de manquer », comme elle disait. Réalisant enfin qu'il ne la verrait plus jamais, il éclata en sanglots et pleura longtemps, le visage caché dans ses bras croisés sur la table. Il n'aurait pas été surpris que son père surgisse pour le traiter de « mauviette », avant de lui coller une taloche.

~ 25~
Entre enfer et paradis

Après sa visite à l'hôpital, Peter Bentley décida de rentrer directement chez lui. Il se faisait tard et il n'aimait pas laisser son fils seul trop longtemps à la maison. Même si, à treize ans, Owen faisait preuve d'une étonnante maturité et se montrait parfaitement capable de se débrouiller seul. Mais depuis le décès prématuré de sa femme, Peter Bentley se sentait doublement investi dans son rôle de père. Bien sûr, il avait souffert de la disparition de Kathleen, son amour de jeunesse, et souffrait encore de son absence, mais sa plus grande peine était de savoir son fils orphelin de mère. D'autant plus que lui ne l'était pas. Ce qui lui paraissait une injustice supplémentaire.

Depuis sa mutation à Chatton Green, deux ans plus tôt, il louait un appartement dans une grande maison ancienne du centre-ville idéalement située à proximité de son lieu de travail et du collège catholique où étudiait son fils. En l'y inscrivant, le veuf était resté fidèle à l'orientation religieuse de sa femme. L'établissement privé se classait en outre parmi les meilleurs du comté. Pour y être admis, il fallait non seulement présenter un excellent bulletin scolaire, mais être adoubé par le curé de la paroisse, le vieux chanoine O'Hara. Cet Irlandais, qui passait pour plus catho que le Pape lui-même, avait tiqué en découvrant qu'il avait affaire à un homme sans religion. Dieu merci, Owen

– dont le certificat de baptême faisait foi – avait sauvé sa place en proposant de servir la messe chaque dimanche et son père se sentait obligé d'y assister de temps à autre. Il en profitait pour observer les paroissiens, ce qui pouvait toujours se révéler utile dans le cadre de son travail.

Dès qu'il ouvrit la porte de l'appartement, une bonne odeur lui fit monter l'eau à la bouche. Pour changer des plats surgelés réchauffés au four à micro-ondes ou des pizzas du *take away* voisin, Owen se mettait parfois à cuisiner.

— Salut, p'pa ! cria-t-il depuis ses fourneaux. J'ai préparé des pâtes à la bolognaise, ce sera bientôt prêt.

— Merci, mon fils. Ça tombe bien, je meurs de faim.

Une fois installés à table, ils entreprirent de se raconter mutuellement leur journée. Peter appréciait ce moment d'intimité entre père et fils. Owen savait le distraire par ses anecdotes de collégien, et lui-même trouvait toujours le moyen – tout en préservant le secret professionnel – de le captiver en lui livrant des bribes d'enquête. Il en profitait pour le mettre en garde contre certains travers de la nature humaine ou lui fournir au contraire des exemples d'actes courageux ou généreux dont il était parfois le témoin.

Ce soir-là, il commença par tester sa culture générale en l'interrogeant sur Cerbère. Satisfait par sa réponse, il saisit l'occasion pour lui expliquer la différence entre les enfers de l'Ancien Testament et l'enfer des chrétiens. De là, il s'éleva jusqu'au paradis ce qui l'amena à citer et à analyser la phrase du corbeau : « Tu ne l'emporteras pas au paradis », tirée de la Bible. Owen, qui l'avait écouté avec attention, en profita pour le taquiner :

— J'ignorais que tu t'intéressais tant aux sujets religieux.

— Ça t'étonne de la part d'un flic ?

— Non, mais comme tu ne crois pas en Dieu, je vois bien que ça t'ennuie d'assister à la messe quand je la sers. Tu n'es pas obligé, tu sais.

Peter ne se sentit pas le courage de lui expliquer la différence entre un athée et un agnostique. Ce serait pour une prochaine fois. En revanche, il ne put s'empêcher de moraliser :

— Garde-toi de juger trop vite, fiston. Les apparences sont souvent trompeuses. Par exemple aujourd'hui, j'ai soupçonné un homme de haïr sa femme au point de l'avoir empoisonnée, eh bien c'est probablement l'inverse qui s'est passé.

Ménageant son effet, il se leva pour débarrasser la table.

— Tu veux dire que c'est la femme qui a empoisonné le mari ? s'étonna Owen.

— Ça reste à prouver, mais comme elle est morte, elle ne pourra pas l'avouer.

— De quoi est-elle morte, finalement ?

D'un arrêt du cœur, lâcha son père tout en regrettant d'en avoir trop dit.

Il restait sous le choc de ce qu'il venait d'apprendre de la bouche du cancérologue qui suivait Desmond Dobson depuis le début de la maladie. Inquiet de la dégradation rapide de son état en dépit du traitement qui lui aurait permis de gagner quelques années de vie, il avait procédé à des examens plus poussés y compris toxicologiques. D'après les résultats, ce qui risquait de tuer son patient à court terme n'était pas le cancer, mais un empoisonnement chronique et méthodique à la strychnine, autrement appelée la mort aux rats. Ironie de l'histoire, ce raticide avait été autrefois employé pour éradiquer les corbeaux.

— Son cœur n'a peut-être pas supporté le poids de la culpabilité, suggéra Owen.

— Possible, répondit son père en se disant que c'était là une réaction très catholique.

— En tout cas, cette dame ne l'emportera pas au paradis, conclut Owen avec un léger sourire. Je parie au contraire qu'elle est en train de brûler dans le feu de l'enfer.

~ 26 ~
L'homme à la faux

Quand Rose se présenta chez Jackie Barton, le lendemain matin à l'heure convenue, elle eut la surprise d'être accueillie, non pas par la maîtresse de maison, mais par son chien.

— C'est toi qui as ouvert la porte ? dit-elle en le caressant.

Charlie confirma d'un jappement avant de la mener vers la véranda où quelques dames étaient déjà rassemblées. Rose reconnut Wendy, la petite blonde plutôt boulotte du numéro 12 qui n'eut pas l'air de la reconnaître. On lui présenta Janet, Liz, et Charlotte, toutes trois arrivées dans l'avenue après son déménagement.

— J'étais en train de faire la visite de ma nouvelle cuisine, lui apprit Jackie. Qu'en pense l'experte que tu es devenue ?

Surprise par la familiarité du ton, Rose réfléchit à sa réponse pendant que Jackie précisait à l'intention des autres :

— Notre amie Rose travaille chez *Smith & Baker*.

Par bonheur, le murmure d'approbation qui suivit la dispensa de tout effort de diplomatie. La pièce, qui comportait un comptoir destiné au petit déjeuner, était équipée du nec plus ultra des appareils ménagers et croulait sous les gadgets culinaires. Jackie semblait particulièrement fière de la poubelle réservée aux déchets voués au compost et des paniers à légumes montés sur roulettes.

— C'est un projet pharaonique, jugea Wendy. Ça a dû te coûter un bras et une jambe !

— Rich a poussé des hauts cris. Mais comme je lui ai répondu du tac au tac : « Tu t'es offert une Ferrari à crédit, j'ai les moyens de me payer une cuisine au comptant ! », il a rabaissé son caquet.

— Avec Mark Wilkinson comme designer, tu en as pour ton argent, commenta Janet. Ce type est tout bonnement un génie.

— Je ne te le fais pas dire, abonda Jackie qui exhibait tour à tour le casier à bouteilles, le tiroir à épices, la cachette du lave-vaisselle, le casserolier sur rails…

— Astucieux, reconnut Liz, je vais certainement faire appel à lui quand mes travaux d'extension seront terminés.

— Liz restaure la maison de Park Avenue-nord qui n'a plus de toit pour le moment précisa Jackie.

Aussitôt, Rose visualisa une demeure ancienne dont l'agrandissement en cours détruisait les harmonieuses proportions et dont la beauté disparaissait sous l'effet de verrues disgracieuses : un perron flanqué de lions en pierre, un porche à colonnettes, un garage pour au moins trois voitures…

— Et cette couleur ! On en mangerait ! s'esbaudit Wendy, la mine gourmande. J'ai l'impression de me trouver à l'intérieur d'un macaron à la framboise.

— Je suis particulièrement fière de mon Smeg, susurra Jackie en caressant l'angle arrondi du réfrigérateur rose bonbon.

— Tu es satisfaite de ton fourneau Aga ? voulut savoir Liz. Pour ma part, je me demande si je ne vais pas céder à la tentation d'un piano français Lacanche.

L'arrivée tardive d'Olivia Hooper interrompit ces échanges que Rose commençait à juger pesants. La propriétaire de *Holly*

Lodge justifia son retard par un match de tennis qui s'était prolongé. Rose se rappela qu'elle avait elle-même fait partie de ces femmes favorisées par la vie dont la seule préoccupation était d'occuper au mieux leur temps libre. Cette réunion aurait au moins servi à lui prouver combien son ancienne vie lui paraissait désormais vaine.

— Puisque nous sommes au complet, je vais servir le café, annonça la maîtresse de maison en conviant ses invitées à prendre place autour d'une antique table en pin.

Alors qu'elle découpait une pavlova bourrée de crème et de fruits, Janet poussa un cri de frayeur.

— Que se passe-t-il ? s'inquiéta Jackie.

— Un individu à l'air louche se balade dans ton jardin.

Elle était pâle comme une morte. Jackie éclata de rire.

— Pas de panique, ça doit être le laveur de vitres. Je ne l'attendais pas avant demain, il a dû se tromper de jour.

— Un laveur de vitres armé d'une faux ? s'étonna Janet dont l'index était toujours pointé vers l'extérieur.

— Dans ce cas, il s'agit de mon jardinier, répliqua Jackie sans se démonter.

— Je ne vois personne, constata Liz. Ni laveur de vitres ni jardinier.

— Je n'ai pas rêvé ! s'énerva Janet. Regardez, même le chien le sent.

Charlie, qui s'était complu sous la table à reluquer les jambes des invitées, selon un travers copié sur son maître, venait d'en jaillir pour se jeter sur la porte-fenêtre dont il tenta sans succès de peser sur la poignée, avant de gagner l'entrée pour sortir par cette issue. Quelques instants plus tard, il colla le museau à la porte-fenêtre en aboyant.

— J'ai l'impression qu'il nous appelle, dit Rose.

— Allons voir ce qu'il se passe, suggéra Jackie.

La porte déverrouillée, le labrador conduisit la troupe du côté du jardin des Dobson et se mit à haleter en remuant la queue.

Rose fut la première à apercevoir la faux, grossièrement cachée sous un buisson.

— J'avais raison ! triompha Janet.

Alors que Jackie se penchait pour s'en emparer, Rose l'arrêta d'un geste. Elle venait de se souvenir d'un détail : là faux plantée dans un cœur sur le billet du corbeau qu'elle avait ramassé dans l'entrée des Dobson. Pat n'était pas morte d'un coup de faux, mais d'un arrêt cardiaque selon l'infirmière et la police. Pourtant, son intuition lui soufflait que cet outil banal n'était pas sans rapport avec cette affaire.

— N'y touchez pas ! ordonna-t-elle. Je m'en charge.

— C'est la faux de mon jardinier, insista Jackie. Je la reconnais. À son dernier passage, il s'est plaint de sa disparition.

— Qu'est-ce qu'on fait ? s'enquit Janet.

— Quelqu'un a des gants ? demanda Rose.

— J'ai une idée, s'écria Jackie. Ne bougez pas, je reviens tout de suite.

Une minute plus tard, elle réapparaissait en tenant une paire de gants de ménage qu'elle tendit à Rose.

Réprimant un sourire, Rose les enfila et saisit la faux qui pesait un bon poids. Effrayées, les dames reculèrent. Wendy étouffa un cri sous sa paume.

— Il faut appeler l'inspecteur Bentley, décréta Jackie dont les joues s'empourprèrent aussitôt.

Rose coucha la faux sur le gazon impeccablement taillé et se débarrassa des gants.

— Jackie a raison. Cet outil a certainement un lien avec la mort de la pauvre Pat Dobson.

Un frisson parcourut l'assistance. Charlie se mit à gémir, les yeux fermés.

— Rentrons ! ordonna Jackie, enchantée de cette excitante diversion. Le café va refroidir. Nous mangerons la pavlova en attendant l'inspecteur.

— Pensez-vous qu'il se déplacera pour si peu ? fit remarquer Liz qui semblait en douter.

— Nous verrons bien, répondit Jackie, le sourire aux lèvres.

~ 27 ~
La dame au chien noir

L'appel de Jackie échoua dans les oreilles du sergent Jones qui se précipita dans le bureau de son supérieur.

— Patron, j'ai une certaine Jackie Barton au bout du fil.

— Jackie Barton, vous dites ? répéta l'inspecteur Bentley d'un air faussement perplexe.

— La voisine de feu Pat Dobson… la dame au chien noir… une rousse bien roulée !

Bentley fronça les sourcils.

— Ah oui, bien sûr ! Et que me veut-elle, « la dame au chien noir » ?

— Elle souhaiterait que vous vous rendiez chez elle. Elle prétend que c'est urgent. Une histoire de faux à laquelle je n'ai rien pigé.

— Quel genre de faux ?

Le jeune policier commençait à s'impatienter. Au bout de plusieurs mois de collaboration, il ne parvenait toujours pas à décrypter le mode de fonctionnement de son patron. Il pointa les billets du corbeau qui étaient justement étalés sur le bureau.

— La faux de la mort, celle de *la grande faucheuse*.

— Prévenez madame Barton que j'arrive, annonça Bentley.

Surpris et un tantinet jaloux, le sergent regarda son supérieur enfiler son imperméable d'un air guilleret.

— Vous devriez vous équiper d'un téléphone portable, patron. Ce serait plus pratique pour vous joindre directement.

— N'insistez pas, Jones. Je n'ignore pas que vous êtes féru de ce genre de gadget. Mais pas question de m'attacher un fil à la patte.

Le sergent soupira et saisit le combiné du bureau pour faire passer le message à la belle rousse qui paraissait avoir tapé dans l'œil du chef.

~ 28 ~
Comme un poisson rouge dans un aquarium

Au numéro 10 de Park Avenue, les invitées de Jackie Barton avaient repris place autour de la table.

— *Il* vient, annonça-t-elle triomphalement.

Charlie, qui gardait un mauvais souvenir de sa rencontre de la veille avec la maréchaussée, courut se réfugier dans son panier matelassé de tissu imprimé de fleurettes qui avait fait grincer les dents de son maître. « *Mon* chien n'est pas une gonzesse », avait-il commenté en le découvrant. À quoi Jackie avait répliqué qu'elle décorait *sa* cuisine comme elle l'entendait.

Le labrador lâcha un pet sonore et bâilla ostensiblement. Enroulé sur lui-même, paupières closes, il imagina qu'il était un poisson rouge dans un aquarium. Tout en flottant dans un demi-sommeil, il resta attentif aux propos des amies de sa maîtresse.

— Comment se déroulent les travaux chez toi ? demandait Jackie à Liz.

— Un cauchemar ! Sous prétexte de vertige, mon architecte refuse de grimper à l'échelle pour superviser le boulot du couvreur ; mon maçon est pendu à son nouveau téléphone cellulaire à longueur de journée ; mon plombier passe son temps à boire mon thé en me racontant ses vacances exotiques et ses parties de pêche au gros. Quant à mon menuisier, il n'arrête pas d'enterrer des parents âgés et de visiter les nouveau-nés de sa prolifique famille ! Mon époux prétend que je manque d'autorité, j'aimerais bien le voir à ma place.

— Qui veut encore de ma pavlova ?

Charlie ouvrit un œil intéressé. Wendy, qui avait le bec sucré, tendit son assiette.

— Moi, je veux bien ! C'est un délice ! Tu me passeras la recette, s'il te plaît ?

— Elle se trouve dans le livre qui est vendu au profit de l'Armée du Salut, rappela Jackie qui avait le sens des affaires. Il m'en reste quelques exemplaires à caser.

— J'ai remarqué que tu avais toujours ton Austin Mini, dit Janet. Je croyais que ton mari allait t'offrir un cabriolet.

Le labrador gronda. Cette Janet était une peste, il ne l'avait pas à la bonne.

— Rich en avait l'intention. C'est moi qui ai refusé, avec les étés pourris qu'on se coltine, je n'en vois pas l'utilité.

— La Shogun n'est pas mal, observa Liz. Il y a toute la place qu'on veut pour ranger les sacs de golf. J'y songe pour remplacer ma Range Rover.

— N'y pense même pas ! répliqua Janet. Cette bagnole, c'est une bétaillère pour les cathos à famille nombreuse.

Charlie vit pâlir sa maîtresse qui n'arrivait pas à mettre en route la famille nombreuse dont elle rêvait, et pourtant Dieu sait qu'ils redoublaient d'efforts son mari et elle. Choqué, il jaillit de son couffin et vint poser le museau sur les genoux de Jackie soudain attristée.

— Les vols de voitures se multiplient dans le quartier, fit remarquer Liz. On songe à acheter un chien de garde.

Wendy se tourna vers Charlotte qui n'avait pas pris grande part à la conversation jusque-là.

— Vous avez un chien ?

— Pas pour le moment.

Toujours vautré sur sa maîtresse, Charlie scruta la Française d'un œil vif. Sa réponse évasive signifiait-elle qu'elle consentirait un jour à accéder au plus cher désir de ses fils : adopter un chien, si possible un labrador, de préférence noir, bref un clone de leur nouveau copain ?

— Mes enfants me tannaient pour obtenir un chien, s'exclama Janet, mais j'ai préféré leur donner des gerbilles.

— Ça pue ces bêtes-là ! fit Liz en grimaçant.

— Je t'assure que non, reprit Janet. Et puis, elles n'exigent aucun entretien. Il suffit de jeter la nourriture dans la cage. Quand on les sort, on les place dans une boule en plastique transparente. Il faut les voir rouler. C'est à se tordre !

— Moi, je viens d'acheter quelques poules, dit Wendy. Mon mari a construit un ravissant poulailler en forme de pagode dans le jardin.

— Des poules ! Quelle drôle d'idée ! s'étonna Liz.

— Les poules pondent des œufs, ma chère. C'est tellement meilleur pour les enfants que les saloperies bourrées de salmonelles qu'on achète dans les supermarchés.

— Tu vas te les faire barboter, prédit sombrement Janet.

— Sans compter qu'elles risquent de s'échapper et de se retrouver dans mon jardin, s'amusa Jackie.

Un coup de sonnette énergique tira Charlie de sa méditation. Pour autant, le labrador ne jugea pas utile de remplir son office de portier. Sa maîtresse allait se faire une joie d'accueillir le visiteur.

~ 29 ~
Nouvelle piste

À la fois surpris et déçu – il fallait bien l'avouer – par l'accueil en fanfare qui l'attendait, l'inspecteur Bentley fit bonne figure. Il refusa la tasse de café et la part de gâteau offerts par Jackie Barton.

— Où se trouve donc la faux en question ? s'enquit-il, soucieux d'échapper au plus vite à cette assemblée de femmes qui le scrutaient avec une curiosité non dissimulée.

— Dans le jardin, répondit Jackie en minaudant. Elle appartient à mon jardinier qui l'avait égarée. C'est mon chien qui l'a retrouvée sous la haie qui sépare ma propriété de celle des Dobson.

— Je vous suis, madame Barton.

Sa formule de politesse suscita un concert de gloussements à peine étouffés. Le policier s'en voulut aussitôt d'avoir cédé à une impulsion tout à fait irrationnelle. Ce banal instrument de jardinage n'avait probablement aucun lien avec l'affaire du corbeau. Il allait se ridiculiser devant des dames un peu trop excitées à son goût. La seule à garder un semblant de dignité était Rose Fitzgerald dont la présence parmi ces femmes oisives l'étonna.

Alors que la troupe s'approchait du buisson, des braillements stridents lui écorchèrent les oreilles.

— Ce sont les perruches de Pat, signala Jackie. Les pauvres, j'espère qu'elles ont encore à manger et à boire.

Charlie se mit à hurler à la mort.

Bentley, bien qu'ému par la compassion de Jackie pour les oiseaux de la défunte, regretta d'autant plus amèrement de ne pas avoir envoyé son adjoint à sa place. La situation lui paraissait de plus en plus rocambolesque. Il s'accroupit pour examiner l'outil de marque dont la lame rutilait.

— Votre jardinier est-il du genre méticuleux, madame Barton ?

— Extrêmement, inspecteur. Je dirais même, maniaque.

— Pourquoi avez-vous jugé nécessaire de m'appeler lorsque votre chien a trouvé cette faux ? demanda-t-il en se relevant avec difficulté.

Durant le court trajet vers Park Avenue, il s'était posé cette question, car à part lui et son adjoint, seule Rose Fitzgerald savait que le corbeau signait d'une faux perçant un cœur. Or elle faisait partie des invitées. Avait-elle donc parlé ? Il la dévisagea d'un air inquisiteur. Comprenant son interrogation muette, elle secoua discrètement la tête.

— J'ai cru voir un homme qui courait dans le jardin de Jackie, armé de cette faux, révéla timidement Janet. Il m'a fait peur.

— « Cru voir ? », répéta Bentley en fronçant les sourcils. Et vous autres, mesdames, l'avez-vous vu ?

— Nous tournions le dos à la baie vitrée, affirma Jackie. Janet est la seule à l'avoir aperçu.

— Fort bien, je vais l'embarquer pour faire analyser les empreintes.

Il enfila ses gants.

— J'espère qu'aucune d'entre vous ne l'a touchée.

— Moi, oui, mais je portais des gants, dit Rose.

— Bon réflexe ! Madame Barton, vous prierez votre jardinier de venir me rendre visite dès que possible. J'aurai quelques questions à lui poser sur la disparition de son outil, avant de le lui rendre.

— Je n'y manquerai pas, susurra Jackie. Merci de vous être déplacé aussi rapidement, inspecteur. Je vous raccompagne.

Toujours escorté du troupeau, Peter Bentley gagna sa voiture, une Volvo démodée qui comptait déjà trop de miles au compteur, mais dont il répugnait à se séparer car c'était Kathleen, éternelle anxieuse, qui l'avait choisie pour sa « solidité ». La faux y entrait à peine. Par chance pour son amour-propre, ces dames avaient regagné la maison, à part Rose qui semblait s'être attardée exprès.

— Vous désirez me parler, madame Fitzgerald ?

— Pour la faux sur le billet que j'ai trouvé, je n'ai rien dit, précisa-t-elle.

— Je n'en doutais pas et j'apprécie votre discrétion. Autre chose ?

Oui. D'après moi, le corbeau a rédigé ce billet sur une ordonnance dont il a déchiré l'entête pour ne pas être démasqué. Cette idée m'a traversé l'esprit hier au rayon pharmacie de chez Boots. Les ordonnances qu'utilisent les médecins aujourd'hui n'ont plus tout à fait le même format, mais il correspond exactement à celles dont se servait mon mari, il y a une dizaine d'années. J'en ai gardé un bloc en souvenir et j'allais vous l'apporter. Regardez !

Le policier eut un sourire approbateur en saisissant le bloc qu'elle avait sorti de son sac.

— J'en déduis que vous êtes dotée d'une excellente mémoire visuelle ou que vous avez photocopié le billet.

— On ne peut rien vous cacher, inspecteur, répliqua-t-elle sur le même ton humoristique. C'est mal ?

— C'est judicieux.

— Je portais des gants, rassurez-vous.

— J'attends les résultats de l'analyse des empreintes. Puis-je garder votre « souvenir », le temps de boucler l'enquête ?

— Je vous en prie.

— Merci pour votre collaboration, madame. Vous venez d'ouvrir une nouvelle piste. Celle d'un corbeau médecin. Il est possible que j'aie besoin de faire appel plus précisément à vos souvenirs.

— Je me tiens à votre disposition.

— Parfait ! dit-il en se frottant les mains avant de remonter en voiture.

Assis à son volant, Bentley vit un rideau s'écarter au rez-de-chaussée de la maison des Dobson. Il mit le contact, fit rugir le moteur et alla se garer un peu plus loin dans l'avenue.

~ 30 ~
C'est la vie !

Quand le gynécologue confirma sa grossesse, Sue Dickinson fut submergée par l'effroi. D'autant que le médecin – un vieux barbon qu'elle consultait par habitude – s'était cru obligé de la sermonner : « Primipare à votre âge ! Vous rendez-vous compte des risques que vous courez ? » Sans oublier que le goujat n'avait pas manqué de mettre le doigt sur les effets négatifs de son surpoids.

En se rhabillant, Sue se força à l'introspection. Elle avait commencé à grossir après son divorce suivi de peu par le décès prématuré de son père. Les deux hommes qu'elle aimait le plus au monde s'étaient fait la malle presque de concert. Pas de chance !

L'absence de son père lui paraissait désormais moins douloureuse à supporter qu'un divorce auquel elle pouvait s'attendre. « Je suis *à voile et à vapeur* », avait prévenu Phil au début de leur liaison. Certaine que leur amour viendrait à bout des pulsions profondes de son amoureux, elle avait accepté la situation. Ils s'étaient donc épousés en grande pompe. Phil en avait les moyens. Il était l'un des partenaires de la banque d'affaires dans laquelle elle était employée au département juridique. Son mariage lui permettait de clouer le bec à tous ceux qui, dans ce milieu ultra conservateur, s'interrogeaient sur sa sexualité. Pourtant, Sue n'avait pas uniquement servi d'épouse-alibi. Loin de là. Ils avaient vécu le grand amour sur tous les plans. Un amour presque sans nuages, conforté par leur passion commune pour la musique. Passion que Sue devait à sa mère. D'ailleurs, Phil et Dorothy s'entendaient à merveille. Sa mère vénérait son gendre : « C'est un garçon en or, ma chérie, j'espère que tu mesures la chance que tu as ? » Oui, à l'époque, elle « mesurait » sa chance, en dépit de l'épée de Damoclès suspendue au-dessus de sa jolie tête blonde.

Leur bonheur précaire avait tout de même duré cinq années au cours desquelles ils avaient même essayé de concevoir un enfant. En vain. Ironie du destin ! Phil l'aurait-il quittée s'il avait été père de famille ? Pas certain. Cet homme avait un sens aigu du devoir. Mais dans ce cas, leur vie n'aurait-elle pas été un enfer ? Car le vent avait fini par s'engouffrer dans les voiles du bateau, en la personne d'un danseur étoile au visage d'ange. Phil n'avait même pas cherché à résister. La tempête l'avait emporté loin, très loin de son rivage à elle : « Désolé, mon amour, je suis gay, irrémédiablement gay, et tu n'es coupable de rien, *c'est la vie* ! » Dans la foulée, il n'avait pas tardé à faire son *coming out* et sa carrière n'en avait pas pâti pour autant.

Devait-elle l'appeler pour lui annoncer la nouvelle de sa grossesse ? S'ils avaient cessé de se voir – elle n'aurait pas supporté son regard sur son corps déformé –, ils se téléphonaient à l'occasion. Phil, qui s'était montré plus que généreux au moment du divorce, veillait toujours sur les finances de son ex-femme. Grâce à ses placements judicieux, elle était largement à l'abri du besoin et lui vouait une confiance absolue. Ayant démissionné dès leur séparation, Sue avait pu reprendre le flambeau de son père. Si la défense de la cause animale l'occupait à plein temps, cela ne suffisait pas à la combler.

Dans le taxi du retour, Sue comprit qu'elle allait garder ce bébé inattendu. Le médecin n'avait pas abordé le sujet d'un avortement éventuel, mais elle n'ignorait pas qu'il était encore envisageable. La main placée sur son ventre, elle osa se poser la question qu'elle avait occultée depuis la veille. Qui était le père ?

Il y avait bien ce militant avec lequel elle s'enfermait à l'occasion dans un bureau de son association, tous deux portés par l'euphorie qui suivait certaines manifestations réussies. La dernière – contre les produits de beauté testés sur les animaux – remontait à six semaines environ. La date collait-elle avec celle du terme que le gynécologue venait d'estimer ? Il faudrait qu'elle vérifie dans son agenda.

De retour chez elle, elle en tourna fébrilement les pages. À moins d'une erreur du médecin, ça ne pouvait pas être lui. Alors qui ? Elle n'était tout de même pas tombée enceinte par l'opération du Saint-Esprit.

Son regard se posa sur son bloc-notes. Elle sentit un flot de larmes lui monter aux yeux en se remémorant la soirée trop arrosée au cours de laquelle l'homme qu'elle hébergeait la veille encore s'était épanché. Était-ce la pitié qui l'avait poussée à le conduire jusque dans son lit ? Ou avaient-ils fait l'amour en souvenir de leur flirt d'adolescence ? Un flirt de voisinage que leurs parents respectifs jugeaient d'un mauvais œil.

Sue referma son agenda d'un coup sec. Inutile de vérifier si la date collait. D'instinct, elle le savait.

~ 31 ~
Les mystères de la vie de couple

Peter Bentley n'eut même pas besoin de sonner à la porte des Dobson. Celle-ci était déjà ouverte et un homme d'une quarantaine d'années se tenait dans la minuscule entrée. Il se présenta d'emblée :

— David Dobson. Je suppose que vous êtes de la police.

— Inspecteur Bentley, puis-je entrer ?

David s'effaça et le conduisit dans la cuisine où il l'invita à s'asseoir.

— Voulez-vous un café, inspecteur ?

— Ce n'est pas de refus. Je présume que vous êtes au courant pour vos parents ?

Les yeux rougis et les cernes du fils n'avaient pas échappé à sa perspicacité. Celui-ci hocha la tête.

— Madame Parker, la voisine d'en face, m'a annoncé la triste nouvelle hier soir, à peine étais-je garé devant la maison. Elle m'a appris également que la police cherchait à me contacter. Mais comme j'ai supposé que c'était pour m'en informer, je n'ai pas cru bon de me déplacer. D'autant qu'il était tard.

— Le poste de police est ouvert jour et nuit. Bref, je ne suis pas là pour vous juger mais pour vous présenter mes condoléances en premier lieu, puis pour vous poser quelques questions.

David parut surpris :

— D'après madame Parker, ma mère a succombé à un arrêt du cœur.

— Certes, cependant il est possible que cet arrêt du cœur ait été causé par un choc émotionnel très puissant, une frayeur, par exemple, provoquée par quelqu'un d'extérieur.

— Je ne suis pas certain de comprendre. Vous sous-entendez que *quelqu'un* a effrayé ma mère volontairement pour… entraîner sa mort ?

— Selon son médecin traitant, ce n'est pas impossible. Elle était équipée d'un pacemaker, je suppose que vous le saviez.

— Je savais que maman avait le cœur fragile, confirma David en servant les cafés, mais pas au point de…

À moins d'être un bon comédien, il paraissait à la fois stupéfait et sincèrement ému.

— À quand remonte votre dernière visite ? On m'a dit que vous viviez en Australie.

— Je suis rentré depuis… un certain temps. La dernière fois que j'ai vu ma mère, c'était au cours de l'été, à Londres. Je ne venais plus à Chatton Green depuis longtemps. Je ne m'entendais pas avec mon père, *on* a dû vous le dire aussi.

Bentley acquiesça.

— Pourquoi êtes-vous revenu hier soir ?

— Ma mère m'a récemment prévenu par téléphone que mon père était très malade et que si je voulais le revoir une dernière fois… Bref, j'ai mis du temps à me décider et…

— Je comprends. Comment était-elle au téléphone ? Vous a-t-elle parlé de menaces qu'elle aurait reçues ?

— Non. Elle paraissait assez enjouée au contraire. Mais pourquoi cette question ? Recevait-elle des menaces ?

— Elle a reçu plusieurs billets anonymes la prévenant d'une mort imminente.

— Je n'étais pas au courant, je vous l'assure.

— Personne ne l'était, à part elle et le corbeau. On a retrouvé les billets cachés dans une boîte.

— Je n'en reviens pas. Vous avez pu interroger mon père ?

— Pas encore. Pensez-vous qu'il aurait pu être le corbeau ?

— Mon père ? Non, je ne crois pas. Quand je vivais ici, mes parents se disputaient souvent. De là à…

— Les mystères de la vie de couple, intervint Bentley, jugeant prématuré d'évoquer la tentative d'empoisonnement dont son père était victime depuis des mois. Vous seriez étonné d'apprendre ce dont certains époux sont capables pour se débarrasser l'un de l'autre, aussi bien les hommes que les femmes.

— Je ne vis pas en couple.

Le policier se garda de commenter. Il lui restait quelques questions à poser :

— Savez-vous depuis combien de temps votre mère était traitée pour ses problèmes de cœur ?

David secoua la tête.

— J'étais parti de la maison quand sa maladie s'est déclarée, et comme ma mère n'aimait pas en parler, je ne peux pas répondre précisément. Dix ans, quinze ans peut-être ? Son médecin traitant vous informerait mieux que moi.

Bentley se leva. Il n'avait pas touché à son café, tandis que David s'était resservi et avait abondamment sucré le sien.

— Très bien. Merci pour votre collaboration, monsieur Dobson. Le corps de votre mère repose à l'hôpital de Lexington. Je n'émets pas d'objection à l'organisation de ses funérailles.

— Merci, inspecteur, répondit David qui avait pâli. Je vous raccompagne.

— Au fait, reprit-il juste avant de sortir, madame Barton, de la maison au toit de chaume, a trouvé une faux cachée sous un buisson entre son jardin et le vôtre. Nous supposons qu'elle aurait pu servir à effrayer votre mère.

— Ah ! Je n'ai rien remarqué hier soir dans l'obscurité.

— Je vous demande de bien vouloir passer au poste de police demain dans la journée. Une simple formalité. Si je suis absent, mon adjoint, le sergent Jones, vous recevra.

— Très bien, je passerai, répondit David sans se troubler.

Quand il se retrouva sur le trottoir, après avoir traversé en trois pas l'allée dallée du jardinet, Bentley repéra la flaque odorante qui s'étalait devant le portillon en fer forgé. Le labrador de Jackie Barton, qui s'éloignait en trottinant vers la maison de sa maîtresse, s'arrêta et tourna sa bonne tête vers lui. On aurait dit qu'il le défiait. *Certains coupables sont plus faciles à trouver que d'autres*, se dit-il, amusé.

~ 32 ~
Une drôle d'affaire

De retour au poste de police, l'inspecteur Bentley se félicita d'avoir laissé la faux dans le coffre de la Volvo, car une femme patientait dans l'étroite salle d'attente. Il s'avança spontanément vers elle.

— En quoi pouvons-nous vous être utiles, madame ?

— Eh bien, c'est à propos de la faux, dit-elle à voix basse. Je faisais partie des invitées de Jackie Barton tout à l'heure.

Tout en se frottant les mains, il opina du chef.

— Je m'en souviens, en effet.

La visiteuse semblait embarrassée. À son accent, il jugea qu'elle était française. D'ailleurs, il la connaissait de vue. Le weekend, elle accompagnait parfois ses enfants aux matchs de foot du club local auquel appartenait Owen. Des jumeaux, si sa mémoire était bonne.

— Nous serons plus tranquilles dans mon bureau pour bavarder. Je vais convier mon adjoint à assister à l'entretien, si vous n'y voyez pas d'inconvénient.

— Bien sûr que non.

— Je vous écoute, lui dit-il une fois qu'ils furent installés.

— Voilà… je suis Charlotte MacDonald. J'habite en face de chez les Dobson. Le soir d'Halloween, mes fils se sont déguisés pour faire la tournée du quartier en demandant des bonbons. J'ai décidé de les suivre de loin pour intervenir au cas où... Ils sont encore jeunes, vous comprenez.

— Je comprends.

— Ils ont commencé par la maison des Dobson et ont attendu à l'extérieur, le temps pour madame Dobson d'aller chercher des bonbons. Juste après leur départ, au moment où elle allait fermer sa porte, une sorte de grand fantôme noir a surgi devant elle. Il avait dû se cacher dans le jardinet à l'arrivée des garçons. L'homme, car étant donné sa taille, ça ne pouvait être qu'un homme, brandissait une faux dont la lame brillait comme celle que Jackie a trouvée entre les jardins. En vous voyant la soulever, ce matin, ça m'a rappelé cet épisode. Mais j'ai préféré attendre pour vous en parler en toute discrétion.

— Vous avez fort bien fait, *madame* MacDonald. Et votre témoignage est précieux. Pourriez-vous reconnaître cet homme ?

— Non. Une cape noire sur laquelle était imprimé un squelette blanc fluorescent le couvrait des pieds à la tête et je ne l'ai vu que de dos. Il personnifiait ce que chez moi, en Bretagne, on appelle l'*Ankou*, le serviteur de la mort. Son déguisement était vraiment réussi et même terrifiant.

— Madame Dobson a-t-elle paru terrifiée ?

— Oui, mais c'est le jeu, le soir d'Halloween, n'est-ce pas ? Elle pouvait tout aussi bien le prétendre.

— Naturellement. Et ensuite que s'est-il passé ?

— Je l'ignore. De mon côté, j'avais suivi mes fils vers la maison de Jackie Barton. En tout cas, je n'ai pas revu le squelette par la suite.

Bentley échangea un regard éloquent avec son adjoint.

— Je regrette de ne pas m'être inquiétée davantage, ajouta Charlotte après une pause.

— Rassurez-vous, chère *madame*, cela n'aurait rien changé. La visite de l'*Ankou*, n'a pas de lien avec le décès de votre voisine. Il s'agit d'une malheureuse coïncidence.

Il se leva, signalant que l'entretien était terminé.

— En tout cas, je vous remercie infiniment de vous être déplacée, *madame* MacDonald. Bien entendu, je vous tiendrai au courant de la suite de cette affaire, s'il y en a une.

Après avoir raccompagné sa visiteuse jusqu'à la sortie et échangé quelques propos anodins sur les exploits sportifs de leurs fils respectifs, Bentley interpela son adjoint :

— Qu'en pensez-vous, Jones ?

Le jeune policier sourit.

— J'en pense qu'on se coltine une drôle d'affaire. Je ne me rappelle pas avoir étudié ce genre de cas à l'école de police.

— Précisez votre pensée, sergent.

— Eh bien, le cas d'une mort naturelle provoquée de manière diabolique. Une mort par harcèlement en quelque sorte. Le résultat d'une vengeance soigneusement préparée. Les billets anonymes pour commencer, puis, comme ça ne suffisait pas, l'agression sous couverture avec tentative d'étranglement comme l'a confirmé l'autopsie. Je ne comprends toujours pas pourquoi la victime a persisté dans son silence après ça. Si elle nous avait appelés, elle serait peut-être toujours en vie.

— Vivante, mais portant sûrement le poids de sa culpabilité pour de mauvaises actions dont nous ne connaissons jusqu'à présent que la tentative d'empoisonnement du mari.

— À propos, comment expliquez-vous que le matin de son décès, elle ait bu son café dans la tasse sucrée à la strychnine ? Nous savons que la dose était trop faible pour la tuer, mais ça me turlupine quand même.

— Je présume qu'après une très mauvaise nuit, elle n'avait pas les yeux en face des trous et a saisi la tasse de son mari.

— À moins que le mari, soupçonnant le coup, ait interverti les deux tasses, objecta Jones.

— Possible ! Quoi qu'il en soit, ça n'a plus d'importance. Pour moi, le dossier est clos. Comme je viens de l'affirmer à notre dernier témoin, il n'y a pas de lien avéré entre la visite du supposé corbeau et le décès de madame Dobson. Elle n'a pas été assassinée. Notre enquête, qui n'a rien d'officiel, dois-je vous le rappeler, s'arrête là.

— Vous oubliez les traces d'étranglement sur le cou de la victime, patron.

— Le rapport du légiste écarte cette piste, vous l'avez lu, comme moi. Et ne qualifiez plus la défunte de *victime* par pitié !

Le sergent se fendit d'un sourire.

— OK, j'ai compris. Le dossier est clos. Néanmoins, le mystère du corbeau n'est pas résolu et tel que je vous connais, patron, vous n'allez pas lâcher l'affaire. Car ça vous titille de découvrir son identité. Sans compter que vous devez au moins ça aux amies si serviables de madame Barton.

Bentley se sentit piqué au vif par la perspicacité du jeune homme, certainement promis à un grand avenir dans la police s'il ne se laissait pas tenter par un métier plus rémunérateur.

— Quelle que soit votre décision, je vous suivrai, ajouta son subordonné, quitte à prendre sur mon temps libre.

— Merci, sergent. La faux se trouve dans le coffre de ma voiture. Je vais l'envoyer au labo, en même temps que les billets du corbeau. On verra bien si certaines empreintes correspondent.

— Si c'est le cas et qu'elles ne sont pas répertoriées dans la banque de données.

— On laissera tomber.

— Et pour le père Dobson, qu'est-ce que vous décidez ?

— Dans ce cas, preuve à l'appui, l'ouverture d'une enquête pour tentative d'empoisonnement serait justifiée. Sauf que la présumée coupable n'est plus là pour répondre de ses actes est que la présumée victime n'est plus en état de témoigner.

— Encore un cas qu'on devrait étudier à l'école de police.

— En attendant, occupons-nous du corbeau.

— Et si c'était le fils ?

Bentley secoua vigoureusement la tête.

— Peu probable. D'abord parce qu'il n'a pas la carrure de l'homme décrit par *madame* MacDonald. Ensuite, parce qu'il m'a semblé sincèrement affecté par le décès maternel.

— Vous m'étonnez, patron. N'est-ce pas vous qui répétez que les apparences sont souvent trompeuses ? A-t-il un alibi ?

— Il affirme être rentré récemment sans préciser d'où.

— Louche !

— J'écarte cette piste pour le moment, car je vous rappelle que nos soupçons portent sur un médecin. Or, David Dobson ne l'est pas.

OK, patron. Si vous permettez, je m'occupe d'obtenir des informations sur le passé médical de madame Dobson auprès de son médecin traitant.

— Parfait, répliqua son chef en se frottant les mains.

* * *

Au terme de cette journée banale pour la plupart des habitants de Chatton Green, mais extraordinaire pour quelques autres, le soleil se coucha tôt sans avoir montré le bout de ses rayons.

Charlie attendit la tombée de la nuit pour se faufiler en tapinois dans le jardin voisin. Les perruches encagées dormaient déjà, la tête dans les plumes. Dressé sur ses pattes arrière, le labrador n'eut aucun mal à actionner le loquet de la porte au moyen de sa mâchoire. Elle s'ouvrit seule. Content de lui, il retomba sur ses quatre pattes et observa un moment la volière silencieuse en imaginant la surprise des oiseaux à leur réveil. Puis, il gagna son panier à fleurettes et rêva que, tel un avion ou un oiseau, il planait au-dessus de Chatton Green.

~ 33 ~
Fumer ou ne pas fumer ?

Le lendemain matin, quand Rose Fitzgerald se posta devant la vitrine de l'agence immobilière pour fumer sa rituelle cigarette, un piaillement aigu lui vrilla les tympans. Intriguée, elle leva le nez. Un essaim d'oiseaux multicolores avait colonisé l'érable qui se dressait au centre de la place, à quelques pas de la croix.

— Qu'est-ce que c'est que ce boucan ? s'étonna son ami Paul depuis la porte du salon de coiffure voisin.

Rose pointa l'arbre.

— Regarde !

— Des perruches ! D'où sortent-elles ?

J'ai ma petite idée sur la question, répliqua-t-elle en souriant.

— Tu ne remarques pas un autre truc inhabituel ?

— En effet. Mon pote le clodo n'est pas venu me taper. On dirait qu'il a levé le camp.

— Si ces bestioles s'éternisent, on ne risque pas de le revoir de sitôt, ton pote !

— Pourquoi ça ? s'étonna Rose.

— Parce que ce sont elles que les bonnes âmes charitables vont nourrir à partir de maintenant.

— Tu crois ?

— Certain !

Le téléphone sonna à l'intérieur du salon, obligeant le coiffeur à quitter précipitamment son amie. Rose patienta quelques minutes. Faute de voir apparaître le vagabond, elle rangea la cigarette non allumée dans le paquet à peine entamé en se promettant, une fois de plus, de ne plus y toucher.

* * *

Au même moment, l'inspecteur Bentley allumait la première Lucky Strike de la journée. Chose étonnante, le sentiment de culpabilité qu'il ressentait dès qu'il appuyait sur la touche du briquet jetable ne s'évapora pas à la première bouffée, comme c'était le cas d'habitude. Que fallait-il en conclure ? Il n'eut pas le temps de pousser son introspection plus loin. Le planton de service venait d'entrer avec une enveloppe. Bentley s'en empara et le remercia. Elle contenait le résultat de l'analyse des empreintes sur les billets du corbeau. Il appela son adjoint :

— À vous l'honneur, sergent !

Malheureusement, les deux hommes durent vite déchanter. Les empreintes n'étaient pas exploitables. Le découragement saisit l'inspecteur. *À quoi bon s'acharner ?* se dit-il en se rencognant dans son fauteuil.

Fin psychologue, le sergent Jones, qui commençait à cerner les humeurs de son supérieur, s'écria presque joyeusement :

— J'ai obtenu un nom, patron !

Bentley s'ébroua. Son adjoint pouvait presque voir son cerveau se reconnecter. Il avait dû disjoncter durant quelques secondes.

— Le nom du cardiologue qui a opéré *la défunte*, il y a une dizaine d'années. Coup de bol, il bosse toujours à l'hôpital de Lexington. Nous avons rendez-vous en début d'après-midi.

— Bien joué, sergent ! D'ici là, je vais faire un tour. J'ai besoin de m'aérer les méninges.

~ 34 ~
Une humeur de chien

Jackie se préparait pour son jogging matinal quand on sonna à sa porte. C'était le facteur.

— Bonjour, madame Barton, j'ai un paquet pour vous.

Charlie, qui d'habitude faisait la fête au représentant du *Royal Mail*, resta vautré dans son panier. Non seulement il ne se sentait pas au top de sa forme, mais il était d'une humeur de chien. Quelques minutes plus tôt, sa maîtresse l'avait houspillé : « Grasse mat terminée, mon vieux Charlie ! On a du boulot, ce matin. »

La tête enfouie dans son coussin à plumes, il faisait semblant de dormir quand elle revint s'agenouiller près de lui.

— Regarde ce que le facteur m'a apporté.

Il ouvrit une paupière et vit une boîte transparente s'agiter sous son museau. Elle contenait de minuscules boules d'un jaunc orangé.

— Des œufs de coccinelles à sept points. Les larves qui en sortiront peuvent avaler jusqu'à soixante pucerons par jour.

Charlie eut un haut-le-cœur.

— C'est ton pote Derek qui va être content. Quand les œufs auront éclos, il libérera les bestioles sur mes rosiers.

Le labrador éprouva un certain soulagement à l'idée qu'il n'aurait pas à libérer les « bestioles » lui-même. De toute façon, l'ouverture des boîtes ne faisait pas partie de son champ de compétences.

— Oh, mon Dieu, Derek ! s'écria Jackie. J'ai complètement oublié de le prévenir.

Elle se redressa d'un bond. Charlie laissa retomber sa lourde paupière. Le boulot attendrait.

~ 35 ~
Ces couleuvres qu'on avale

Meg Peacock saisit le combiné téléphonique en soupirant. C'était une femme qui soupirait beaucoup, surtout depuis que son mari avait changé de métier, rétrogradant, selon elle, du statut d'ingénieur à celui de jardinier.

— Allô ! grogna-t-elle.

Une voix joyeuse lui répondit :

— Excusez-moi de vous déranger. Jackie Barton à l'appareil. Derek est-il là, s'il vous plaît ?

Meg exhala un flot d'air saturé de particules d'agacement. Cette Jackie Barton, elle ne la portait pas dans son cœur. D'accord, elle ne la connaissait pas, mais elle soupçonnait Derek d'en pincer pour elle. Une intuition, comme ça.

— C'est à quel sujet ? demanda-t-elle d'un ton sec.

— Eh bien… c'est à propos de la faux.

La voix avait pris une tonalité embarrassée.

— Quelle faux ?

— Celle que votre mari a égarée chez moi. Je l'ai retrouvée.

— Très bien. Je lui en ferai part. Merci de nous avoir prévenus, madame.

— Attendez ! Il faut vraiment que je lui parle.

— Je vais le chercher, finit par annoncer Meg comme si elle consentait enfin à lui accorder une immense faveur.

— Merci.

Le temps de son bref échange avec sa cliente, elle ne quitta pas son mari d'une semelle. Quand il raccrocha le combiné, elle vit qu'il avait pâli.

— Qu'est-ce qu'elle te veut la Barton ? C'est quoi encore, cette histoire de faux perdue ?

Derek leva les yeux au plafond – nota un début de fissure au passage – et haussa les épaules, sa façon à lui de soupirer.

— Je dois aller la récupérer chez les flics, balbutia-t-il.

Sa femme étant dotée d'un détecteur de mensonges performant, l'expérience lui avait enseigné de toujours dire la vérité, quitte à la maquiller légèrement. Elle parut néanmoins étonnée :

— Ah bon ? Si c'était un vélo, je veux bien, mais un outil de jardin ?

— Justement, un voleur d'outils de jardin sévit dans le quartier des Avenues. Mon témoignage est important. Bien, je dois filer maintenant.

Bizarrement, Meg avala la couleuvre sans broncher. Soulagé, il la gratifia d'un baiser sur le front avant de s'éclipser.

* * *

En l'absence de l'inspecteur Bentley, le jardinier fut reçu par son adjoint qui le pria aimablement de bien vouloir lui confier ses empreintes.

— Vous comprenez, monsieur Peacock, nous pourrons ainsi distinguer les vôtres de celles du coupable, improvisa-t-il en scrutant la réaction de son interlocuteur.

Celui-ci parut troublé.

— Le coupable ? C'est à dire le voleur d'outils de jardin ? interrogea Derek, étonné de sa propre perspicacité.

Le jeune policier hocha la tête et tâcha de dissimuler son sourire. Franchement, cette pseudo enquête commençait à l'amuser. Ce brave jardinier au nom impossible[10] n'était pas du genre à faire la roue – mais qui chercherait à frimer dans un poste de police ? Même s'il en avait la carrure, on pouvait difficilement l'imaginer enfiler un costume de squelette pour effrayer les vieilles dames un soir d'Halloween. Non, ses soirées, il devait les passer devant son poste de télé à regarder les matchs de foot ou les séries policières.

— Parfait, merci de vous être dérangé, monsieur.

— Et ma faux, quand pourrai-je la récupérer ?

— Dès que possible. Laissez-moi vos coordonnées et nous vous tiendrons au courant.

Derek Peacock, qui n'avait pas jugé utile de faire imprimer des cartes de visite, griffonna son numéro de téléphone sur le bloc-notes que lui tendait le policier.

— Si vous voulez bien y ajouter votre nom et votre adresse, en lettres majuscules, s'il vous plaît.

Pressé d'en finir, le jardinier s'exécuta avec application sous l'œil attentif du zélé sergent Jones.

Derek Peacock parti, l'adjoint de Peter Bentley, très content de lui, se surprit à se frotter les mains de la même façon que son patron. Il avait hâte de le voir rentrer. Et d'ailleurs, que fabriquait-il ? Ça ne lui ressemblait pas de s'absenter plus d'une heure sans annoncer où il se rendait. Un rendez-vous amoureux de 10 à 11 heures ? Difficile à croire ! Mais faut-il se fier aux apparences ?

---

[10] Peacock signifie paon en anglais.

~ 36 ~
Dépression

Alors que son adjoint s'interrogeait à son sujet, Peter Bentley était allé chasser son spleen dans les allées du parc communal.

Certains arbres affichaient encore de jolies couleurs automnales, mais les feuilles mortes jonchaient les pelouses et l'air était saturé d'humidité. *Un vrai temps d'automne*, se dit-il en shootant dans un monticule de coques vides échouées sous un marronnier. Une journée morose, sinistre, et tout ce qu'on voulait ! Lui qui, avant la disparition de sa femme, était insensible aux saisons, s'était mis à détester cette période de l'année, et le mois de novembre en particulier.

Tout en marchant tête baissée pour éviter les flaques – après un court épisode ensoleillé, la pluie avait vite repris ses droits saisonniers –, il laissait son cerveau mouliner sur l'affaire du corbeau. Son adjoint ne se trompait pas : il ne lâcherait pas l'affaire tant que l'homme ne serait pas démasqué. Et ccla fait ce qui ne tarderait pas, il en avait l'intime conviction – que se passerait-il ? Probablement rien. Il se reprocha de consacrer du temps à cette affaire plutôt qu'aux dossiers qui s'empilaient sur sa table. Vivait-il un début de dépression ?

Peter Bentley malaxa le paquet de cigarettes qu'il avait fourré dans la poche de son imperméable avant de quitter son bureau. La tentation d'en fumer une – la dernière ! – se fit sentir. Il allait y céder quand une joggeuse le doubla, suivie d'un grand labrador noir qui semblait traîner la patte. Le chien s'arrêta à sa hauteur et vint insinuer le museau sous sa main, comme s'il quémandait une caresse. Sa maîtresse stoppa net au bout de quelques foulées. Dès qu'elle se retourna, le policier reconnut la belle Jackie Barton dont les cheveux étaient dissimulés sous un bonnet. Elle siffla son chien qui ne réagit pas.

— Charlie, ici ! gronda-t-elle.

Charlie leva la tête vers lui et lui adressa un regard qu'on pouvait interpréter comme : *Toi aussi, tu es déprimé ? Je comprends. Il y a des jours comme ça où on ferait mieux de rester au lit.*

Bentley lui tapota vigoureusement le flanc. Quand tous deux eurent rejoint Jackie, celle-ci s'écria gaiement :

— Bonjour, inspecteur ! Je ne vous avais pas reconnu de dos. Comment allez-vous ?

Bien qu'un tantinet vexé de ne pas avoir été « reconnu de dos », Bentley se sentit aussitôt ragaillardi.

— Bonjour, madame Barton, je vais bien, merci. Et vous ? En pleine forme, on dirait.

Le sourire qu'elle lui accorda acheva de lui réchauffer le cœur.

— Question d'habitude, je cours six jours sur sept, vous savez. Pour la bonne cause. D'ailleurs, vous pourriez faire partie de mes sponsors. Je vous ferai parvenir un formulaire.

— Avec plaisir, s'entendit-il répondre.

La jolie rousse se mit à sautiller sur place.

— Vous avez du nouveau à propos de… Pat Dobson et de *l'homme à la faux* ?

— Pas pour l'instant, répondit-il en secouant la tête.

Elle sembla déçue.

— Je vous ai envoyé mon jardinier, comme vous l'aviez demandé.

— Merci.

— Bon, eh bien, je reprends ma course. Au revoir, inspecteur. Tu viens, Charlie ! ordonna-t-elle en commençant à s'éloigner à la façon d'un crabe sautillant.

Le chien se détacha de lui et rejoignit sa maîtresse sans manifester d'enthousiasme.

— Au revoir, madame…

Mais elle se trouvait déjà trop loin pour l'entendre. Il la suivit du regard jusqu'au moment où elle disparut. Puis, il se décida à faire demi-tour. Fin de l'éclaircie.

De retour au centre-ville, ses pas le menèrent non pas vers son lieu de travail, mais vers l'église catholique. Plus jeune de trois siècles au moins que sa vénérable voisine anglicane, elle ne pouvait rivaliser en matière d'architecture, mais se distinguait par un clocher plus haut et résolument pointu.

En milieu de matinée, un jour de semaine, seules quelques bigotes et une femme de ménage peuplaient la nef. Peter Bentley s'assit au fond, à la place qu'il occupait les dimanches où son fils servait la messe. Le visage enfoui dans les mains, il se surprit à demander pardon à ce Dieu auquel il envisagerait de croire si on lui apportait la preuve de son existence. Pardon de n'avoir pu détacher son regard des fesses d'une femme mariée. Pardon d'oublier parfois que lui-même avait été marié. Pardon d'être infidèle au souvenir de la seule femme aimée…

Combien de temps resta-t-il ainsi prostré ? Impossible à savoir. Mais quand il reprit conscience, il se sentait mieux. Son fils en aurait peut-être conclu que l'Esprit-Saint lui avait fait la grâce d'étendre ses rayons sur lui. Sauf que le soir, à table, il se garderait de lui confier son passage à vide.

Un homme jusque-là rencogné dans un coin du porche surgit devant lui au moment où il sortait. Il ne tendit pas la main, mais le défia d'un regard perçant. Surpris par cette soudaine apparition, Bentley ne trouva dans ses poches que son paquet de cigarettes presque plein qu'il lui offrit. L'homme, probablement un sans-abri, s'en empara sans broncher. Bien qu'assez physionomiste, le policier ne l'avait jamais remarqué parmi ceux qui sollicitaient la charité des paroissiens le dimanche à la sortie de la messe. Celui-ci le remercia d'un signe de tête avant de s'évanouir dans la nature. Par la suite, Peter Bentley se demanderait s'il n'avait pas rêvé cet épisode tout en se sentant presque coupable de faire partie des nantis.

Pour l'heure, il se disait ironiquement qu'il ferait un bon catholique si, par miracle, tel saint Paul sur le chemin de Damas, il était un jour foudroyé par la foi sur le chemin du poste de police de Chatton Green.

~ 37 ~
La fortune sourit aux plus audacieux

Ce même jour vers midi, Rose, que tenaillait l'envie de fumer, quitta l'agence dans l'intention d'aller s'approvisionner en chewing-gums. À peine s'était-elle engagée sur le trottoir, qu'on la héla de loin :

— Madame Fitzgerald, attendez-moi !

Se retournant, elle sentit son pouls s'accélérer en apercevant l'homme qui se pressait pour la rattraper. Il s'arrêta à sa hauteur, essoufflé.

— Excusez-moi de vous interpeler ainsi, je suis Tim Pringle, le vétérinaire qui a soigné votre chat.

— Je vous avais reconnu, docteur Pringle, répondit-elle en souriant.

Il lui rendit son sourire.

— Je venais justement vous voir à l'agence.

— Avez-vous un projet immobilier ? demanda-t-elle sur un ton badin.

Elle constata avec amusement qu'il se troublait.

— Pas dans l'immédiat. Non, je… C'était à propos de votre question sur les effets de la poudre à prolonger la vie des fleurs.

— Vous détenez la réponse ?

— Aucun effet létal, c'est-à-dire susceptible de causer la mort, dit-il avec gravité.

— J'avais compris.

— Bien sûr, je… Néanmoins, en ingérer à haute dose peut entraîner de sérieux troubles digestifs et intestinaux.

— Je m'en doute. Merci en tout cas d'avoir pris la peine de vous renseigner et de venir m'en informer.

Ils se faisaient face sur le trottoir, juste devant *Tifs en folie*, dont le gérant, ciseaux levés au-dessus du crâne d'une cliente, ne manquait pas une miette de la scène, muette pour lui.

Tandis que Rose se demandait comment réagir, Tim tourna la tête vers l'érable dans lequel les perruches offraient un concert aussi assourdissant que peu mélodieux.

— Qu'est-ce que c'est que ça ? s'étonna-t-il.

— Des perruches probablement évadées d'une volière. Elles ont atterri dans l'arbre ce matin. Vous croyez qu'elles vont survivre ?

— Si elles parviennent à se débrouiller pour se nourrir et si l'hiver ne s'annonce pas trop rude, c'est possible, à condition de rester en groupe.

Rose lui indiqua la dame âgée qui squattait la place du clochard sur le banc et dispersait des graines à ses pieds. Ils demeurèrent un moment à observer les pigeons qui se bousculaient pour les picorer.

— Vous avez remarqué, docteur, dit-elle, citant à dessein un proverbe populaire, « la fortune sourit aux plus audacieux ».

— Madame Fitzgerald, je…

— Je vous en prie, appelez-moi Rose.

— OK, dans ce cas, appelez-moi Tim plutôt que docteur.

— Pas de problème.

— Rose… je me disais que si vous étiez libre, un de ces soirs, nous pourrions prendre un verre ensemble.

— Avec plaisir, Tim, se surprit-elle à répondre.

— Vous connaissez peut-être un pub sympathique où nous pourrions nous retrouver.

— *Le Crabe qui aboie*, lâcha-t-elle sans réfléchir, avant de réaliser que c'était celui où son premier mari et elle avaient leurs habitudes.

— Ça me va. Quel jour vous conviendrait ?

— Samedi, mais pas avant huit heures.

— Parfait ! fit-il avec un large sourire. Alors à samedi, Rose.

— À samedi, Tim.

Ils se séparèrent après un léger signe de la main.

Dans le salon de coiffure, Paul, toujours fasciné par le spectacle qui se jouait devant sa vitrine, vit son amie s'éloigner d'un pas léger et l'homme – un fort bel homme, ma foi – la suivre d'un regard émerveillé. Il fit tinter ses ciseaux et dit à sa cliente :

— Il y a de l'amour dans l'air.

Au même moment, Jackie Barton et son chien, qui rentraient de leur course quotidienne, passaient justement devant le pub qui accueillerait le couple le lendemain soir. *A-t-on jamais entendu un crabe aboyer ?* songea Charlie décidément de mauvais poil – qui n'avait pourtant jamais croisé le moindre crabe vivant.

~ 38 ~
Les langues se délient

David Dobson avait longuement hésité avant de se rendre au chevet de son père. À l'hôpital, on lui fit comprendre que le malade était lucide mais qu'il vivait probablement ses derniers jours.

À présent, il était assis près du lit dans lequel Desmond semblait endormi. La dernière fois que son fils l'avait vu remontait à une quinzaine d'années. Désormais, c'était un vieillard. Un homme qu'il n'aurait pas reconnu s'il l'avait croisé dans une rue. David n'osait pas toucher ce corps inerte. Les quelques phrases qu'il avait préparées en vue d'une réconciliation restaient coincées au fond de sa gorge. Même s'il se forçait à les prononcer, le malade ne les entendrait sans doute pas.

De plus en plus mal à l'aise, David s'apprêtait à quitter la pièce, quand son père leva un bras qui semblait peser lourd et lui fit signe d'approcher. La chaise racla le sol en lino. Dès qu'il se trouva assez près, Desmond lui agrippa le poignet avec une force surprenante. L'eût-il voulu, il n'aurait pu se dégager de l'emprise de cette main décharnée. En un instant, il redevint ce petit garçon apeuré qui tremblait devant la sévère figure paternelle. Sans ouvrir les yeux, son père se mit à parler par saccades, reprenant son souffle après chaque bout de phrase.

— Ta mère… a bu dans ma tasse… celle qu'elle a sucrée à la strychnine… oh, c'est pas ça qui l'a tuée, trop faible dose… mais c'est ce qui me ronge les entrailles depuis des mois, à petit feu… J'ai entendu un type en blouse blanche le dire à un autre. Quelle garce, ta mère ! Me suis aperçu de rien. Ta connerie, ça doit venir de moi, mon fils… Et dire que j'avais rêvé de m'en débarrasser en lui faisant avaler de la poudre pour prolonger la vie des fleurs.

Sur ces mots, il se mit à rire, puis à tousser jusqu'à s'étouffer. David, qui l'avait écouté, tétanisé, chercha le bouton d'appel. Quand l'infirmière se montra enfin, elle lui ordonna de sortir. Il ne se fit pas prier. Ce serait son ultime visite à celui qui pour la première fois l'avait appelé « mon fils » avec un relent de tendresse dans la voix qui gommait presque l'allusion à leur « connerie » congénitale.

Le temps de se remettre, il s'appuya contre le mur verdâtre du couloir. Il lui restait une épreuve tout aussi pénible à surmonter : voir sa mère pour la dernière fois.

* * *

En arrivant à l'hôpital de Lexington en début d'après-midi, Peter Bentley manqua de peu le fils Dobson qui venait d'en sortir, accablé par le chagrin et les remords. Lui-même se sentait abattu. Dès qu'il pénétrait dans un hôpital, il était renvoyé à l'instant effroyable où il avait dû reconnaître le cadavre de sa femme dont la voiture avait été pulvérisée par un chauffard alcoolisé.

Après avoir fait attendre l'inspecteur et son adjoint une bonne dizaine de minutes avant de les recevoir, le professeur Barr les invita à s'asseoir devant une grande table encombrée de dossiers. Bentley remarqua aussitôt la collection de bouteilles de whisky de marque qui trônait sur une étagère. Toutes étaient entamées.

— Mon père m'a initié à la dégustation du scotch, le seul whisky digne de ce nom, bien entendu, révéla le cardiologue auquel le regard intrigué du policier n'avait pas échappé.

Cet étalage de bouteilles d'alcool dans le bureau d'un médecin surprenait à peine Bentley. Ceux qu'il avait croisés dans sa vie privée comme dans sa carrière n'étaient pas tous des modèles de vie saine, loin de là. Craignant de le voir se lancer dans un exposé sur les vertus du whisky écossais, il en vint, avec son affabilité habituelle, à la raison de leur visite :

— Merci, professeur, d'avoir accepté de nous accorder un rendez-vous au pied levé. Comme le médecin traitant de madame Dobson a dû vous en informer, celle-ci est décédée d'un arrêt cardiaque dont notre légiste a confirmé qu'il n'avait pas été causé par une défaillance de son pacemaker, mais par un stress d'origine extérieure.

Tout en s'exprimant, il observait attentivement le professeur retranché derrière sa table et constata que celui-ci se détendait, mais demeurait sur la défensive.

— C'est moi-même qui ai implanté la pile et ma patiente était suivie de manière très régulière dans cet hôpital. J'ai donc été très étonné d'apprendre la malheureuse nouvelle de son décès.

— Vous a-t-elle paru stressée lors de sa dernière visite ?

— Pas du tout. Elle semblait assez gaie au contraire. Elle envisageait d'aller voir son fils en Australie et m'avait demandé si un vol long-courrier lui poserait un problème.

Il chaussa ses lunettes et se mit à feuilleter un dossier.

— C'était il y a six mois, précisa-t-il.

— Bien, bien. En réalité, le sergent Jones et moi-même aimerions connaître les antécédents médicaux de cette patiente.

Son interlocuteur se raidit.

— Je suis tenu au secret professionnel.

— J'en suis conscient et c'est tout à votre honneur.

Bentley marqua une pause avant d'ajouter :

— Cependant, apprendre le nom du cardiologue qui a traité madame Dobson avant vous nous serait d'une grande utilité dans la poursuite de cette enquête.

— Je crains de ne pas comprendre, *inspecteur*. Vous venez d'affirmer que ma patiente est morte d'une cause naturelle et maintenant vous me parlez d'une enquête.

— Certes, *professeur*. Néanmoins, comme je suis moi-même tenu au secret professionnel, je ne justifierai pas ma requête. Je vous demande juste un nom. Je présume que le praticien qui vous a précédé vous a, de son côté, transmis un dossier.

Le ton du policier s'était légèrement durci. Le cardiologue dut le sentir, car il rouvrit le dossier et griffonna un nom sur une ordonnance vierge.

— D'après mes informations, ce confrère ne travaille plus ici depuis dix ans. Et ne me demandez pas si je connais sa nouvelle affectation. Je n'en ai aucune idée. Maintenant, messieurs, si vous en avez terminé avec moi, je vais pouvoir me consacrer à mes patients.

— Merci encore pour votre accueil, répliqua Bentley en se levant, aussitôt imité par son adjoint. Dernière question, professeur, personnelle celle-ci : ma mère, qui est âgée de soixante-quinze ans, prétend que le whisky est « bon pour ses artères ». Dois-je la croire ?

— Eh bien… il est vrai que cette boisson a un effet vasodilatateur. Néanmoins, je conseillerais à madame votre mère de la consommer avec modération.

Quand ils eurent rejoint leur voiture, son adjoint, qui se contenait depuis qu'ils étaient sortis du bureau, s'exclama :

— Je parie qu'il s'est empressé de planquer les bouteilles.

— À mon avis, vous perdriez votre pari, Jones. Cet homme n'est pas du genre à se laisser déstabiliser.

— Pourtant, j'ai eu l'impression que vous y étiez parvenu, patron. Il n'est pas net, ce type. Je ne le sens pas. Il a peut-être fait une connerie avec la pile.

— De là à jouer les oiseaux de mauvais augure et les épouvantails pour provoquer une mort naturelle et maquiller une « connerie », comme vous dites ? Non, le professeur Barr est trop imbu de lui-même et soucieux de sa carrière. Et puis, « la vengeance est un plat qui se mange froid » selon le proverbe bien connu.

L'inspecteur brandit l'ordonnance sous les yeux de son adjoint.

— Voici notre piste. Sergent Jones, je vous charge officiellement de mettre la main sur cet oiseau-là : le docteur Patrick Beaumont. Nous avons de la chance, ce n'est pas un patronyme courant dans ce pays.

— On dirait un nom français.

— Anglo-normand, corrigea Bentley. Vous êtes un fin limier. Je vous fais confiance.

Le jeune policier se rengorgea.

— Je m'en occupe dès notre retour au bureau, patron.

Son supérieur nota avec amusement qu'il s'était mis à se frotter les mains, exactement comme lui.

~ 39 ~
Simple formalité

Avant de s'atteler à sa nouvelle mission, le sergent Jones dut relever les empreintes de David Dobson. À sa sortie de l'hôpital, celui-ci s'était rendu directement au poste de police où on l'avait fait patienter. Pendant qu'il se pliait à cette « simple formalité », l'autre policier en profita pour lui poser quelques questions en apparence anodines :

— Avez-vous pu voir votre père ?

David se contenta de le confirmer d'un signe de tête.

— A-t-il pu vous parler ?

— Hélas non, il n'était pas en état de le faire.

C'était faux, mais le fils Dobson, qui n'était pas aussi « con » que son géniteur et le reste du monde semblaient le croire, avait réfléchi à sa réponse, se doutant qu'on lui poserait la question. Sa mère avait peut-être cherché à empoisonner son mari, auquel cas, jamais il ne la dénoncerait, même *post-mortem*. De toute façon, les flics, renseignés par les toubibs, devaient déjà être au courant. Pour preuve, l'inspecteur n'insista pas.

— Puis-je disposer, messieurs ? demanda-t-il en essuyant ses doigts tachés d'encre.

— Je vous en prie, monsieur Dobson. Merci pour votre coopération. Ne manquez pas de nous informer de la date des funérailles.

— Je n'y manquerai pas, inspecteur.

La remarque du policier venait de le rappeler à ses devoirs filiaux. C'était à lui d'organiser des funérailles qu'il n'était même pas certain de pouvoir financer. Sans oublier celles de son père dont les jours étaient comptés.

Une fois dehors, David s'accabla de reproches. Il n'avait même pas eu la présence d'esprit d'interroger le mourant sur un éventuel testament. *Mon père a raison*, songea-t-il, *j'ai hérité de sa connerie. Hériterai-je de sa maison ? Rien n'est moins sûr*[11].

[11] La loi de succession anglaise permet par disposition testamentaire de déshériter en partie ses descendants au profit de personnes tierces ou d'associations.

~ 40 ~
Une honnête proposition

Rose avait été prévenue par Jackie d'une présence dans la maison des Dobson. En fin d'après-midi, elle put s'échapper de l'agence pour s'y rendre. Mais David – ce ne pouvait être que lui – ne s'y trouvait pas. Tout en guettant son arrivée depuis le refuge de sa voiture garée à proximité, elle se demandait avec curiosité à quel genre d'individu elle aurait affaire. Serait-ce au brillant avocat international vanté par sa mère ? Ou à une sorte d'imposteur, comme le soupçonnait Dorothy Parker ?

La réponse lui sauta aux yeux quand elle vit un homme mal fagoté, à la mine grise et aux épaules voûtées, émerger d'une Ford sans âge à la couleur improbable. Rassurée, elle décida d'attendre quelques minutes avant d'aller se présenter. Son argumentaire était bien rodé. David Dobson ne pourrait qu'apprécier le prix auquel elle comptait évaluer la maison. À condition qu'il en soit l'unique héritier, bien entendu. Desmond ne portait peut-être pas son fils dans son cœur, celui-ci l'avait probablement déçu, mais de là à le déshériter… Rose n'y croyait pas. Le peu qu'elle connaissait de la personnalité de son ancien voisin lui laissait penser que c'était un homme bien, malgré tout. Un homme enfermé dans un mariage dont il n'avait pas trouvé le courage de s'extirper. Et justement, la seule personne susceptible de contrarier ses plans n'était autre que Dorothy.

David n'avait pas pris la peine de fermer le portillon derrière lui. En traversant le jardinet, Rose s'étonna presque de ne pas voir frémir le rideau de la fenêtre principale. La porte mit un certain temps à s'ouvrir. Elle tendit la main :

— Bonjour, David. Je m'appelle Rose Fitzgerald de l'agence immobilière *Smith & Baker*. Vous ne devez pas vous souvenir de moi, mais je suis une ancienne voisine de vos parents. Puis-je entrer ?

Sans l'ombre d'une hésitation, il lui fit signe de le suivre vers la cuisine.

— Je viens à peine de débarquer à Chatton Green, je n'ai pas grand-chose à vous offrir.

— Aucune importance. Je passais avant tout pour vous présenter mes condoléances au sujet de votre pauvre maman et vous demander des nouvelles de votre père.

David afficha une sorte de rictus.

— Allons, madame Fitzgerald, ne perdez pas de temps en fausses amabilités et annoncez-moi plutôt la couleur.

Tout en se reprochant de l'avoir jugé trop vite, Rose lui offrit son meilleur sourire commercial en retour. Elle sortit un dossier de sa besace.

— Très bien. J'ai une proposition à vous faire que vous ne pourrez pas manquer de juger intéressante.

David leva la main.

— Autant vous prévenir tout de suite : mon père n'est pas encore mort et je ne suis pas certain d'hériter de ses biens.

Rose posa les mains à plat sur son dossier.

— Savez-vous s'il a établi un testament ?

— Je l'ignore et… j'ai jugé trop délicat de l'interroger à ce sujet dans son état actuel.

— Si quelqu'un peut vous renseigner, c'est le notaire de la famille. Connaissez-vous son nom ?

David fit non de la tête. Mais il en fallait plus pour décourager Rose qui commençait à se demander si cet homme n'était pas complètement « à côté de ses pompes » selon l'expression de son ado de fils.

— Je ne vais pas apprendre à un juriste comme vous que, sauf dispositions testamentaires particulières, vous êtes, en tant que fils unique, le seul héritier du patrimoine familial.

Cette fois, David opina du chef, d'un air plus assuré.

— Il reste à espérer que mon père n'a pas rédigé de testament.

— Dans le cas contraire, il en existe peut-être un double dans la maison.

— Je n'ai pas eu la présence d'esprit de chercher, reconnut David.

— Faites-le tranquillement, suggéra Rose. En attendant, si vous me permettez de visiter la maison, je pourrai l'estimer à son juste prix et vous détailler nos conditions très avantageuses si vous choisissez notre agence comme mandataire exclusif pour la vente.

— D'accord, pendant que vous visitez, je vais fouiller de mon côté.

~ 41 ~
Valse-hésitation

Alors que David Dobson retournait les tiroirs du bureau paternel, Sue Dickinson, prise de fringale, explorait les placards de sa cuisine londonienne. Elle jeta son dévolu sur un paquet de pâtes sans œufs et un bocal de sauce tomate bio *à la provençale.*

Deux questions épineuses tournaient en rond dans son esprit depuis sa visite chez le gynécologue : devait-elle avertir David de sa future paternité, et comment annoncer la nouvelle à sa mère ? Ces interrogations en amenaient de nouvelles : comment l'un et l'autre réagiraient-ils ? Dorothy, qui rêvait de devenir grand-mère, serait inquiète, et il y avait de quoi, mais heureuse. Quant à David, impossible d'anticiper sa réaction. « Rien ne t'oblige à l'informer », se surprit-elle à marmonner à voix basse tout en évaluant les conséquences de l'une ou l'autre décision sur le plan juridique.

Pendant la cuisson des pâtes, Sue explora l'impressionnante collection d'enregistrements de musique classique qu'elle avait constituée avec son ex-mari et qu'il lui avait laissée, de même que son nom, leur appartement du Barbican et la plupart de leurs possessions. Son choix se porta sur la cinquième symphonie de Mahler dont l'*adagietto* lui tirait les larmes comme à tous ceux qui avaient vu le film *Mort à Venise*. Dans quelle salle, devant quel orchestre, Phil et elle avaient-ils écouté cette symphonie pour la dernière fois, main dans la main, en pleine communion émotionnelle, conscients qu'ils vivaient la mort de leur amour ?

De retour dans la cuisine, la future maman se servit une part généreuse de pâtes et l'inonda de sauce tomate. Après quelques bouchées, quelque chose se passa dans le tréfonds de ses entrailles. Bien entendu, il était beaucoup trop tôt pour sentir la présence du bébé. Elle espérait que ce serait un garçon. Les filles semblaient si compliquées à élever, d'après l'expérience de ses amies devenues mères. Phil accepterait-il d'en être le parrain ? Il serait fou de joie, lui qui n'avait pas renoncé à son rêve de paternité et cherchait par tous les moyens, légaux ou non, à le réaliser au sein de son nouveau couple. Non, elle ne lui demanderait rien. Se retrouver face à lui à l'occasion du baptême serait au-dessus de ses forces.

Son estomac se remit à tanguer. Elle avait la nausée. « Quand je t'attendais, j'ai passé les six premiers mois agenouillée devant la cuvette des toilettes », répétait sa génitrice sans penser à mal. Sue quitta précipitamment la table.

— Mon Dieu, faites que ce ne soit pas mon cas ! murmura-t-elle.

~ 42 ~
Les choses de la vie

Alors que Sue ressentait les premiers inconvénients de sa grossesse, Charlie n'avait toujours pas repris du poil de la bête. Lui qui était doté d'un bel appétit, avait dédaigné sa gamelle de croquettes du soir. Quand il entendit rugir le moteur de la Ferrari de son maître, le labrador ne quitta même pas son panier pour se précipiter à sa rencontre comme de coutume.

— Hello, y a quelqu'un ? s'exclama Richard depuis l'entrée. *L'homme* est de retour.

— Je suis dans la cuisine ! cria Jackie qui sirotait un martini *on the rocks* tout en préparant le dîner.

Après avoir rapidement peloté sa femme, Richard se dirigea vers le panier de son chien et s'agenouilla pour le caresser un peu plus longuement.

— Eh bien, mon vieux Charlie, tu ne viens plus accueillir ton maître ? Que se passe-t-il ?

— Je ne sais pas ce qu'il a, se lamenta Jackie. Il est comme ça depuis ce matin. Il n'a rien mangé. On dirait qu'il est déprimé.

Charlie eut droit à une claque sur le flanc.

— Moi, je connais le meilleur remède à la dépression des mâles.

Il se redressa et rejoignit sa femme.

— Ma chérie, il est temps que ce chien fasse sa première saillie.

Le labrador tendit l'oreille.

— Déjà ? Mais il est si jeune, protesta sa maîtresse.

— Allons, il est largement en âge de procréer, et puis si je t'en parle c'est que j'ai reçu une proposition. Il s'agit d'une femelle d'excellent pedigree, en parfaite santé et superbe, ce qui ne gâche rien. Le chiot qui nous reviendrait pourrait nous rapporter un bon paquet de fric.

Jackie se retourna brusquement et commença à dénouer son tablier fleuri de roses aussi dodues que des choux.

— Tu t'exprimes comme un maquignon, ça me révulse.

Richard tenta de l'enlacer.

— Ne fais pas ta chochotte, ce sont les choses de la vie. Notre Charlie est un mâle comme les autres, ça lui fera plaisir. Sans compter qu'avec les sous du chiot, on pourra s'offrir un bon gueuleton.

— Ça t'aurait fait plaisir à toi que tes parents décident de te marier sans te demander ton avis ? dit-elle en se débattant.

— Si la fiancée avait été jolie, pourquoi pas ?

Elle lui martela les épaules de ses petits poings.

— Sale type !

Il la serra plus fort contre lui et chercha ses lèvres.

— Ce « sale type » t'adore. Il te trouve encore plus sexy quand tu es en colère. Es-tu en chaleur, ma chérie ? car j'ai terriblement envie de toi.

— Je crois bien que oui, répondit-elle en rougissant.

— Alors, viens, ne perdons pas de temps.

Plongé dans un océan de perplexité, Charlie se retrouva seul dans la cuisine. S'il avait bien compris, il était désormais fiancé à une belle inconnue. C'était une perspective à la fois excitante et terriblement inquiétante. Cela signifiait-il qu'il serait condamné à la fidélité ? Que plus jamais il ne pourrait tomber amoureux d'autres femelles qu'elle ? Que se passerait-il si elle ne lui plaisait pas cette promise ?

Le labrador en était là de ses sombres pensées, quand une odeur de brûlé commença à se répandre dans la pièce. Il savait qu'il était inutile de tenter d'alerter ses maîtres qui s'éclataient bruyamment juste au-dessus de lui. Pour sauver la situation, il ne pouvait compter que sur lui-même. Un chien capable d'ouvrir les portes devait être en mesure d'éteindre le gaz. Au moment où il était en passe de réussir l'exploit, la sirène de l'alarme incendie se déclencha tandis qu'une averse s'abattait sur sa robe noire. Un remue-ménage se produisit dans l'escalier. Charlie s'ébrouait quand Jackie surgit nue, et en proie à la panique.

— Charlie, mon bébé adoré, tu n'as rien ? Tu trembles !

Elle le serrait à l'étouffer.

— Bon, ça suffit ! râla Richard. Personne n'est mort !

Jackie entreprit de frotter vigoureusement le corps du chien avec le premier torchon tombé sous sa main. La photo officielle des fiançailles du couple princier y était imprimée. On y voyait Lady Di exhibant fièrement son caillou en saphir tandis que son prince, qu'à l'époque elle imaginait charmant, tirait une tronche de dix pieds de long entre ses grandes oreilles.

Charlie émit une rafale de gémissements déchirants.

~ 43 ~
Il n'y a pas de fumée sans feu

Il fallut moins de quarante-huit heures au sergent Lindsay Jones pour retrouver la trace du docteur Patrick Beaumont. De là à lui mettre la main au collet, il restait du boulot, car cette trace se perdait après l'affaire qui, durant quelques semaines, avait fait les choux gras de la presse, dix ans plus tôt. L'homme s'était bel et bien évanoui dans la nature.

Ce soir-là, à l'heure où le poste de police allait se mettre en veilleuse, le jeune homme rassembla les pièces du dossier, et vérifia une dernière fois leur classement avant de se présenter devant son supérieur, aussi fier qu'un coq français.

— Vous avez du nez, patron. Il s'agit bien d'une vengeance. Cette Pat Dobson… brrr. Ma mère aurait aimé me voir entreprendre des études de médecine. Eh bien, je suis heureux d'avoir choisi la police.

Bentley, pas moins fier du compliment, repoussa la chemise cartonnée qui contenait les pièces du puzzle.

— Fermez la porte et racontez-moi tout, sergent. Je préfère vous entendre. N'oubliez pas de me révéler comment vous avez procédé pour remonter jusqu'au présumé corbeau.

Jones joignit les mains.

— Eh bien, s'il avait suffi de taper le nom de Patrick Beaumont sur un clavier d'ordinateur et attendre de voir les informations s'afficher sur l'écran[12], cette recherche m'aurait demandé deux minutes au lieu de deux jours ouvrables, patron.

Bentley le dévisagea d'un regard amusé.

— Servirons-nous encore à quelque chose quand ce jour arrivera ?

Le jeune homme haussa les épaules.

— Il arrivera plus vite que prévu, croyez-moi. Mais la police aura un train de retard, comme d'habitude ! Et dans dix ans, on croulera toujours sous les archives en papier.

— Venons-en au fait, Jones.

— J'ai commencé par retourner à l'hôpital dès lundi. Eh bien, figurez-vous que leurs archives ont disparu dans l'inondation de la cave dans laquelle elles étaient entreposées. Sur place, personne n'a décroché un mot sur le docteur Beaumont. À croire qu'il n'a jamais existé ! Pourtant, j'ai croisé quelques vieux barbons qui doivent l'avoir connu, comme notre amateur de scotch, par exemple. De là à imaginer qu'ils ont tous reçu la consigne de la boucler devant les flics ! Bref, ils m'ont fait perdre une demi-journée.

— Continuez.

— Ensuite, j'ai interrogé le General Medical Council[13]. Des gars pas très bavards non plus. Ils ont juste consenti à lâcher que le docteur Beaumont avait été rayé de leur ordre il y a dix ans pour faute grave. Quelle faute ? Mystère et boule de gomme pour eux. Et, comme par hasard, son dossier a disparu.

---

[12] Le sergent Jones, très au fait des innovations technologiques, anticipe l'apparition des moteurs de recherche dont Google qui ne sera opérationnel qu'à partir de fin 1998.

[13] Le General Medical Council est l'équivalent du Conseil de l'Ordre des Médecins en France.

— J'ai hâte d'en apprendre plus, car je vous vois venir, Jones. Vous avez trouvé, mais vous me faites languir.

Le jeune policier se fendit d'un sourire presque enfantin.

— J'ai suivi votre conseil en allant consulter les archives de divers canards locaux. Les journalistes se sont montrés nettement plus coopératifs que les blouses blanches. Remarquez, c'est normal, ils sont payés pour raconter ce qu'ils savent. Et votre amie Janet de *La Gazette de Chatton Green* a été une aide très précieuse. J'aurais dû commencer par elle. Du reste, elle vous passe le bonjour. Elle apprécierait que vous l'appeliez à l'occasion…

— Abrégeons, sergent. Il est tard. Mon fils m'attend.

Il n'avait pas échappé au jeune homme que son chef s'était troublé à l'évocation de cette Janet qui, de son côté, rosissait dès qu'il évoquait son nom.

— Eh bien, les articles de presse de l'époque sont tous du même tonneau. Pour faire court, mais vous lirez mon rapport dans le dossier, le cardiologue a fait l'objet d'une enquête à la suite de la plainte de madame Dobson pour attouchements sexuels *et* tentative de viol lors de ses consultations. Là-dessus, une infirmière a porté plainte à son tour, imitée par d'autres. Beaumont a eu beau nier, il a été lâché par sa hiérarchie.

Bentley fronça les sourcils.

— Y avait-il eu des plaintes de cet ordre avant celle de madame Dobson ?

— Rien à signaler dans les hôpitaux où il a travaillé avant d'atterrir à Lexington ! Notre présumé corbeau traînait une réputation d'homme arrogant et ambitieux, mais il semblait irréprochable sur le plan du comportement. Blanc comme neige. L'un des meilleurs praticiens dans son domaine qui plus est.

— Hum, laissez-moi émettre une hypothèse, sergent. S'il a été « lâché par sa hiérarchie », comme vous dites, et qu'il était si bon dans sa spécialité, c'est qu'il faisait de l'ombre à certains confrères. La plainte de sa patiente représentait une occasion trop belle de se débarrasser de lui. De là à soudoyer quelques infirmières…

Soucieux de ménager le suspense, Jones poursuivit :

— Grâce au talent de son avocat, et faute de preuves avérées, sa culpabilité n'a pas été reconnue à l'issue du procès. Mais vous connaissez l'adage : il n'y a pas de fumée sans feu. Cette triste affaire n'a pas seulement entaché la réputation de Beaumont. Il y a perdu son boulot, sa femme et sa maison dans la foulée.

— Un fardeau assez lourd pour justifier sa pulsion vengeresse, commenta Bentley, même au bout de dix ans.

— Entre nous, et malgré le respect dû aux défunts, je suis persuadé que madame Dobson a menti. Pour quelle raison ? On ne le saura jamais. Quant aux autres plaignantes… Eh bien, vous avez finement raisonné, patron. Figurez-vous que l'une des infirmières a été prise de remords. Cinq ans plus tard, alors qu'elle ne travaillait plus dans cet hôpital, elle a confié à une amie qu'elle avait subi des pressions. Sa copine lui a conseillé d'aller faire une déposition à la police de Lexington. À la suite de quoi l'affaire a rebondi mais mollement. Ni vous ni moi n'étions en poste dans la région à l'époque. Grâce à la mémoire infaillible de *mademoiselle Janet*, et à son sens de l'organisation, j'ai pu consulter les articles de presse qui ont relaté la suite des événements.

Le sergent s'interrompit pour observer la réaction de son supérieur. Agacé, celui-ci tiqua.

— Conclusion ? grogna-t-il en fixant sa montre.

— Beaumont s'étant évanoui dans la nature tout de suite après le procès, il n'y a pas eu de réouverture du dossier. D'aucuns pensent qu'il s'est suicidé. D'autres supposent qu'il est allé se faire oublier sur le continent. La direction de l'hôpital ayant changé entretemps, ils s'en sont lavé les mains. Au fond, cette disparition a dû arranger tout le monde.

— À commencer par madame Dobson, remarqua Bentley. Je n'ai aucun mal à imaginer son angoisse quand elle a reçu le premier billet puis les suivants, ni sa terreur quand elle s'est retrouvée face à celui dont elle a brisé la carrière.

— Je me demande où il est passé pendant ces dix ans. Peut-être a-t-il changé d'identité pour rebondir ?

— Compliqué de *rebondir* après une telle claque ! En tout cas, je vous félicite, Jones. Beau travail ! Je vais étudier votre dossier tranquillement chez moi.

— Et ensuite ? voulut savoir le jeune policier, flatté du compliment.

— Ensuite ? Hum, pensez-vous que le corbeau, s'il s'agit bien de notre bon médecin injustement accusé, mais vengé, se soit à nouveau envolé et qu'il fera sa réapparition sous un nouveau déguisement ?

— Si vous voulez voir à quoi Beaumont ressemblait il y a dix ans, il y a sa photo sur quelques articles.

Bentley ouvrit le dossier pour faire plaisir à son adjoint.

— Bel homme !

Il leva la tête et s'aperçut que Jones le scrutait avec intensité.

— Je suis certain de l'avoir déjà rencontré. J'ai l'intime conviction qu'il ne s'est pas envolé et qu'il réapparaîtra aux obsèques de son accusatrice pour mieux savourer sa vengeance.

— D'ici là que fait-on ?

— Rien.

— On ne vérifie même pas si les empreintes retrouvées sur la faux correspondent à celles de Beaumont ? protesta le sergent, déçu.

— À quoi bon ? La faux n'a pas bougé de mon coffre. J'irai la remettre prochainement à madame Barton qui la rendra à son jardinier.

— Mais alors… pourquoi l'avoir convoqué ?

Son patron écarta les bras en signe d'impuissance.

— Réflexe professionnel. J'ai sans doute eu tort.

Il enfila son imperméable.

— À demain, sergent.

~ 44 ~
Entre passé et futur

En passant devant l'agence *Smith & Baker* pour rentrer chez lui, Peter Bentley remarqua qu'elle était toujours ouverte et que Rose Fitzgerald s'y trouvait. Elle se leva à son entrée.

— Quelle surprise, monsieur Bentley !

— Puis-je vous déranger quelques instants ?

— Je vous en prie. Asseyez-vous. Je présume que votre visite n'est pas liée à un projet immobilier ?

Il se laissa aller à sourire.

— Pas pour l'instant, mais il se pourrait que je cherche à acheter un bien, si mon affectation à Chatton Green devait se prolonger.

— Dans ce cas, l'agence fera tout son possible pour vous trouver le bien idéal.

— Je n'en doute pas, rétorqua-t-il en sortant l'une des coupures de presse de la chemise cartonnée posée sur ses genoux.

— Reconnaissez-vous cet homme ?

Elle l'examina longuement avant de secouer la tête.

— Non, ça ne me dit rien, à priori. Pourquoi cette question ?

— Votre premier mari exerçait son métier à l'hôpital de Lexington, n'est-ce pas ?

La pâleur de Rose lui fit regretter son manque de tact.

— Pardonnez-moi, madame. Je vous pose cette question dans le cadre de l'investigation que nous menons à propos du décès de madame Dobson pour laquelle votre aide nous a déjà été précieuse.

Devant l'étonnement de son interlocutrice, il poursuivit :

— Nous pensons qu'il pourrait s'agir de l'auteur du billet que vous avez trouvé.

Rose se pencha à nouveau sur l'article.

— Je me souviens de cette affaire maintenant. Mon mari travaillait effectivement à Lexington à ce moment-là, mais pas dans le service du docteur Beaumont. Il a dû m'en parler et puis, comme vous vous en doutez, ça avait fait jaser dans Park Avenue. L'accusation de viol paraissait difficile à croire. Certains prétendaient que Pat Dobson était tombée amoureuse de son médecin et qu'elle avait pris son fantasme pour la réalité.

Elle se tut et observa la place éclairée à travers la vitrine. Devinant qu'elle faisait appel à sa mémoire, il la laissa réfléchir.

— Mon mari n'a jamais vraiment cru à la culpabilité de son confrère. L'ambiance était pourrie dans cet établissement à l'époque. Les chirurgiens étaient mis en concurrence. Et d'ailleurs, je me demande si ce n'est pas ce qui l'a rongé au point de… Il s'est effondré en salle d'opération, vous savez, victime d'une rupture d'anévrisme.

Dans un geste qui l'étonna lui-même, Bentley lui pressa brièvement la main à travers le bureau.

— Je suis navré de raviver ces mauvais souvenirs, madame Fitzgerald.

— Vous n'y êtes pour rien, vous exercez simplement votre métier. Quant à cet homme… je peux me tromper, mais plus je le regarde, plus j'ai une impression de *déjà vu*.

Le policier se garda de lui révéler qu'il partageait cette impression.

— Pardon encore pour mon intrusion et ma maladresse. Je vais vous laisser. Il est tard. Vos enfants doivent vous attendre.

Elle le raccompagna à la porte.

— Si j'ai une illumination, je vous préviendrai, inspecteur.

— Merci, madame Fitzgerald. Bonne soirée.

De retour chez lui, Peter Bentley sonda son fils au cours du repas :

— Lindsay, mon jeune adjoint, pense qu'un jour, nos ordinateurs nous permettront d'obtenir des tas d'informations en tapant simplement le nom d'une personne sur le clavier. Tout ça en un rien de temps. Si c'est vrai, il y a de quoi s'inquiéter. Il prétend également que les ordinateurs vont devenir de moins en moins encombrants, comme les téléphones, et qu'on pourra les transporter partout avec nous. Tu y crois, toi ?

Owen le fixa comme s'il énonçait une évidence.

— Mais papa, tu es un vrai dinosaure ! Évidemment que j'y crois ! Bientôt, on sera tous reliés dans un grand réseau. Tu pourras taper tous les noms que tu veux et pas seulement ceux des gens. Bref, ce serait trop compliqué à t'expliquer, mais ça se prépare aux États-Unis, dans un endroit qui s'appelle la Silicon Valley. D'ailleurs, j'aimerais bien y aller un jour avec toi.

— OK, fiston, on ira là-bas un jour tous les deux. Promis !

L'étincelle qui s'alluma dans le regard de son fils lui fit monter les larmes aux yeux. Au prétexte de débarrasser, il quitta brusquement la table. Plus tard, il se demanda avec angoisse si un « dinosaure » comme lui pourrait survivre à la révolution électronique qui se préparait au fond de la baie de San Francisco sur la côte ouest des États-Unis.

~ 45 ~
Un vrai temps d'enterrement

Le lendemain matin, jour des obsèques de Pat Dobson, Rose songea que le ciel bas et gris s'accordait parfaitement aux circonstances. Il faisait un « vrai temps d'enterrement » comme aurait dit son père. Alors qu'elle se tenait sur le seuil de l'agence, se demandant comment occuper sa main droite dépourvue de cigarette, elle fut rejointe par son ami Paul qui s'apprêtait à ouvrir son salon de coiffure.

— Salut, ma belle. Tout baigne ?

En guise de réponse, Rose dodelina de la tête.

— T'aurais pas une clope ?

— Je ne fume pas. Tu le sais très bien.

— Je suis en manque, se lamenta-t-elle.

— D'amour ou de clopes ?

— Idiot !

Le coiffeur lui frictionna le dos.

— Comment s'est passé ton rencard, samedi ? J'espère que ton véto a admiré ta nouvelle coiffure.

Quelques heures avant son rendez-vous, Rose était passée au salon pour se faire faire un brushing. Paul en avait profité pour lui soutirer des informations sur l'homme pour lequel elle s'était mise sur son trente-et-un.

— Tu veux que je te raconte ma soirée, c'est ça ?

— Sans oublier ta nuit, plaisanta-t-il.

Pour gagner du temps, elle pointa l'érable de la place où les perruches faisaient un boucan d'enfer.

— Elles n'ont pas bougé, constata-t-elle.

Paul fit mine de la quitter.

— Puisque contrairement à elles, tu gardes le bec cloué, je vais te laisser ruminer en paix.

Elle le retint par la manche.

— Il n'y a pas eu de nuit, Paul. J'ai… renâclé au dernier moment… par trouille de m'engager dans une nouvelle histoire d'amour foireuse… Ceci dit, la soirée s'est déroulée agréablement. Si tu as l'occasion de dîner au *Crabe qui aboie*, je te recommande leurs scampis.

— Je me demande pourquoi tu t'interdis d'être heureuse, Rosy. Je vous ai aperçus tous les deux depuis mon salon, l'autre jour. Vous aviez l'air de flotter. Des petits cœurs roses s'échappaient de vos regards. C'était très mignon.

— Ta vitrine déforme la réalité. Tu t'acharnes à voir la vie en rose… Tim Pringle est aussi cabossé que moi. C'est un homme qui a sombré dans l'alcool après un divorce difficile. Il s'en est sorti grâce aux Alcooliques Anonymes, mais bon, dans ces cas-là, on n'est jamais à l'abri d'une rechute.

— Au moins, il ne t'a pas caché la vérité, preuve que c'est un type bien.

— J'en suis convaincue, seulement… mon ex avait une addiction pour le jeu. Tu admettras que j'ai des raisons de me méfier.

— Je comprends. Accordez-vous le temps de mieux vous connaître.

— Oui, c'est ça, j'ai besoin de temps.

Elle consulta sa montre.

— Il faut que je me remette au boulot, sinon mon patron va me tomber dessus. Et tout à l'heure, je dois m'absenter pour assister aux funérailles de Pat Dobson, mon ancienne voisine.

— Je te laisse. Bon courage, ma belle.

— Oh attends, Paul ! Je dois te rendre le collier.

— Quel collier ?

— Celui que tu m'as prêté, samedi pour apporter une touche de couleur à ma robe noire que tu jugeais « triste ».

— Garde-le, mon ange. Je te le donne. Cadeau de Noël anticipé.

Les yeux de Rose s'embuèrent.

— Il y a une éternité qu'on ne m'avait pas offert un aussi joli cadeau. Merci.

Paul se rengorgea.

— Quel dommage que je ne sois pas hétéro, ou bi à la rigueur ! J'aurais aimé t'aimer.

Elle éclata de rire.

— Voilà qui apporte une touche de gaieté à cette triste journée.

~ 46 ~
Idées noires

En début d'après-midi, quelques têtes se tournèrent vers Peter Bentley quand, flanqué de son adjoint en civil, il fit une entrée pourtant discrète dans la salle du funérarium de Lexington. Les deux hommes se placèrent au dernier rang. Parmi l'assistance clairsemée, l'inspecteur repéra Jackie Barton, le visage masqué par d'immenses lunettes noires, et quelques-unes de ses amies aperçues dans son jardin lors du peu glorieux épisode de la faux. S'il avait eu l'oreille plus fine, le policier aurait entendu Olivia Hooper, assise près de la belle rousse, lui chuchoter cette remarque pleine d'ironie : « Avec l'imper fatigué dont il est affublé, tu lui rajoutes un cigare au bec et tu obtiens l'inspecteur Columbo. » Il aurait alors compris pourquoi les deux femmes s'étaient mises à hoqueter de rire.

Par chance, la cérémonie n'avait pas encore débuté. Il ferma les yeux pour chasser les idées noires qui avaient commencé à l'assaillir devant le cercueil. Il les rouvrit quand son voisin le poussa du coude et murmura :

— Vous voyez ce que je vois, patron ?

À travers la brume qui voilait son regard, il voyait un cercueil qui trônait dans l'allée centrale ; il voyait un homme aux épaules voûtées assis seul au premier rang ; il voyait le portrait de la défunte exposé sur un chevalet ; il voyait…

— La couronne, insista Jones, face à son absence de réaction.

C'était la plus grande, la plus voyante, la plus rouge parmi celles, peu nombreuses, qui entouraient le cercueil. Elle était barrée d'une bannière en satin noir qui portait une simple signature en lettres d'or : Dr P. CROW[14]. À présent, Bentley ne voyait plus qu'elle.

— Le dernier billet du corbeau, commenta le jeune policier.

— Je la vois, sergent. Mais son généreux donateur, lui, est invisible.

— Il est peut-être en retard.

— Ou planqué quelque part, fomentant un nouveau coup.

---

14 *Crow* signifie corbeau.

~ 47 ~
Comme par magie

Estimant que son retard justifiait de ne pas respecter l'avertissement, Rose Fitzgerald gara sa voiture sur un emplacement RÉSERVÉ AUX FAMILLES ENDEUILLÉES, juste à côté de celle de David Dobson. En pressant le pas vers la chapelle, elle ne prêta pas attention à l'homme qui fumait tranquillement sur un banc dans le Jardin du souvenir.

Comme elle s'y attendait, il n'y avait pas foule dans la salle décorée d'artifices religieux facilement escamotables. Une femme prêtre était en train de s'entretenir avec l'unique membre de la famille. Rose aurait pu réciter le discours de réconfort prémâché qu'elle devait tenir. On le lui avait débité lors des obsèques de son premier mari.

L'office débuta, impersonnel et froid. Faute de témoignages familiaux ou amicaux, la célébrante prononça quelques mots en hommage à la défunte qu'elle ne devait connaître ni d'Ève ni d'Adam, et dont le portrait défiait l'assistance du haut d'un chevalet. Rose supposa que David avait dû retourner en vitesse des boîtes de vieilles photos pour trouver un cliché digne d'être reproduit et agrandi. La quadragénaire souriante du portrait pouvait passer pour sociable et même gentille. Quant au corps de la septuagénaire, il reposait à l'écart dans son cercueil placé sur des rails qui disparaîtrait bientôt derrière un rideau de velours noir, comme par magie. Jeff Little, le père de Rose, avait exercé, parmi d'autres, la profession peu lucrative d'illusionniste. « Regarde bien, ma fille », lui disait-il en posant une pièce de monnaie sur le dos de sa main. « Un coup elle est là, un coup elle n'y est plus ! » C'était vrai, et Rose s'était toujours demandé comment il s'y prenait.

~ 48 ~
Esquives

Si courte fût-elle, la cérémonie parut interminable à Peter Bentley. Sorti le premier de la chapelle, il huma, non pas une bouffée d'air frais, mais une odeur familière : celle des cigarettes de sa marque préférée. L'homme qui se permettait d'en fumer une au nez et à la barbe du public n'était autre que le clochard auquel il avait remis son dernier paquct sur le parvis de l'église catholique de Chatton Green. Celui-ci le défiait du même regard perçant, mais teinté cette fois d'une lueur d'ironie. Ravivé par la fumée qui envahissait ses narines, le besoin d'allumer une cigarette était tellement intense qu'il noyait l'esprit du policier incapable de réagir. Le sergent Jones le tira en arrière et lui glissa à l'oreille :

— Je le reconnais. C'est lui, le docteur Beaumont, alias Crow, le corbeau… Qu'est-ce qu'on fait, patron ? On l'arrête.

L'homme semblait lui aussi attendre une réaction du policier qu'il tenait toujours sous l'emprise de son regard.

Rose l'avait reconnu également. Cet homme délabré qui ne mendiait pas était le clochard de la place du centre. Tout en se demandant ce qu'il faisait là et par quel moyen il s'était rendu de Chatton Green à Lexington, elle fut soudain frappée par l'évidence. Son visage portait les stigmates de dix années d'une vie d'errance. Il paraissait vingt ans de plus que son âge.

Pourtant c'était bien lui, l'homme des coupures de presse que Peter Bentley lui avait montrées. Le docteur Beaumont ! Elle fixa ses mains dont la droite tenait élégamment la cigarette entre deux de ses longs doigts fins. Des mains de chirurgien ! Comment ne s'en était-elle pas doutée plus tôt ? Il quitta le flic des yeux pour la dévisager et lui adresser un sourire qu'elle lui rendit avant de se détourner. Il fallait qu'elle présente ses condoléances à David Dobson. Le sort que la police allait réserver à cet homme, qui bizarrement semblait chercher à être reconnu, ne la concernait pas. Elle avait d'autres préoccupations.

Tandis que Rose Fitzgerald prenait place dans la courte file qui s'était formée devant le fils de la défunte, le sergent Jones se permit de taper sur l'épaule de son supérieur et supplia :

— Patron, on ne peut pas rester sans rien faire ! Les menottes se trouvent dans la voiture.

Bentley lui saisit le bras pour l'entraîner à l'autre bout du parvis.

— On ne bouge pas, Jones. Je vous avais prévenu.

— Mais…

— Un faisceau de suspicions ne constitue pas une preuve. Le corbeau s'est volontairement démasqué, mais sa vengeance ne peut pas être qualifiée d'assassinat. Faut-il vous rappeler que madame Dobson est morte de manière naturelle ?

Le sergent tourna la tête vers l'arrière.

— De toute façon, c'est trop tard, l'oiseau s'est envolé, déplora-t-il.

— On pouvait s'y attendre.

— Deux jours de recherches pour des prunes !

— Considérez vos recherches comme une étude de cas qui vous servira à l'avenir.

— Tout de même, je ne me suis pas engagé dans ce métier pour laisser filer un présumé coupable.

— D'après son état, il semble que ce « présumé coupable » a déjà accompli dix ans de peine à titre préventif. Et maintenant, faisons comme lui. Esquivons-nous avant que les amies de madame Barton ne m'assaillent pour me demander si j'ai retrouvé l'homme à la faux.

~ 49 ~
Confidence pour confidence

Pendant que les deux policiers filaient à l'anglaise, Rose assurait le fils Dobson de toute sa sympathie.

— Au revoir, David, et bon courage. Au besoin, vous savez où me trouver.

Il la retint d'un geste.

— Le notaire a appelé.

Son léger sourire la rassura, mais il semblait prendre un malin plaisir à faire durer le suspense.

— Vous a-t-il annoncé une bonne nouvelle ?

— La maison me revient, mais je ne suis pas l'exécuteur testamentaire.

Rose, qui jubilait intérieurement, ne le montra pas.

— Qui est-ce ?

David ricana.

— Elle n'est pas présente aujourd'hui.

— C'est Dorothy Parker, n'est-ce pas ?

— Comment avez-vous deviné ?

Rose lui prit le bras.

— Allons dans ma voiture. J'ai une confidence à vous faire.

Au moment où David Dobson apprenait avec stupéfaction que son père n'avait jamais cessé d'aimer sa voisine, Peter

Bentley dut faire une embardée pour éviter un cycliste qui zigzaguait sur la nationale menant à Chatton Green.

— Eh, il va causer un accident, l'alerta son passager. Il faut l'arrêter !

Plongé dans ses sombres pensées, le conducteur ne l'entendit pas, ou ne voulut pas l'entendre, se dit le jeune policier qui n'insista pas.

~ 50 ~
La reine des cœurs

La vie reprit son cours paisible dans la petite cité de Chatton Green jusqu'à la date du 20 novembre qui allait frapper la monarchie britannique en plein cœur. La souveraine, de même que ses sujets, était loin de soupçonner ce qui se tramait ce soir-là. Encore moins Desmond Dobson qui reposait sur son lit d'hôpital dans la torpeur engendrée par les injections de morphine. La visite de son fils, dix-sept jours plus tôt, avait provoqué son dernier éclair de lucidité. Depuis lors, enfin délivré de la douleur, il flottait entre deux mondes et ne prononçait plus un mot.

Seul le maintenait en vie l'espoir de humer le parfum à la violette, de sentir les caresses et d'entendre la voix pleine d'amour de celle qu'il ne cessait d'attendre depuis le jour où elle avait arrimé sa main à la sienne lors de sa première visite. Une main qu'il n'avait pas voulu lâcher à l'instant de son départ.

Ce soir-là, un lundi précisément, Dorothy Parker ferma le livre dont elle venait de lire un chapitre à voix haute à l'homme alité. Il s'agissait de *L'Île au trésor*, de Robert Louis Stevenson, un de ses romans préférés comme il le lui avait confié des années plus tôt. L'heure des visites était dépassée. Elle allait devoir le quitter.

La vieille dame lui caressa la joue et se pencha pour lui embrasser le front. Une infirmière entra dans la chambre pour vérifier l'état du patient. C'était « une fille des îles » comme elle disait, le teint mat, la voix chantante, le corps généreux. Une gentille – il y en avait des rudes parfois – qui n'était pas trop à cheval sur le règlement et savait apaiser les angoisses. Dorothy comprit à son air préoccupé que l'état de Desmond s'était aggravé.

— Si vous en avez la force, il vaudrait mieux que vous dormiez ici cette nuit, prévint-elle. Je vais vous faire installer un lit d'appoint.

— Ne vous donnez pas cette peine, mademoiselle. Je resterai éveillée jusqu'à la fin.

* * *

Au même moment, la princesse de Galles s'apprêtait à quitter le palais de Kensington à Londres où elle était consignée depuis sa séparation d'avec Charles. Avant de sortir, elle admira son reflet dans le miroir de son boudoir et se lança un sourire à sa manière un peu craintive, la tête légèrement inclinée sur le côté. Son tailleur bleu moulait sa silhouette parfaite et mettait en valeur son regard myosotis sous son vaporeux casque blond. Satisfaite de son apparence, Diana alla embrasser ses fils.

— Comme tu es belle, maman ! s'exclama William.

Harry, qui venait de fêter ses onze ans, se blottit contre elle.

— Bonne chance, maman. On est avec toi, tu sais.

— Je sais, répondit-elle en lissant sa jupe. À tout à l'heure, mes chéris. Soyez sages. Je vous aime.

Une limousine l'attendait à sa porte. Elle s'y engouffra.

— Studios de la BBC, s'il vous plaît, indiqua-t-elle au chauffeur.

— Bien, Votre Altesse Royale.

À l'extérieur de l'enceinte, une meute de photographes prêts à se jeter sur leur proie attendait l'ouverture de la grille plus discrète qui donnait sur le flanc du palais. Protégée des regards par la vitre fumée, la princesse constata, non sans déplaisir, qu'ils demeuraient aussi nombreux qu'à l'époque de son mariage. Cela ferait bientôt trois ans qu'elle vivait seule. La famille royale, alias « la Firme », voulait l'acculer au divorce. Avant d'y céder, contrainte et forcée, elle allait jeter son pavé dans la mare. Ils l'avaient assez persécutée tous autant qu'ils étaient. À leur tour de déguster !

Diana fit tourner autour de son annulaire sa bague de fiançailles en saphir qu'elle n'avait pas quittée. Comment s'appelait donc celui qui allait l'interviewer ? La fiche préparée par son attaché de presse le lui révéla. Il s'agissait de Martin Bashir[15] : un Britannique d'origine pakistanaise, toujours d'après la fiche. La princesse sentit son cœur battre plus vite. Serait-il aussi séduisant qu'Hasnat Khan, le chirurgien pakistanais dont elle était éperdument amoureuse ? *À nous deux, mon petit Martin !* se dit-elle en se rencognant dans son siège.

* * *

Dans la chaumière des Barton, à Chatton Green, Charlie était étendu de tout son long aux pieds de sa maîtresse et de Charlotte

---

[15] Récemment mis en cause pour avoir, à l'époque, manipulé la princesse et son entourage afin d'obtenir l'interview, le journaliste a été contraint de démissionner de la BBC.

MacDonald qui s'étaient installées dans le grand canapé de la salle de télévision pour assister à l'interview. Son museau reposait sur les mules à pompons de Jackie et sa queue balayait en douceur les mollets de la Française qu'une présence trop pesante aurait effarouchée.

Regard rivé sur l'écran, Jackie déboucha la bouteille de champagne français apportée par son invitée qui adorait Lady Di autant qu'elle, mais ne possédait pas de télé. Pendant que le journaliste énonçait timidement sa première question : « Votre Altesse Royale, comment étiez-vous préparée aux pressions qui découleraient de votre mariage au sein de la famille royale ? », la caméra zooma sur le visage princier aux yeux clairs soulignés d'un trait de khôl. Un léger sourire suspendu à ses lèvres entrouvertes, Diana écoutait, la mine concentrée, les sourcils à peine froncés, le cou ployé comme si sa tête devenait soudain trop lourde à porter.

— Quel visage d'ange ! s'exclama Jackie, extatique.

Charlie ouvrit un œil intéressé. En tant que chien, il n'avait pas d'avis sur le physique de la princesse, mais se référait entièrement à celui de sa maîtresse qui la trouvait sublime. Son maître, lui, la traitait volontiers de « poule de luxe », ce qui ne sonnait pas comme un compliment. Là encore, le labrador aurait difficilement pu se prononcer. Les seules poules de luxe de sa connaissance étant celles que Wendy, la voisine, gardait dans un poulailler-pagode avec autant de circonspection qu'une « mère maquerelle », pour citer à nouveau son maître. Sa paupière retomba lourdement. Il encaissait mal le fait que sa maîtresse fasse tout un plat de cette princesse au point d'oublier son chien adoré. Car elle n'avait même pas pris le temps de lui préparer une pâtée et il avait dû se contenter d'un bol de croquettes.

— Buvons à Lady Di, proposa Jackie en levant sa coupe tout en tendant à Charlotte une assiette de petits feuilletés salés à peine sortis du four.

Charlie sentit sa truffe frémir. Les croquettes ne remplissaient pas son chien. Il crevait la dalle.

Pendant ce temps, en réponse à la première question du journaliste sur son état d'esprit au moment de ses fiançailles, Diana s'épanchait sur ses illusions perdues : « J'aimais désespérément mon mari. Je pensais réellement que nous formerions une bonne équipe. »

— Pauvre petite ! commenta Jackie en reniflant.

* * *

Juste en face, chez les Hooper, on regardait aussi l'émission, comme des millions de Britanniques. Eddy singea la princesse :

— « J'aimais désespérément mon mari. » Foutaises !

— Je la pense sincère, rétorqua Olivia sèchement.

— Ne me dis pas que toi, tu crois à ses sornettes ! Tu sais bien qu'il n'y avait pas d'amour dans ce mariage. *La Firme* a sélectionné la pouliche la plus apte à mettre bas des rejetons au sang bleu.

D'un geste brusque, Olivia écrasa la cigarette qu'elle venait d'allumer dans un des trophées de golf de son époux.

— Vous les Américains, vous ne comprendrez jamais rien à notre royauté !

— C'est toi qui ne piges rien, ma chérie. Cette pauvre fille est en train de se faire manipuler par ce type et elle n'y voit que du feu. Observe-le, on dirait qu'il dissèque une grenouille ! Je parie qu'elle va y laisser la peau.

Cette prise de bec conjugale empêcha Olivia d'entendre le journaliste poser la question suivante : « Pensez-vous que madame Parker-Bowles a joué un rôle dans l'écroulement de votre mariage ? »

Olivia vit la princesse pencher la tête et énoncer cette phrase qui resterait dans les annales : « Nous étions trois dans ce mariage, aussi était-il un peu surpeuplé. »

* * *

— Cette Camilla, je la hais ! gronda Jackie, depuis l'autre rive de Park Avenue.

Dans sa hargne, son pied heurta le crâne de Charlie qui gémit.

— Pardon, mon pauvre chien, dit-elle en lui fourrant un mini friand à la saucisse dans la gueule.

Au moment où Charlie dégustait l'offrande, la princesse évoquait ses crises de boulimie et les pressions subies pour la faire hospitaliser.

— Ces monstres voulaient l'interner ! pesta Jackie, hors d'elle. Encore un peu de champagne, Charlotte ?

— Volontiers, Jackie.

Sans quitter l'écran des yeux, Jackie entreprit de remplir les coupes et manqua la sienne de sorte que le liquide échoua dans la gueule de Charlie qui la tenait ouverte dans l'espoir d'un nouveau don de nourriture. Le champagne continuant à couler goutte à goutte de la table dans son gosier, le labrador commença à se sentir pompette.

Suspendue aux lèvres de son idole contrainte d'avouer sa propre infidélité, Jackie ne s'aperçut pas que Charlie se mettait à vomir sur ses mules.

— Je crois que ton chien est malade, lui fit remarquer Charlotte pendant que Diana tentait de justifier ses incartades par cette phrase pathétique : « Je me sentais tellement désespérée ! »

Jackie tendit la main vers la boîte de mouchoirs en papier.

— Comme je la comprends, larmoya-t-elle.

Charlotte sourit. La princesse avait réussi le joli coup de s'abaisser au rang de toutes les femmes trompées qui souffraient les mêmes tourments qu'elle. Dans les chaumières du royaume, on ne pouvait que compatir.

Charlie, qui était parvenu à se mettre sur ses pattes, se traîna vers la porte, alors que la princesse de Galles déplorait « la fin du conte de fées » et soulignait combien sa vie était devenue très difficile depuis qu'elle avait dû accepter la séparation réclamée par Charles.

— Quel crétin ! glapit Jackie... Où est passé Charlie ?

— Je l'ai vu se diriger vers la cuisine, répondit Charlotte.

Jackie bondit du canapé. À son retour, elle servit une nouvelle tournée de champagne.

— Charlie s'est effondré dans son panier. J'ai raté quelque chose ?

— La princesse vient de laisser entendre que les Britanniques avaient besoin de quelqu'un comme elle pour leur témoigner un peu d'affection et les soutenir dans les moments difficiles, résuma Charlotte.

— Diana, tiens bon ! On est de ton côté. On t'aime, approuva Jackie.

— Je ne voudrais pas m'avancer, fit Charlotte, mais on dirait qu'elle a soigneusement préparé les réponses à des questions qu'elle connaissait déjà.

— Tu crois ? s'étonna Jackie.

Tout en sirotant leur champagne, les deux femmes écoutèrent la princesse en sursis déclarer, non sans panache, que sa belle-famille l'ayant « disqualifiée » pour tenir le rôle de reine d'Angleterre, elle souhaitait « être une reine dans le cœur des gens ».

— La reine des cœurs, répéta béatement Jackie en essuyant une larme. C'est exactement ça.

~ 51 ~
Désespérantes solitudes

À l'étage du service de soins palliatifs de l'hôpital de Lexington, la soirée s'annonçait calme. Nancy Patterson – une mère célibataire de trente-trois ans –, de garde ce soir-là, avait allumé la petite télévision qui se trouvait dans le bureau des infirmières. Entre deux tournées de contrôle, elle parvenait à saisir quelques bribes de l'interview. Le journaliste était justement en train de demander à la princesse Diana si elle ne se sentait pas trop seule depuis la séparation. Sa réponse fusa : « Vous savez, les gens pensent qu'un homme est la seule réponse à la solitude. En réalité, un travail à plein temps est ce qui me convient le mieux. »

— Prends ma place qu'on rigole un peu ! maugréa Nancy dont le salaire suffisait à peine à faire vivre sa famille.

N'éprouvant aucune compassion à l'égard de cette princesse qu'elle jugeait trop belle et trop riche pour se déclarer publiquement « désespérée », elle éteignit le téléviseur et reprit sa ronde.

En entrant dans la chambre où, depuis près de trois semaines, un mourant s'accrochait à la vie, elle s'aperçut que le patient n'était pas seul dans son lit. Une femme allongée contre son flanc sanglotait doucement en lui tenant la main.

— Il vient de rendre son dernier soupir, annonça-t-elle.

L'infirmière saisit le poignet libre du gisant entre le pouce et l'index pour vérifier ce qu'elle savait déjà.

— Vous ne devriez pas être ici, madame ! dit-elle sans ménagement.

— L'infirmière de jour a prédit que ce serait pour cette nuit. Je ne pouvais pas l'abandonner. Elle m'a permis de rester.

Le ton de la vieille dame était désespéré mais ferme. Nancy, qui en avait vu d'autres et de moins belles, mais ne badinait pas avec le règlement, se sentit fléchir.

— Vous êtes de la famille ?

Dorothy eut un sourire coquin qui lui fit perdre un bon paquet de décennies.

— Sa femme est morte. Je suis son amante.

Nancy bipa l'interne de service dont elle était désespérément amoureuse.

— Ça m'étonnerait qu'il vous interroge, mais si c'est le cas, prétendez que vous êtes son épouse.

Dorothy s'empara de la main de l'infirmière et la serra entre les siennes.

— Vous êtes bonne, mademoiselle.

— J'en sais rien, bougonna Nancy.

Quand l'interne arriva, Dorothy était à la fenêtre.

— Il neige ! s'exclama-t-elle avec un sourire béat.

Le médecin haussa les épaules et se tourna vers l'infirmière sans la voir.

— À quelle heure remonte le décès ?

~ 52 ~
Un mystérieux ravisseur

Qui pourrait prétendre que la stupéfiante confession publique de la princesse de Galles ou le décès d'un vieux monsieur à l'hôpital de Lexington eurent une influence sur la météo ? Toujours est-il qu'à la suite de ces deux événements, la neige se mit à tomber sur la petite cité de Chatton Green durant trois jours et trois nuits sans discontinuer. Engoncée sous son épais manteau blanc, Park Avenue se découvrait une nouvelle splendeur. Les enfants descendirent les luges des greniers. Les jardins se peuplèrent de bonshommes de neige. Les voitures qui n'étaient pas dotées de quatre roues motrices – rares dans ce quartier, il est vrai – ne purent quitter leur abri.

Le matin des obsèques de Desmond Dobson, un franc soleil régnait, marquant la fin du précoce épisode neigeux. Cette fois, la petite salle du funérarium était pleine à craquer. Las de l'intérêt que sa présence suscitait auprès des diverses connaissances de son père, David Dobson fut soulagé de voir apparaître Rose Fitzgerald. Elle l'entraîna à l'écart :

— J'ai reçu une offre sérieuse pour la maison, au prix proposé. C'est une aubaine, il ne faudrait pas tarder à l'accepter.

David, qui avait signé le mandat de vente dès l'annonce du décès, approuva d'un hochement de tête. Il venait de voir arriver Dorothy Parker en compagnie d'une jeune femme et ne tenait pas spécialement à lui parler. Aussi fut-il soulagé de constater qu'elle l'ignorait royalement.

Rose sourit en remarquant que la vieille dame en grand deuil s'installait au premier rang à l'opposé de David. Les langues allaient se délier, elle n'en doutait pas.

Jackie Barton avait également noté cette incongruité, mais n'eut pas le loisir de s'y appesantir, car Wendy vint se placer à côté d'elle. Ses yeux gonflés et son visage défait trahissaient un chagrin disproportionné à la nature de l'événement.

— Que t'arrive-t-il ? chuchota-t-elle. Ne me dis pas que tu pleures la disparition de Desmond ?

— Mes poules ont toutes été enlevées cette nuit.

Quelques têtes outrées se tournèrent vers les deux femmes en entendant le gloussement hystérique de Jackie.

— Comment ça ? Quelqu'un les a volées ? renchérit Jackie en s'efforçant de canaliser le fou rire qui la gagnait.

— Non. D'après les traces dans la neige, il s'agirait d'un animal. Un renard certainement.

— Je croyais qu'elles étaient bouclées, tes poules ?

— Les renards sont rusés. Celui-là devait l'être particulièrement puisqu'on a trouvé la porte de la pagode grande ouverte.

— Je n'arrive pas à le croire.

Le service commença déroulant son immuable routine.

— Le plus incroyable, c'est que le ravisseur ne leur a pas volé dans les plumes. D'après les traces, on dirait qu'elles l'ont suivi sagement comme les rats derrière le joueur de flûte de Hamelin.

— Chut ! ordonna un militaire en grand uniforme qui se trouvait derrière elles.

— Jusqu'où ? murmura Jackie dans l'oreille de Wendy.

— Mystère ! Les traces se perdent dans l'avenue.

— Vous allez la boucler à la fin ! aboya le médaillé de guerre.

L'assistance se dispersa rapidement à l'issue de la cérémonie. Comme le fils du défunt n'avait pas eu la bonne idée d'organiser une sauterie, les anciens camarades de Desmond gagnèrent le pub le plus proche pour lever des pintes à sa mémoire.

Charlotte et Dorothy furent les dernières à quitter le funérarium. La fausse veuve serrait contre son cœur le portrait de Desmond en uniforme de la garde écossaise qu'elle avait elle-même fait encadrer et qu'elle avait déposé sur le cercueil en arrivant.

Dans la Fiesta de Charlotte, elle put enfin s'épancher :

— À vous, je peux bien l'avouer maintenant : Desmond a été le grand amour de ma vie. Un amour impossible. Nous étions tous les deux mariés.

Dorothy se tut. Les larmes qu'elle avait retenues avec dignité jusque-là perlaient dans ses yeux couleur pervenche.

Elle sanglotait à présent. Charlotte lâcha un instant le volant pour lui saisir la main.

— Il est mort dans mes bras à l'hôpital. J'ai gâché ma vie, Charlotte, mais ce moment-là, personne ne nous l'enlèvera.

— Vous n'avez pas gâché votre vie, Dorothy. Vous avez votre fille.

— Ma fille se préoccupe davantage du sort des visons et des bébés phoques que de celui de sa mère. Je me sens si seule.

— Vous avez Tosca, la musique, vos voisins.

La vieille dame se reprit.

— C'est vrai, j'ai de la chance.

~ 53 ~
Complicité

Le soir de ce même jour, Jackie Barton préparait le dîner en écoutant *Les Archers*[16] sur Radio 4[17] quand la cloche retentit. Charlie, qui méditait dans son panier en attendant sa pitance, bondit vers le hall d'entrée pour regagner aussitôt sa couche, la queue basse. À quoi bon se donner la peine d'ouvrir une porte si ce n'était pas pour accueillir son maître ou s'il n'y avait pas été mandaté expressément ?

La visiteuse n'était autre qu'Olivia Hooper, la voisine d'en face, celle qui se bouclait derrière une haute haie de houx piquants et un portail de château qu'il n'avait jamais réussi à franchir.

— Quelle bonne idée de venir me rendre visite ! se réjouit Jackie. La journée n'a pas été très gaie, n'est-ce pas ? Assieds-toi, Olivia. Je te sers une bonne tasse de thé, à moins que tu préfères un verre de vin ?

— Tu as raison, Jackie, triste journée ! Peut-être qu'un verre de vin nous remonterait le moral.

Jackie exhuma une bouteille de blanc des profondeurs de son Smeg. Charlie exhala un long soupir. Au train où ça allait, il n'était pas près de manger. Sa maîtresse se montrait incapable

[16] Feuilleton très populaire depuis les années 60.
[17] Une des stations de la BBC.

de faire deux choses en même temps. Du moins, c'était ce que prétendait son maître.

— Un chablis, ça te convient ?

— Je serais difficile si je prétendais le contraire.

Jackie ouvrit la bouteille avec son tire-bouchon électrique, emplit deux grands ballons et disposa des olives dans un bol Laura Ashley[18].

— Il y avait du monde aux obsèques, n'est-ce pas ?

— C'était un homme populaire, reconnut sa voisine.

— Pauvre Desmond ! On savait qu'il était condamné, mais tout de même, la fin est arrivée si vite.

— La mort de Pat a dû l'accélérer.

— Tu crois ?

— Ça se passe souvent comme ça chez les vieux couples.

Les deux femmes soupirèrent en chœur. Charlie ferma les yeux. Quelles sottises les humains étaient capables de débiter parfois !

— Tu as remarqué ? interrogea Jackie, Dorothy Parker s'est comportée comme si elle était la veuve.

— Oui, c'était bizarre, provocant à la limite, mais d'après mon père qui a bien connu les deux familles, ces deux-là étaient amants.

Jackie faillit lâcher le bol d'olives qu'elle tendait à Olivia.

— Qui l'eût cru ? s'étonna-t-elle. Certains hommes cachent mieux leur jeu que d'autres.

Charlie, curieux de goûter une olive, tendit la langue à tout hasard et fixa sa maîtresse d'un regard implorant. Mais celle-ci était trop occupée à réfléchir pour s'en apercevoir.

---

[18] Laura Ashley était une marque de mode et de décoration très en vogue à cette époque.

— C'est peut-être idiot de ma part, mais je me demande si Dorothy n'aurait pas trempé d'une manière ou d'une autre dans la disparition de Pat.

Charlie grogna. Olivia avala une longue gorgée de vin.

— Qui sait ? Il est bon, ton chablis.

— Richard connaît mon penchant. Il en achète toujours dans les aéroports quand il fait escale en France.

— Avec son métier, il est souvent absent, ton Richard.

— Il ne rentre pas tous les soirs, c'est vrai, déplora Jackie dans un soupir.

Olivia faisait tourner son verre entre ses paumes.

— D'une certaine façon, je t'envie.

Cette réflexion surprit Jackie. Sa situation ne lui paraissait pas enviable. Elle rêvait de voir son homme mettre chaque jour les pieds sous la table pour déguster ses petits plats avant d'aller au lit où il la remerciait à sa façon.

— Un peu plus de vin ?

— Volontiers.

Jackie emplit les verres à ras bord.

— Tu sais ce qui est arrivé aux poules de Wendy ?

Charlie ouvrit une paupière et dressa l'oreille.

— Non, s'étonna Olivia.

— J'y pense parce qu'elle me l'a raconté pendant la cérémonie. Ce n'était pas le moment, mais… c'est si drôle… Enfin pas pour elle… Figure-toi qu'elles se sont échappées durant la nuit où il a neigé si fort.

Charlie fourra son museau entre ses pattes.

— Comment est-ce possible ? Elle les bouclait toujours.

— Mystère et boule de gomme. D'après les traces, il s'agirait d'un animal. Un renard sans doute.

— Incroyable ! Les renards ne savent pas déverrouiller les portes que je sache.

— Le plus inouï, c'est qu'elles se sont volatilisées. On n'a même pas retrouvé une seule plume. Coup de chance, elle venait de les faire peindre par une artiste spécialisée dans les portraits de poules. Il lui restera au moins ce souvenir.

Olivia pouffa dans son verre.

— J'aime bien Wendy, mais ses poules, je ne vais pas les regretter. C'est comme les perruches de Pat : bon débarras ! Avec le tapage qu'elles faisaient.

— Sans compter que Charlie est plus calme depuis leur disparition.

Le labrador en profita pour offrir à sa maîtresse un nouveau regard suppliant de chien affamé. Jackie bondit de sa chaise.

— Mon pauvre Charlie, j'ai complètement oublié de te nourrir depuis ce matin.

Elle remplit en vitesse un bol de croquettes qu'elle plaça sous un museau dédaigneux, avant de disposer des amuse-gueule sur un plat.

— Je commence à me sentir pompette, admit-elle. Mieux vaut manger un peu.

Charlie lorgna avec envie les feuilletés qui devaient dater de la soirée Diana. Sa maîtresse manquait de cœur parfois, à moins que ce ne fût de discernement. De toute façon, tant que cette histoire de poules serait sur le tapis, il avait intérêt à se faire oublier.

Olivia s'empara délicatement d'une quiche miniature.

— Notre amie Rose n'a pas perdu de temps, constata Jackie avec une pointe de perfidie. D'après le panneau qui vient de surgir devant chez les Dobson, la maison est déjà sous offre.

— J'ai vu et ça ne m'étonne pas. Le fils a dû accepter de la brader. Je me demande à quoi ressembleront nos nouveaux voisins.

— Nos verres sont vides. On va finir la bouteille, pour ce qu'il reste.

— Excellente idée ! De toute façon, Eddy a prévenu qu'il rentrerait tard.

— Il doit avoir beaucoup de travail.

Olivia se mit à rire jaune.

— Mon mari a plutôt beaucoup de maîtresses.

Jackie faillit s'étrangler. Comment un père de famille aussi sérieux, nanti d'une femme aussi belle que la sienne, pouvait-il avoir envie d'aller voir ailleurs ? Elle n'eut pas l'occasion de protester car Olivia poursuivait sur sa lancée :

— Les preuves ne manquent pas, mais je m'en balance. Il peut aller sauter toutes les pouffiasses qu'il veut.

De rage, elle fit couler le fond de son verre sur la toile cirée fleurie de la grande table où elles avaient pris place.

— Il me le paiera un jour ou l'autre.

Charlie s'approcha à pas de loup pour recueillir les gouttes de vin sur sa langue tendue. Le chablis ne valait sûrement pas le champagne, mais son bol d'eau était vide et il mourait de soif.

— Il y a une autre bouteille au frais, se souvint Jackie.

— Tu n'aurais pas plutôt un whisky avec des glaçons ? J'ai besoin d'un truc fort, là.

— Bonne idée, s'écria Jackie, ravie de faire la démonstration de sa machine à glaçons.

Suivie de son chien, elle tituba jusqu'au Smeg. Comme prévu, une avalanche de glaçons heurta le carrelage. Charlie allait enfin pouvoir étancher sa soif. Hilare, Jackie réussit à en piéger quelques-uns dans les verres à whisky qu'elle posa brusquement sur la table.

— *Ouh la-la !* J'ai la tête qui tourne, gloussa-t-elle en s'affalant sur sa chaise. Pas toi ?

— Eddy prétend que je tiens bien l'alcool.

— Tu peux attraper la bouteille derrière toi sur le buffet ?

— Trente ans d'âge. Hum, c'est du costaud ! constata Olivia après avoir lu l'étiquette.

— De quoi on parlait déjà ?

— Des hommes ! Enfin, du mien.

La femme d'Eddy avala une grande rasade du whisky que Jackie venait de servir et appuya le menton sur sa paume.

— Je vais peut-être t'en boucher un coin, Jackie, mais le plus ironique de l'histoire, c'est que moi, j'ai jamais connu que ce salaud. Eh oui, c'est comme ça ! Il m'a dépucelée, épousée quand j'avais dix-huit ans, et je lui suis fidèle depuis presque vingt ans. Faut être conne, non ?

— Incroyable ! balbutia Jackie. Moi non plus j'ai jamais trompé Richard.

— Bah, tu devrais ! On devrait toutes. Y a pas de raison. Ils le font bien eux.

— Pas Richard ! protesta faiblement Jackie.

— Laisse tomber tes illusions, ma belle. Je te le dis, y en a pas un pour rattraper l'autre.

Charlie posa le museau sur les genoux de sa maîtresse qui se mit à le caresser pensivement.

— T'as p'tête pas tort. En tout cas, le bon exemple vient pas d'en haut, c'est sûr.

— Tu fais allusion à la famille royale ?

— À Charles en particulier.

— Eh ben tu vois, ta copine Diana elle s'est vengée, et elle l'avoue sans honte. Alors pourquoi pas toi ? Me dis pas que tu l'as jamais trompé au moins en pensée, ton Richard.

Jackie se sentit rougir.

— Si, une ou deux fois.

— Voilà !

— Et toi ?

— Moi, c'est les types qui jouent au tennis qui me font craquer, surtout les jeunots.

— Ah ben moi, je flashe plutôt sur les plus vieux. Tu crois que ça a à voir avec l'image paternelle ?

— J'en sais rien.

Olivia faisait tourner les glaçons dans son verre. De plus en plus vite.

— Au fait, parvint-elle à articuler, j'étais venue te demander un truc, mais j'ai complètement oublié de quoi il s'agissait.

Jackie brandit une salière qui traînait sur la table.

— De ça peut-être ?

— Nooop.

Couché aux pieds de sa maîtresse, Charlie ressentit un drôle de picotement tandis qu'elle lui versait le contenu entier de la salière sur la queue.

— Attends ! fit Olivia, y pas une bestiole qu'on attrape comme ça ?

Furieux, le labrador aboya.

— Qu'on attrape comment ?

— En lui salant la queue !

Remis sur ses pattes, Charlie secouait frénétiquement la sienne sous le nez de l'intruse qui parvint à se lever en s'accrochant au rebord de la table.

— Faut que je rentre à la maison, Eddy doit m'attendre. Il va s'inquiéter.

Jackie gloussa.

— Oh, et puis après tout je m'en tape ! reprit Olivia en se laissant retomber sur sa chaise. Qu'il aille se faire…

— Se faire quoi ?

— Ça commence par en.

— Entuber ?

— Ça aussi.

— Enfermer ?

— J'aimerais bien !

— Empaler ?

— T'es drôlement forte en vocabulaire toi, dis donc.

Jackie se rengorgea.

— La maîtresse lisait mes rédactions à l'école.

— Ah, ça y est ! Je m'en souviens.

— Enculer ! triompha Jackie.

— Potager ! s'exclama son amie.

Jackie la considéra avec perplexité.

— Je connaissais pas l'expression.

— Va te faire potager ! Elle est bien bonne celle-là ! s'esclaffa Olivia. Mais non, en fait j'étais venue te demander de bien vouloir faire visiter ton potager pour une œuvre charitable en mai prochain.

— J'en ai pas, dit Jackie, écroulée de rire sur la table.

— Comment ça ?

— J'ai une roseraie, mais pas de potager.

— Mince alors !

~ 54 ~
L'ombre d'un doute

Pendant que les deux femmes complètement saoules riaient à rouler sous la table, Sue Dickinson buvait une tisane auprès de sa mère dans la véranda de sa maison. Pressentant que la soirée s'annonçait difficile, elle avait bravé ses malaises pour venir lui tenir compagnie. Quand Dorothy lui avait annoncé le décès de son voisin, la veille au téléphone, elle avait paru très affectée. Sue appréhendait combien il devait être pénible pour les personnes âgées de voir disparaître leurs contemporains les uns après les autres jusqu'à se retrouver seules et se dire que leur tour viendrait bientôt.

Tosca lovée sur ses genoux, la vieille dame buvait sa camomille à petites gorgées, les yeux perdus dans le vague. Sue ne savait comment aborder le sujet. Enfin elle se lança :

— Comment se sont déroulées les obsèques de Desmond ?

Dorothy sursauta et la dévisagea comme s'il s'agissait d'une étrangère.

— Il y avait du monde : les voisins, ses anciens collègues, des amis de l'armée. C'était un homme apprécié, tu sais.

— Qui avait lancé les faire-part ?

— Moi, répondit-elle en soutenant le regard de sa fille. Il avait laissé une liste.

— Toi ?

— C'étaient ses dernières volontés. Je suis son exécuteur testamentaire.

Sous l'effet du choc, Sue mit du temps à réagir

— Mais… pourquoi toi, alors que c'était le rôle de son fils ?

— Crois-moi, j'ai été aussi surprise que toi quand le notaire me l'a appris. Quant à David, il a si longtemps brillé par son absence que Desmond ne devait pas lui faire confiance. Pour autant, il ne l'a pas déshérité. La maison lui revient. Moi, j'ai hérité de ses cendres et de quelques souvenirs, c'est tout ce qui compte.

La mine horrifiée de Sue amusa sa mère.

— Où sont les cendres ? demanda-t-elle d'une voix blanche.

— Dans une boîte dans ma chambre.

Sue eut un haut-le-cœur qui n'échappa pas à Dorothy.

— Que comptes-tu en faire ?

— Je ne sais pas encore. Il n'a pas laissé d'instructions précises à ce sujet.

— Tu ne vas tout de même pas garder *ça* dans ta chambre ?

— Pourquoi pas ? Il me tient compagnie.

— Mère !

— Je comprends que cette idée te choque, mais Desmond comptait beaucoup pour moi.

— Qu'est-ce que tu veux dire ? s'écria Sue, interloquée.

— Je l'aimais. Je l'ai toujours aimé.

— Et c'est maintenant… maintenant que…

— Que je l'avoue ? Oui. Chacun garde ses secrets, ma chère enfant. Je suppose que tu protèges les tiens. Oh, sois tranquille ! Ce n'était qu'un amour platonique. Néanmoins, nous n'avons jamais cessé de nous chérir.

Sue se leva brusquement et se mit à arpenter la véranda.

— Mon père était-il au courant ?

— Je pense qu'il avait deviné. Comme c'était un homme bon et généreux, il ne m'a jamais adressé le moindre reproche. Lui-même avait un autre amour dans sa vie et c'était toi. Tu occupais la plus grande place dans son cœur.

— Tu étais jalouse ?

— Comment aurais-je pu ? C'était sa façon à lui de m'offrir le champ libre en quelque sorte.

— Et de compenser ton manque d'amour à notre égard.

Dorothy accusa le choc.

— Ne juge pas à brûle-pourpoint, ma chérie. Tu es si jeune, il te reste tant à apprendre de la vie.

— Il me semble que j'ai encaissé mon lot de coups durs, non ?

— Certainement, mais tu en subiras d'autres et tu connaitras de grands bonheurs aussi.

Sue s'affala pesamment dans son fauteuil où elle demeura un long moment le visage enfoui entre les mains.

— Pardonne-moi, dit-elle en relevant la tête, mes paroles ont dépassé ma pensée. Je ne suis pas dans mon état normal actuellement.

— Es tu malade ?

— Non, je suis enceinte.

Dorothy ferma les yeux et resta prostrée, les mains accrochées aux accoudoirs du fauteuil. Au bout d'une minute qui parut une éternité à sa fille, elle fit l'effort de se lever.

— Je vais me coucher. Je suis fatiguée.

— Maman ? balbutia Sue, les larmes aux yeux.

La vieille dame se trouvait à la porte de la véranda, la chatte sur les talons. Elle chantonnait une berceuse.

— Tu vas être grand-mère, répéta Sue.

— Desmond est là-haut, il m'attend. Il y a si longtemps qu'il m'attend. Si longtemps.

Sue sentit le regard pervenche de sa mère se poser sur elle comme sur une étrangère. Perdait-elle réellement la raison ou jouait-elle la comédie ?

— Maman, je suis ta fille. Ta fille qui va avoir un *bébé.*

Un bébé du fils de ton cher Desmond, pensa-t-elle sans oser l'avouer.

Dorothy lui tourna le dos.

— J'arrive, mon amour ! cria-t-elle en direction de l'escalier.

Sue s'attarda dans la véranda pour tenter de rassembler ses idées. Sa mère avait paru sincère quand elle lui avait juré que la relation amoureuse était restée platonique. Il y avait peu de chances qu'elle fût la fille de Desmond. Pourtant, l'ombre d'un doute subsistait. C'était une perspective d'autant plus alarmante qu'au fil des jours, elle s'était habituée à l'idée de cet enfant inattendu et n'envisageait plus de s'en séparer.

La nuit était tombée depuis longtemps. Trop fatiguée pour rentrer à Londres, elle se résolut à passer la nuit dans son ancienne chambre.

En fermant les rideaux, elle remarqua que les lumières étaient allumées dans le pavillon des Dobson. C'était donc là que David s'était réfugié. David qui ignorait tout des conséquences de leur unique étreinte.

Sue redescendit l'escalier sans bruit, sortit de la maison et traversa l'avenue d'un pas décidé. Une idée brillante venait de germer dans son cerveau. David n'aurait aucun mal à se laisser convaincre de l'adopter. De toute façon, elle ne lui laisserait pas le choix.

~ 55 ~
Le lieu du crime

Le lendemain matin, de très bonne heure, Colin Thompson, un paisible retraité de Chatton Green, fit une macabre découverte qu'il aurait du mal à oublier.

Il promenait son chien aux alentours de l'église anglicane, quand celui-ci l'entraîna en aboyant vers l'une des pierres tombales du vieux cimetière. L'homme, qui avait fait carrière dans la *Royal Navy* et n'était pourtant pas du genre à se laisser impressionner, poussa un cri d'horreur. Un squelette fluorescent était couché sur la dalle. Sa mâchoire déformée le narguait d'un sourire effrayant. L'ancien sous-officier commença par se demander s'il ne faisait pas l'objet d'une mauvaise plaisanterie. Il se murmurait en ville que des bandes de jeunes se livraient à des beuveries dans les cimetières. En se penchant, il s'aperçut qu'un pied chaussé d'un godillot dépassait de la cape noire qui recouvrait le corps. Si l'homme alcoolisé s'était endormi au cours de la nuit sur cette pierre, il devait être en hypothermie ou pire, mort de froid.

Alors que le retraité s'apprêtait à soulever le tissu pour découvrir un bras et chercher un signe de vie, il vit la flaque de sang que le sol gelé n'avait pas absorbé. Sans perdre son sang-froid, il courut sonner à la porte de l'habitation la plus proche qui se trouvait être le presbytère.

Pendant que l'épouse du révérend appelait la police et préparait le café, tout en veillant sur le chien terrorisé, son mari se laissait conduire vers ce qu'elle nommait déjà, non sans une pointe d'excitation, « le lieu du crime ».

* * *

Peter Bentley savourait tranquillement le petit déjeuner avec son fils quand il reçut un coup de téléphone du sergent Jones.

— On a un cadavre sur les bras, patron, et ça ne va pas vous faire plaisir.

Tout en percevant le reproche qui perçait dans la voix du jeune policier, il se demanda à qui pouvait « faire plaisir » la découverte d'un cadavre.

— À quel endroit ?

— Le cimetière de l'église Saint-Nicholas.

— J'arrive.

Chemin faisant, il songea que s'il n'avait pas eu le réflexe d'interroger son adjoint sur l'identification du corps, c'est qu'instinctivement, il savait déjà de qui il s'agissait. Et non, ça ne lui faisait pas plaisir.

* * *

Alors qu'en bas de la colline, le « lieu du crime » était cerné par un cordon de sécurité dans l'attente de l'arrivée d'une brigade spécialisée en provenance de Lexington, Jackie Barton s'apprêtait à quitter Park Avenue pour son jogging quotidien.

Un gilet en polaire enfilé sur son survêtement rose, elle siffla son coach qui surgit ventre à terre.

— La neige a fondu, mon vieux Charlie, annonça-t-elle en lui flattant l'encolure. On va pouvoir se remettre au boulot.

Le labrador agita frénétiquement la queue. L'inactivité des jours précédents lui pesait. Il avait hâte de reprendre l'entraînement. Slalomant entre les flaques d'eau sale, les coureurs suivirent l'itinéraire habituel. Sur la place du centre, Charlie pila au pied de l'érable effeuillé pour saluer les perruches qui n'en avaient pas décollé depuis leur évasion et étaient devenues l'attraction locale. Les pattes avant appuyées sur le tronc de l'arbre, le labrador ne manquait jamais de s'adresser à elles sur un mode railleur : « Alors les amies, ça vous botte la liberté ? » D'habitude, elles répliquaient avec vigueur non sans créer un tapage de tous les diables, mais cette fois, elles ignorèrent leur libérateur. Leurs petits corps multicolores repliés en boule, il semblait que le froid glacial les avait plongées dans la léthargie. Étonné de ce soudain mutisme, Charlie se demanda si les stupides volatiles regrettaient leur cage douillette. Lui, qui jouissait à la fois de la liberté et de la chaleur du nid, ne pouvait s'imaginer à leur place, évidemment. De dépit, il leva la patte contre le tronc, tandis que sa maîtresse effectuait quelques étirements sous le regard égayé de Rose Fitzgerald qui se tenait sur le seuil de l'agence immobilière.

— Pas chaud ce matin, n'est-ce pas ? fit remarquer Jackie tout en prenant des poses de ballerine.

— Non, mais au moins le soleil brille.

La truffe en l'air, Charlie s'était mis à aboyer frénétiquement. Les deux femmes levèrent le nez vers l'érable à leur tour.

— On dirait des boules de Noël, railla Rose.

— Elles n'ont pas bougé de l'arbre. C'est curieux.

— Où veux-tu qu'elles aillent ?

— Je pensais qu'elles migreraient vers des cieux plus cléments.

Rose éclata de rire.

— Elles ont vécu en captivité jusque-là. Je suppose qu'elles ne possèdent aucun instinct migratoire.

— Ça m'a fait un effet bizarre de voir leur volière vide dans le jardin des Dobson.

Charlie approuva d'un jappement amusé.

— Je ne peux pas m'empêcher de penser à Pat et à ce pauvre Desmond, avoua Jackie. Il ne lui aura pas survécu très longtemps.

Comme Rose ne réagissait pas, elle s'empressa d'ajouter :

— J'ai vu le panneau devant chez eux. David s'est donc décidé à vendre ?

— Oui et il y a déjà une offre sérieuse. Un jeune couple sympathique. Le compromis de vente doit être signé très prochainement.

— Tant mieux. J'ai hâte de les rencontrer.

— Leur installation n'est pas pour tout de suite. Ils vont lancer des travaux de rénovation. Le pavillon en a bien besoin.

Jackie approuva d'un signe de tête.

— Et malgré tout, il s'est vite vendu, constata-t-elle.

— Park Avenue a la cote. Les prix ne cessent de grimper dans le quartier des Avenues. Si tu envisages de vendre ta maison un jour, pense à moi.

Rose accompagna sa proposition d'un clin d'œil.

— J'y penserai, répondit Jackie sur le même ton. Eh bien, ça m'a fait plaisir de bavarder, mais Charlie et moi on doit se remettre au boulot maintenant. On a pas mal de retard sur le programme. Pas vrai, mon vieux chien ?

Rose, qui avait recommencé à fumer, écrasa sa cigarette sous son talon.

— Je ferais bien de m'y remettre moi aussi.

Au même instant, une voiture de police en provenance de la nationale fit le tour de la place, toutes sirènes hurlantes. Les deux femmes la suivirent des yeux et la virent s'arrêter devant l'église.

— Bizarre ! s'exclama Rose.

Jackie se mit à sautiller.

— Je vais aux nouvelles.

Suivie de Charlie, elle s'élança en direction du gyrophare.

~ 56 ~
Jamais plus !

Un attroupement de badauds s'était déjà formé autour du cordon de sécurité. Comme toujours dans ces cas-là, les langues allaient bon train. En découvrant les hommes en combinaison blanche qui s'activaient entre les tombes, les nouveaux arrivants s'informaient auprès des premiers venus. D'aucuns supputaient qu'un film allait se tourner, même si aucune caméra n'était visible. D'autres prétendaient qu'un « vrai » crime avait été commis à l'ombre de la vénérable église, sous le regard de Dieu, ou presque, ce qui le rendait « d'autant plus odieux, n'est-ce pas ? » On avait alors entendu quelqu'un clamer haut et fort que « c'était toujours comme ça avec Dieu qui ne levait jamais le petit doigt pour empêcher les catastrophes et les guerres… » Par chance, ce propos blasphématoire n'était pas parvenu jusqu'aux oreilles de l'épouse du révérend, restée sagement dans sa cuisine à préparer un lot de cookies pour un régiment.

Charlie serré contre ses jambes, Jackie se fraya un passage vers l'avant. Son sang pulsa plus vite quand elle aperçut l'inspecteur Bentley dans son imperméable fatigué, une écharpe rouge nouée à la va-vite autour du cou et des gants chirurgicaux aux mains. Leurs regards se croisèrent furtivement, mais il ne répondit pas au sourire et au bonjour discret qu'elle lui adressa en agitant les doigts.

L'attention du policier, un instant distraite par l'apparition de la belle rousse, revint vers le cadavre dépouillé de son déguisement. Comme il l'avait pressenti, il s'agissait bien de Patrick Beaumont, alias le corbeau, dont tout portait à croire qu'il s'était suicidé en se taillant les veines à l'aide d'un bistouri tombé près du corps.

On avait retrouvé sur lui un passeport qui confirmait son identité, une trousse d'instruments de chirurgie gravée à ses initiales, la photo d'une femme supposée être la sienne, un paquet vide de cigarettes Lucky Strike, un bloc d'ordonnances entamé, un portemine et un petit livre intitulé *Le Corbeau*[19].

Les investigations terminées, les curieux se dispersèrent sans savoir ce qu'il s'était passé, et le corps fut emporté dans une ambulance. Bentley et son adjoint regagnèrent le poste de police à pied. Comme le sergent, d'habitude bavard, se retranchait dans un silence buté, son supérieur, qui n'avait pourtant pas le cœur à plaisanter, ne put s'empêcher de le titiller :

— Votre mine d'enfant boudeur prouve que vous m'en voulez, Jones, n'est-ce pas ?

— Si vous l'aviez arrêté le jour des obsèques de Pat Dobson, Beaumont ne serait pas mort.

— Peut-être pas, mais je vous rappelle que nous ne détenions aucun mandat d'arrestation. Et je suis persuadé qu'il aurait mis fin à ses jours à un moment ou à un autre.

Le sergent écrasa d'un talon rageur un mégot qui achevait de se consumer sur un trottoir.

— Pour quelle raison l'aurait-il fait, s'il n'était pas coupable ainsi que vous le prétendez ?

---

19 Ce long poème d'Edgar Alan Poe, intitulé *The Raven* dans sa version originale (1845) a été traduit en français par Charles Baudelaire.

Bentley brandit la pochette transparente qui contenait l'exemplaire du poème d'Edgar Poe.

— La présence de cet ouvrage sur lui au moment de sa mort suffit à justifier son geste désespéré.

— Jamais lu !

Son chef y perçut un appel déguisé à une explication de texte.

— Eh bien, dans ce long poème fantastique et mythologique, le corbeau symbolise le chagrin du narrateur. Un chagrin causé par la perte de la femme aimée. Un chagrin insurmontable qui conduit le narrateur au désespoir et à la folie. On peut supposer qu'après dix ans d'errance et de solitude, le docteur Beaumont a succombé au poids du chagrin et peut-être du remords. Dans l'œuvre de Poe, l'expression « Jamais plus » est citée onze fois.

Le jeune homme qui l'avait écouté attentivement ne parut pas convaincu.

— Bah, moi je suis un scientifique, la poésie, c'est pas trop ma tasse de thé.

— Il n'est jamais trop tard pour l'apprécier, mon cher Lindsay. Je vous offrirai un exemplaire de ce chef-d'œuvre pour votre anniversaire.

Jones s'autorisa à rire.

— C'était il y a huit jours.

— Raison de plus !

— Et ce « Jamais plus ! », comment vous l'interprétez, patron ?

— Dans le cas de Beaumont, on peut l'interpréter sous des angles différents : la nostalgie, le regret, le remords, le soulagement… Par exemple : jamais plus je ne souffrirai, jamais plus je ne connaîtrai l'amour, jamais plus je n'éprouverai le besoin de me venger d'une injustice… ou encore : jamais plus je ne ferai confiance aux hommes encore moins aux femmes, jamais plus je ne subirai l'injustice, l'opprobre…

Son adjoint leva les mains.

— Ça va, stop ! J'ai pigé. Merci pour la leçon. Moi, en me mettant dans la peau de cet homme, j'ajouterai : jamais plus je ne verrai ma femme et ceux que j'aimais.

Bentley afficha un sourire triste.

— Stop ! J'ai pigé, sergent. Décidément, vous avez la bouderie tenace. Admettons que nous ayons arrêté et gardé à vue, ce pauvre homme, croyez-vous que ça aurait changé son destin ?

— On aurait pu essayer de lui parler, de comprendre, de lui faire entendre raison, bref de le sauver.

— La vie vous apprendra que l'on ne peut pas sauver les gens malgré eux.

Et que même bien entouré, on est toujours seul au monde face aux drames personnels, se retint d'ajouter Peter, persuadé que le jeune policier le prenait déjà pour un vieux con, une opinion qu'il n'était pas loin de partager.

Néanmoins, ébranlé par la franchise de son adjoint, il finit par se convaincre qu'il avait peut-être pêché par lâcheté, orgueil ou paresse en ne cherchant pas à entrer en relation avec le docteur Beaumont le jour des funérailles de Pat Dobson. Faute de pouvoir le sauver – là-dessus, il n'avait aucun doute –, il aurait certainement apprécié leurs échanges sur des sujets comme la littérature ou la philosophie. *Sauf que cela n'était pas arrivé et n'arriverait jamais plus*, songea-t-il avec amertume.

Comme Bentley le craignait, quelques reporters faisaient le pied de grue devant le poste de police pour l'interroger sur l'événement dont les témoins avaient déjà commencé à répandre la rumeur. Un cadavre déguisé en squelette baignant dans une flaque de sang entre deux tombes du vieux cimetière, voilà qui promettait de croustillants gros titres à la une de la presse locale, voire régionale ! Le policier, qui ne se sentait pas d'humeur à communiquer longuement, se contenta de déclarer à la cantonade : « Pour l'instant, je ne peux *rien* vous révéler sur l'identité de la personne décédée ni sur les circonstances de sa mort. »

S'il pensait avoir échappé pour un moment à la curiosité des journalistes, il se trompait. La rédactrice en chef de *La Gazette de Chatton Green* l'attendait de pied ferme à l'intérieur du poste. Bentley ne pouvait pas la renvoyer sans lâcher quelques bribes d'information. Il lui devait bien ça et elle le savait. Tout en regrettant d'avoir auparavant suggéré à son adjoint qu'elle pourrait être utile pour retrouver la trace de Beaumont, il la fit entrer dans son bureau dont il ne ferma pas la porte comme à son habitude.

— Eh bien, Janet, que me vaut l'honneur de votre visite matinale ?

La journaliste éclata d'un rire qui lui fit du bien. Âgée d'une quarantaine d'années, c'était une femme qui, sans être spécialement jolie, ne manquait pas de charme.

— Ne jouez pas les innocents, monsieur l'inspecteur, ça ne vous va pas du tout.

Elle avait le mérite de la franchise, ce qu'il ne jugeait pas déplaisant.

— Que voulez-vous savoir ?

Janet sortit son carnet.

— Tout !

— Hum, c'est déjà beaucoup.

— Vous me devez au moins un petit quelque chose, dit-elle d'une voix charmeuse.

— On va commencer par un café, j'en ai besoin. Pas vous ?

Elle hocha la tête. Lorsqu'ils furent servis, Bentley reprit la parole.

— Parce que c'est vous, Janet, si vous me promettez de ne pas citer votre source et de ne pas dévoiler vos informations avant mon feu vert, je vous accorde cinq minutes pour poser vos questions.

Ce faisant, il estimait ne pas courir de risques, *La Gazette* était un hebdomadaire qui ne paraîtrait que la semaine suivante.

— Marché conclu, déclara-t-elle en chaussant ses lunettes. Première question : y a-t-il un lien entre le cadavre du cimetière et l'affaire Patrick Beaumont ?

— J'admire votre sens de la déduction. Vous feriez une excellente enquêtrice.

La journaliste fronça les sourcils derrière ses montures qui lui donnaient l'air d'une étudiante sérieuse.

— Mais j'en suis une !

— Il fallait comprendre: enquêtrice dans la police, bien entendu.

— Dois-je en déduire que le cadavre est celui de Beaumont ?

Il confirma d'un mouvement de tête.

— Assassiné ou suicidé ?

Pendant qu'il réfléchissait à sa réponse, elle pointa la pochette transparente posée sur le bureau. L'inspecteur avait volontairement oublié de remettre cette pièce à conviction à ses collègues de Lexington. Il leur en restait bien assez pour mener leur investigation dont la conclusion ne faisait aucun doute.

Le sourire en coin de son interlocutrice ne lui échappa pas. Elle pencha la tête pour déchiffrer la tranche du livre.

— *Le Corbeau*, lut-elle à voix haute. Hum, est-ce que je me trompe en supputant qu'il s'agit d'un suicide ?

Bluffé par sa culture et son sens de la déduction, Bentley sourit à son tour.

— Jusqu'à preuve du contraire, vous ne vous trompez pas, ma chère.

— Bien, dit-elle, en retroussant les lèvres. La question que je me pose est pourquoi Beaumont a-t-il attendu dix ans avant de mettre fin à ses jours ?

Bentley écarta les mains en signe d'impuissance.

— Se suicider après une déception amoureuse est un acte impulsif, reprit-elle. Dans son cas, il s'est passé quelque chose, forcément.

— Il est possible que vous alliez chercher trop loin, Janet. Moi, je décèle l'acte d'un homme fatigué et désespéré après des années de galère.

Elle secoua vigoureusement la tête et tapota le rebord du bureau avec son stylo.

— Trop facile ! Pour m'être plongée dans les archives de *La Gazette* après la visite de votre adjoint, je me suis dit qu'à la place de cet homme j'aurais nourri des idées de vengeance à l'égard de celles et de ceux qui ont détruit sa vie et sa réputation. Et pourquoi ne serait-il pas passé à l'acte ? Car après tout, jusqu'à aujourd'hui, sa trace s'est perdue pendant dix ans.

Bentley tenta de ne pas laisser paraître son trouble. Cette redoutable journaliste le déstabilisait. Il avait l'impression qu'elle lisait dans ses pensées.

— Les cinq minutes sont écoulées, je le crains.

Comprenant qu'elle n'obtiendrait rien de plus, Janet rangea carnet, lunettes et stylo.

— Merci pour le café, Peter. Dès que vous pourrez vous exprimer, ne m'oubliez pas. Nous bouclons mercredi soir.

— Je manque rarement à mes promesses.

Elle se leva et lissa sa jupe de sorte à orienter vers ses jambes le regard de l'homme qui lui faisait face.

— De mon côté, je vais poursuivre mon enquête, car j'ai l'intention de publier un dossier sur cet intrigant personnage et faire rebondir cette affaire. Pour commencer, je vais retrouver l'infirmière qui s'est rétractée. Je veux comprendre ce qu'il s'est réellement passé.

— Bon courage, Janet. Autant vous prévenir, ceux qui ont « détruit la réputation et la vie » de Beaumont, comme vous dites, jusqu'à le pousser à vivre dans la rue pendant dix ans et à mettre fin à ses jours, ne vont pas forcément se montrer très coopératifs.

— Ça ne me fait pas peur, répliqua-t-elle en haussant le menton.

Alors que quelques minutes plus tôt, l'homme qui se dissimulait sous sa carapace de policier aurait été tenté de céder aux avances de la quadragénaire célibataire, elle perdit soudain tout attrait. Peter Bentley n'appréciait pas les femmes trop ambitieuses.

Après son départ, il espéra que ses investigations ne la pousseraient pas à enquêter sur le décès de Pat Dobson. Rose Fitzgerald était la seule à savoir que Beaumont, l'avait menacée de mort à travers les billets du corbeau. David, le fils de la défunte, était au courant des menaces et du choc subis par sa mère, mais ne connaissait pas le nom du corbeau. Quant à

Charlotte MacDonald, elle était la seule à avoir vu le squelette tenter d'effrayer sa voisine le soir d'Halloween. La probabilité qu'elle fasse le rapprochement avec le suicidé paraissait faible.

Si l'enquête de Janet la menait dans Park Avenue, elle aurait du mal à assembler les pièces du puzzle. Et quand bien même, elle réussirait, ça lui ferait un joli scoop, mais comme lui, elle buterait sur le manque de preuves. Pat Dobson, de même que son ex-médecin, Patrick Beaumont, avaient chacun de leur côté voulu abréger une vie. Celle de son mari dans le cas de Pat, et celle de Pat elle-même dans le cas de Beaumont. Ils l'avaient payé de leur mort : l'une par arrêt cardiaque et l'autre par suicide. Match nul ! aurait commenté son footballeur de fils.

Peter Bentley n'avait qu'une hâte, refermer ce dossier et ne *jamais plus* entendre parler de l'affaire ni croiser le moindre corbeau d'une espèce ou d'une autre.

~ 57 ~
L'affaire du squelette au godillot

Dès le lendemain, tout Chatton Green bruissait de l'affaire du « squelette au godillot » découvert par le chien d'un ancien officier de marine dans le cimetière de l'église anglicane. Car bien entendu, Colin Thompson s'était empressé de s'épancher sur sa trouvaille sans lésiner sur les détails, quitte à en inventer au passage. C'est ainsi que le cadavre se retrouva avec une main coupée et une mâchoire défoncée, tant qu'on y était !

La photo du corps sous son déguisement, prise au téléobjectif par un petit malin en quête d'argent facile, fit les gros titres de quelques quotidiens nationaux à sensation. En découvrant la une du *Sun* exposée dans la vitrine du marchand de journaux, Rose Fitzgerald reconnut le « godillot » du clochard disparu. De même que l'inspecteur Bentley, elle ressentit de la tristesse et des remords.

Cet événement atténua en grande partie la satisfaction qu'elle éprouva quand David Dobson signa le compromis de vente de la maison sans même chercher à rencontrer les nouveaux propriétaires ni à s'informer de leur identité. Le confortable pactole qu'il allait toucher s'ajouterait à celui que Sue lui avait promis la veille pour financer la mission qu'elle venait de lui attribuer dans le cadre de son association : aller surveiller la ponte des tortues de mer dans une île lointaine du Pacifique dont il n'avait jamais entendu parler. « Un boulot peinard et bien payé », comme il le confia à Rose avec un enthousiasme non dissimulé. La mission, qui devait durer plusieurs mois, serait suivie par d'autres du même genre dans des lieux réputés paradisiaques. Bref, on n'était pas près de le revoir à Chatton Green, un lieu qu'il n'avait jamais porté dans son cœur.

Rose, qui n'était pas dupe de l'intention de Sue, le félicita chaleureusement et lui souhaita bonne chance.

~ 58 ~
Calife à la place du calife

Peter Bentley avait décidé de passer la journée chez lui au prétexte d'un coup de froid attrapé dans le cimetière. Vers midi, sa voisine de palier, qui ne demandait qu'à le chouchouter, lui apporta les journaux et une casserole de soupe maison qu'elle fit réchauffer pendant qu'il découvrait les gros titres de la presse. Malheureusement pour elle, la seule lecture de la une du *Sun* lui coupa l'appétit, tout en lui insufflant un regain d'énergie. Il s'habilla chaudement et prit la direction du poste de police.

Profitant de l'absence inopinée et exceptionnelle du patron, le sergent Jones s'était assis dans son fauteuil pivotant pour s'offrir le plaisir de se sentir calife à la place du calife. En attendant de recevoir les résultats des analyses des objets trouvés sur et à proximité du corps de Beaumont, l'après-midi s'annonçait calme. Le jeune policier pouvait s'accorder quelques instants de détente et rêver à une future promotion.

C'est alors que la silhouette d'une femme vociférant : « J'exige de rencontrer l'inspecteur Bentley ! », se profila dans l'encadrement de la porte. « Lâchez-moi, immédiatement ! », ordonna-t-elle au préposé à l'accueil qui tentait en vain de la retenir dans son élan.

— Inspecteur, je n'ai…

Stupéfait, le policier resta bouche bée en découvrant celui qui était assis à la place du patron. La visiteuse en profita pour se dégager de son emprise et prendre d'assaut l'une des chaises disposées en face du bureau. Elle sortit une lettre de son sac.

— Je dois vous montrer ceci, c'est urgent.

Jones fit signe au planton de disposer.

— L'inspecteur Bentley est absent. Je suis son adjoint. De quoi s'agit-il ?

— De mon mari, Patrick Beaumont. Je suis sa femme.

Le sergent serra les dents. *Il ne manquait plus qu'elle !* se dit-il, atterré.

Bentley fit son apparition au même moment. Jones cligna des paupières en songeant : *Il ne manquait plus que lui !*

Alors qu'il s'attendait à se faire éjecter *manu militari* du siège usurpé, son occupant attitré se contenta de s'asseoir à côté de la visiteuse.

— Continuez, sergent. Faites comme si je n'étais pas là.

Démasqué en face de la dame désemparée, le jeune policier rougit jusqu'à ses oreilles dégagées par la coupe réglementaire. D'un geste automatique, il resserra son nœud de cravate puis croisa les mains sur le bureau encombré d'un fouillis dans lequel une chatte n'aurait pas retrouvé ses petits. Quiconque avait interdiction d'y mettre bon ordre.

— Reprenons calmement, *madame Beaumont*, précisa-t-il à l'intention de son supérieur, vous avez reçu une lettre de votre mari, c'est bien ça ?

Au lieu de se calmer, elle s'écria sur le ton de la colère :

— Après dix ans de silence, *monsieur* a daigné m'écrire pour me prévenir qu'il allait mettre fin à ses jours dans le cimetière de Chatton Green… cette ville maudite.

Jones lança un regard désespéré à Bentley qui demeura impassible. Il comprit que celui-ci le laisserait mener l'entretien sans intervenir, mais sans en perdre une miette. *Que ça vous serve de leçon !* semblait inscrit en toutes lettres entre les rides de son front.

— Puis-je prendre connaissance de cette lettre, madame ? demanda-t-il très poliment à la manière un tantinet suave de son patron.

Alors que quelques minutes plus tôt, l'enveloppe lui brûlait les doigts, la femme de Patrick Beaumont hésitait désormais à s'en séparer. Indécise, elle se tourna vers Bentley qui hocha discrètement la tête. Le sergent tendit la main vers l'enveloppe avant de se raviser à la suite d'un rappel à l'ordre sous forme de raclement de gorge. Dans sa confusion, il avait failli oublier d'enfiler des gants.

La lettre, si on pouvait l'appeler ainsi, consistait en quelques phrases écrites d'une main malhabile sur une ordonnance cette fois intacte. Son origine semblait donc authentique. D'après l'adresse, la veuve de Beaumont vivait à Eastbourne sur la côte sud. Le cachet de la poste portait la date du 20 novembre. Son mari avait dû se renseigner sur les délais de livraison pour que son message soit distribué le jour de sa mort. Et il avait visé juste.

— Me permettez-vous, madame, de la lire à haute voix ?

— Si vous voulez, mais qu'on en finisse vite, répondit-elle sur un ton excédé. J'ai un train à prendre.

Après s'être éclairci la voix, Jones s'exécuta :

— « Ma chère Mag, pardon pour mon trop long silence. Dans quelques jours, tu seras veuve et libre. Je vais me suicider dans le vieux cimetière de Chatton Green. Mon corps ne vaut plus grand-chose, mais on peut le donner à la science. Adieu. Patrick. »

Le sergent reprit son souffle et croisa le regard de l'inspecteur qui aurait fait un excellent joueur de poker.

— Alors, c'est bien lui, le « *squelette au godillot* » cracha-t-elle, en brandissant le journal où figurait l'article dans lequel le nom de Bentley était cité.

Jones hocha la tête. Il s'apprêtait justement à lui annoncer que la police la cherchait pour la prévenir, quand elle éructa :

— Quelle horreur ! M'infliger cette dernière humiliation après avoir disparu pendant dix ans. Je voulais divorcer afin de me remarier, vous comprenez ? Jamais je ne lui pardonnerai sa fuite. Et maintenant cette lettre, sans la moindre explication de son geste. Qu'est-ce qu'il a fabriqué pendant dix ans ? Vous le savez, vous ?

Elle ressemblait à un serpent qui crache son venin. Jones se dit que l'ex-médecin avait été bien mal marié. Par solidarité masculine, il plaignit l'éventuel futur mari. Bentley ne laissait rien paraître, mais devait penser comme lui. C'est lui qui décida de mettre fin à la pénible confrontation en se levant :

— Merci infiniment, madame *Beaumont*, de vous être déplacée jusqu'à nous, nous facilitant ainsi la tâche de vous annoncer la pénible nouvelle du décès de votre *mari.* Si vous souhaitez lui dire adieu, son corps repose à la morgue de l'hôpital de Lexington. Bien entendu, nous vous tiendrons informée de la conclusion de l'enquête.

Elle tressaillit.

— Ça signifie qu'un doute subsiste sur la cause du décès ?

— Tant qu'il subsiste, nous ne pouvons rien affirmer, soupira Bentley qui jubilait intérieurement.

— Bien, j'attendrai. Voici ma carte.

Il fit signe à Jones, qui était toujours ganté, de s'en emparer. Celui-ci la déposa sur un coin libre de la table.

Après avoir raccompagné la visiteuse, l'inspecteur regagna son bureau où son adjoint stationnait en affichant la mine embarrassée d'un gamin pris la main dans le sac.

— « Ne jamais se justifier, ne jamais se plaindre », devise royale que j'ai reprise à mon compte, sergent, et que je vous conseille d'appliquer.

Il se frotta longuement les mains, avant de poursuivre :

— Bien, que pensez-vous de ce rebondissement ?

— La lettre paraît authentique et corrobore l'hypothèse du suicide, cependant…

— Ne craignez pas d'exprimer vos doutes, Jones. Je suis tout ouïe.

— Cependant, cette femme au cœur de pierre pourrait l'avoir forgée afin de maquiller un meurtre qu'elle pourrait avoir commandité pour pouvoir enfin se remarier.

— Taratata ! Vous voyez des meurtres partout, sergent. À croire que vous regardez trop de séries policières. Pour ma part, je garde l'intime conviction que Beaumont a mis fin à ses jours, ce que nos amis de la police scientifique ne vont pas tarder à confirmer.

— Admettons. Dans ce cas, pour reprendre vos mots, patron, j'espère que c'est le « remords » plutôt que le « chagrin » qui explique son geste, parce que franchement, sa femme ne m'a pas paru digne d'un grand désespoir amoureux.

— Vous avez sans doute raison.

— La preuve, le ton de sa lettre n'était pas spécialement chaleureux.

— C’est vrai.

— Il n’empêche que comme elle, j’aurais aimé savoir ce que son mari a « fabriqué » pendant dix ans. Et aussi pourquoi il lui a fallu tout ce temps pour ruminer sa vengeance.

— Notre corbeau gardera toujours sa part de mystère et c’est très bien ainsi.

— Si vous le dites.

— À propos de corbeau, je suis passé chez le bouquiniste hier et par chance, il détenait un exemplaire du poème de Poe en excellent état. Le voici ! Joyeux anniversaire en retard, Lindsay.

— Je suis touché, et je ne sais pas comment vous remercier, patron.

— Vous me devez une pinte, au *Corbeau qui rit*, nous la boirons à la mémoire du docteur Crow.

~ 59 ~
Autant en emporte le vent

Deux jours plus tard, le fait-divers qui avait défrayé la chronique ne suscitait déjà plus grand intérêt, car la police avait confirmé la thèse du suicide. La vie aurait pu reprendre son cours normal dans Park Avenue si, au grand dam de son jardinier, Jackie Barton n'avait pas décidé de sacrifier sa « roseraie » pour y implanter un « potager ornemental ».

Voilà pourquoi Derek Peacock s'acharnait sous le crachin à déterrer des pieds de rosier dont les racines s'accrochaient désespérément au sol qui les nourrissait. Il poussa sur la bêche en pestant intérieurement : *Des années de soins attentifs pour en arriver là !* « Vous les replanterez ailleurs », avait suggéré sa capricieuse cliente. *Comme si les choses étaient si simples !*

Le plant ne bougea pas d'un pouce. Bientôt, à sa place, des haricots à perche s'enrouleraient gracieusement autour d'une pyramide en bambou au pied de laquelle s'épanouiraient des capucines. En s'inspirant de livres de jardinage, Jackie avait dessiné elle-même son potager. Sur le papier, c'était un jardin d'Eden. Son jardinier avait cinq mois pour convertir ce rêve en réalité.

Charlie, qui batifolait dans les parages, vint se jeter contre lui. Couvert de poussière blanche, il secouait frénétiquement la queue.

— Où es-tu allé te fourrer, mon vieux ?

En guise de réponse, le labrador lui fit l'offrande d'un pinceau maculé de peinture sèche.

— Ça va j'ai compris, tu as encore fait une descente sur le chantier des voisins. Faut pas voler, Charlie ! Ta maîtresse serait fâchée. Allez ouste ! Va remettre ça où tu l'as trouvé !

Loin d'obéir, le chapardeur se jeta dans le trou creusé autour du rosier et entreprit de déblayer avec énergie. La terre jaillit derrière lui comme les cendres d'un volcan.

— Tu veux m'aider, c'est ça ?

Autant en emporte le vent, songea le jardinier qui était cinéphile.

La pluie s'était enfin arrêtée. Un timide rayon de soleil perçait la couche nuageuse. Requinqué, Derek empoigna sa bêche. Sa femme avait raison. Il y avait plus à attendre des animaux que des humains.

* * *

Au même moment, sur la rive opposée de Park Avenue, Dorothy Parker s'apprêtait à se séparer de son « grand-amour ». Encouragée par sa fille, dont elle n'avait cependant pas osé solliciter l'aide, de crainte d'essuyer un refus, elle s'était enfin décidée à procéder à la dispersion des cendres de Desmond.

— Où allons-nous ? lui demanda Charlotte MacDonald qu'elle avait embauchée une fois de plus pour lui servir de chauffeur et surtout pour la soutenir dans cette éprouvante démarche.

— Nous allons vers la rivière, répondit Dorothy sans plus de précision.

Charlotte prit la direction du bas de la ville. Sa passagère serrait l'urne contre elle comme si sa vie en dépendait. Regard rivé à la route, la conductrice tâcha d'oublier le perturbant voisinage. Depuis son installation à Chatton Green, elle n'avait pas eu le temps de connaître Desmond Dobson, ni même de l'apercevoir, et d'une certaine façon, elle le regrettait. D'après Dorothy, il avait été un homme estimable. Mais est-on impartial quand on aime à ce point ?

Après une brève éclaircie, la pluie se remit à tomber jusqu'à leur arrivée sur les berges de la rivière d'où s'élevaient des volutes de brume. Durant le court trajet, aucun mot n'avait brisé le silence pesant qui s'était installé dès le départ. Dorothy avait fini par s'assoupir, relâchant son emprise sur l'urne dont Charlotte redoutait de voir le contenu se répandre dans la voiture. Elle se gara sur une aire de stationnement proche d'un sentier de randonnée. À cette heure et en cette saison, les promeneurs ne devaient pas être nombreux. Du moins l'espérait-elle. Elle tapota doucement l'épaule de sa passagère.

— Nous sommes arrivées.

Réveillée en sursaut, Dorothy la dévisagea sans paraître la reconnaître, avant de reporter son attention sur le pare-brise où elle suivit le parcours incertain d'une goutte d'eau jusqu'à sa disparition dans les limbes du capot.

— Rentrons ! ordonna-t-elle brusquement. J'ai changé d'avis.

* * *

Dans le jardin de Jackie Barton, les plants de rosiers déterrés s'alignaient de guingois au milieu d'un champ de boue. Avec un pincement au cœur, elle se remémora le foisonnement de couleurs qu'ils offraient quelques mois plus tôt. Appuyé sur sa bêche, Derek personnifiait le reproche. Seul Charlie, couvert de terre, semblait envisager la situation avec son habituelle insouciance. Jackie tendit un mug de thé fumant à son jardinier.

— Ces vieux rosiers étaient en fin de vie, déclara-t-elle dans une nouvelle et louable tentative de justification que la souveraine n'aurait pas appréciée.

— Où voulez-vous que je les replante ? grommela-t-il. Il leur faut du soleil. C'était le meilleur emplacement pour une roseraie. Je n'en vois pas d'autres.

Cette remarque acerbe la fit soudain douter. Emportée par sa récente passion potagère inspirée par Olivia Hooper, n'avait-elle pas commis une grosse erreur en sacrifiant sa roseraie ?

Le labrador, qui gambadait autour d'eux, se mit soudain à l'arrêt, avant de foncer en direction du jardin voisin.

— Charlie vient de me donner une idée, s'écria-t-elle. On pourrait faire cadeau des rosiers aux futurs voisins.

— Je ne vais tout de même pas m'introduire dans une propriété privée, protesta Derek.

— Pour l'instant, les propriétaires sont absents. Ils ne risquent pas de vous surprendre.

Derek allait répliquer que ça ne changeait rien, quand un aboiement l'en empêcha. Sans la moindre culpabilité, Charlie creusait déjà le premier trou dans une platebande qui deviendrait la future roseraie des nouveaux voisins.

— N'oubliez pas d'amender le sol ! ajouta Jackie le regard brillant. Je me suis laissé dire que les cendres étaient un bon engrais.

* * *

Soulagée par la volte-face de Dorothy, Charlotte remit le contact et fit demi-tour. Il était inutile de discuter. Sa voisine n'était pas prête à se séparer de son « grand amour ».

La décision avait apaisé Dorothy. Elle posa la main sur celle de la conductrice, crispée sur le volant.

— Pardon, ma petite Charlotte. Je vous fais perdre votre temps. Ne m'en veuillez pas, c'est si difficile.

— Je ne vous en veux pas, Dorothy. Je comprends ce que vous ressentez.

— Vous voyez… j'imaginais que de rivière en fleuve, les cendres de Desmond vogueraient jusqu'à la mer. Juste retour des choses pour un officier de marine, n'est-ce pas ?

— Sans doute !

La vieille dame pianotait d'une main sur le couvercle de l'urne.

— Ma fille Susan est enceinte, dit-elle soudain d'un ton enjoué.

Charlotte sauta sur l'occasion. La vie était un sujet de conversation tellement plus agréable que la mort.

— Votre rêve se réalise. Vous allez enfin devenir grand-mère.

— Oui, mais pour moi, c'est trop tard. Je ne verrai pas cet enfant grandir.

— Allons ! À part vos articulations qui vous font souffrir, vous vous portez comme un charme.

— Depuis la disparition de Desmond, j'ai perdu ma raison de vivre.

— Ne dites pas de bêtises, Dorothy, votre fille va avoir besoin de vous.

— Elle n'a jamais eu besoin de moi, se désola-t-elle.

— Cette naissance va vous rapprocher.

— Quelle naissance ?

Charlotte risqua un regard de côté. La tête de sa passagère suivait le mouvement des essuie-glaces. Un sourire béat s'affichait sur ses lèvres fardées de rose.

— Tic-tac, tic-tac.

— Tout va bien, Dorothy ?

— Il faut que j'achète des robes pour ma petite Sue, de nouvelles robes. Elle a tellement grandi ces derniers temps.

Dorothy se tut brusquement et plongea le visage dans sa paume.

— Ça recommence, dit-elle d'une voix pathétique.

— Qu'est-ce qui recommence ?

— Je perds la notion du temps, n'est-ce pas ? Par pitié, n'ayez pas peur de me signaler que je divague.

Elle pleurait maintenant à chaudes larmes.

— Ma fille attend un bébé. Elle s'appelle Susan. Je ne dois pas l'oublier. Susan, ma petite Sue.

Charlotte gara la voiture sur le bas-côté. Elle posa l'urne au pied de sa passagère et la prit dans ses bras.

— Vous êtes sous le coup de grandes émotions, Dorothy, mais tout va s'arranger. Je vous le promets, dit-elle sans trop y croire.

* * *

Quand la Ferrari de Richard Barton, en provenance de l'aéroport de Lexington, s'engagea dans Park Avenue, son jardinier creusait un nouveau trou dans les platebandes laissées à l'abandon du jardin voisin. Si Derek Peacock avait su qu'un jour il transplanterait une roseraie de manière clandestine et avec l'aide efficace d'un labrador nommé Charlie, il ne l'aurait pas cru.

En pénétrant chez lui, le commandant de bord s'étonna de ne pas trouver son chien jouant les carpettes dans le vestibule.

— Charlie ?

Un silence inquiétant régnait dans la maison. Il posa sa mallette.

— Y a-t-il quelqu'un pour accueillir le maître ? cria-t-il en direction de l'escalier.

Le martèlement des mules de Jackie à l'étage le rassura. Il ajusta sa casquette de commandant. L'apparition de sa femme en déshabillé de satin saumon au sommet de l'escalier le fit aussitôt bander comme un âne. Et pourtant, l'avion à peine posé, il venait de s'offrir une partie de jambes en l'air avec sa nouvelle copilote dans le cockpit, entre la sortie des passagers et l'arrivée de l'équipe de nettoyage. Sensation délicieuse qui lui avait rappelé des temps anciens et glorieux avant que ces puritains d'Américains n'inventent le concept de harcèlement sexuel. Le commandant Barton n'avait jamais forcé aucune femme à passer à l'acte. Simplement, elles ne lui résistaient pas.

Jackie entama sa descente d'escalier. Dieu qu'elle était sexy sa petite femme !

— Où est Charlie ? s'inquiéta-t-il cependant, comme si son bonheur domestique ne pouvait être complet sans la présence du labrador aplati à ses pieds, appareil génital exposé au regard critique du maître, pattes pédalant dans le vide, dans l'attente impatiente des tapes amicales et des caresses.

— Ton chien s'est découvert une passion pour le jardinage, répondit Jackie du haut des deux dernières marches.

Ainsi perchée à la même hauteur que lui, elle posa les mains sur les épaulettes, puis toucha la casquette. Dieu qu'il était beau son commandant de bord. Irrésistible !

— Sacré Charlie ! eut-il le temps de s'exclamer avant de sentir des lèvres pulpeuses s'écraser contre les siennes.

Tout en l'embrassant, il la saisit par la taille et la fit descendre de son piédestal. Richard Barton était un homme qui n'aimait pas se sentir dominé.

* * *

Derek Peacock ôta ses lunettes pour les essuyer. Avec ce crachin, il fallait renouveler le geste fréquemment. Quel dur métier que celui de jardinier ! Comment avait-il pu déchoir à ce point ? Maudite Maggie ! John Major, son terne successeur, ne valait guère mieux. Par chance, les prochaines élections allaient enfin balayer les Conservateurs. Si on lui avait dit qu'un jour il voterait travailliste comme il s'apprêtait à le faire, il ne l'aurait pas cru. En attendant, il restait quelques trous à creuser avant d'y replanter des rosiers d'occasion que les nouveaux propriétaires du pavillon des Dobson s'empresseraient probablement d'arracher. Ah les femmes ! Quand elles avaient une idée derrière la tête !

* * *

La Fiesta de Charlotte venait de s'arrêter devant la haie des Parker. Dorothy considéra l'urne à ses pieds.

— Qu'est-ce que je vais en faire maintenant ? Ma fille ne veut pas que je la garde dans ma chambre.

— Mettez-la dans votre jardin, suggéra Charlotte à tout hasard.

— Avec mes chats ?

Un instant illuminé, le regard pervenche s'éteignit aussitôt. La vieille dame se pencha en grimaçant.

— Aidez-moi, Charlotte, s'il vous plaît. Je ne parviens même plus à la soulever. Elle est si lourde.

La Française sortit de la voiture pour se précipiter du côté passager. L'urne pesait plus que son poids de cendres, c'était surprenant. Un court instant, elle hésita à s'en saisir. Dorothy appuyée contre son bras, l'urne dans l'autre, elle la reconduisit chez elle.

— Je crois qu'une bonne tasse de thé nous réconforterait. Qu'en pensez-vous, ma chère enfant ?

— Avec plaisir !

Restée seule dans la véranda, Charlotte posa « Desmond » sur la table basse. Ce vase de style asiatique lui brûlait les doigts. Elle avait l'impression que si elle s'avisait d'en soulever le couvercle, le défunt en jaillirait tel le génie de la lampe d'Aladin. Si de son côté, elle se mettait à délirer, qu'en serait-il de sa vieille voisine ?

Dès que cette dernière revint avec le plateau du thé, il fallut ménager une place sur la table.

— Je viens d'avoir une idée géniale, s'écria Dorothy en affichant son sourire de jeune fille.

* * *

Dans le jardin des Dobson, Derek avait fini de creuser le dernier trou. Par acquit de conscience il les recompta. Il y en avait plus de douze. L'endroit ressemblait à un champ de mines. Son assistant contemplait leur œuvre avec le même air satisfait.

— On a bien bossé tous les deux, n'est-ce pas, Charlie ? Je peux même dire qu'en matière de trous, on est devenus des experts.

En guise d'assentiment, le labrador secoua la queue. Les trous, ça le connaissait, sans parler des tunnels. Creuser un tunnel entre les deux jardins, pourquoi pas ? Bien entendu, l'ouvrage n'aurait aucune utilité, puisqu'à la différence de la Manche, nul obstacle majeur ne séparait les territoires voisins, à part une haie. Ce futur tunnel, dont le projet mûrissait dans sa tête de chien génial, représenterait une pure œuvre d'art. Dans la foulée, on pouvait aussi bien imaginer un réseau souterrain qui transformerait Park Avenue en un gruyère, et même concevoir le projet fou de relier la branche sud à celle du nord.

— Charlie ! Où te planques-tu chien ingrat ? cria la voix de son maître depuis le perron de la chaumière.

Le labrador dressa l'oreille.

— Eh bien, mon pote, je crois qu'on te réclame, annonça le jardinier.

Charlie agita la tête à la manière des chiens mécaniques exposés à l'arrière des voitures, avant de détaler ventre à terre. Creuser ouvrait l'appétit. Et avec le retour du maître de maison, on pouvait espérer que Jackie leur aurait mitonné un de ces plats en cocotte dont elle avait le secret.

Le jardinier avait commencé de replanter les rosiers, quand il vit deux femmes franchir le portillon et le rejoindre. La plus jeune portait un grand vase de porcelaine avec précaution. Elle semblait embarrassée.

— Ah, mon brave, je vois que vous avez préparé le terrain, fit la plus âgée. Ça tombe à pic.

Charlotte adressa à Derek un geste de la main éloquent. Stupéfait, il vit la vieille dame ôter le couvercle et plonger la main dans le vase. Elle en ressortit noire.

— Ce sont des cendres, chuchota Charlotte. Ne vous inquiétez pas.

Dorothy ouvrit la main au-dessus de la première fosse encore vide et ainsi de suite jusqu'à épuisement du contenu. Devant la dernière, elle arracha l'urne des mains de Charlotte et la renversa pour en vider le résidu. Une nuée noire s'échappa en direction de la propriété des Barton. *Autant en emporte le vent*, songea à nouveau le jardinier en tâchant de contenir le fou rire qui le gagnait.

— Repose en paix, Desmond, mon amour, déclama Dorothy. Il était juste que tu reviennes chez toi. Et maintenant, mon brave, vous pouvez remblayer, ajouta-t-elle en se tournant vers Derek.

— C'est que j'ai des rosiers à planter dans ces fosses !

— Des rosiers ? s'étonna Dorothy, il n'y en a jamais eu ici. Pat détestait les roses. D'ailleurs, elle détestait presque toutes les fleurs sauf les pensées et les œillets qui sont les fleurs les plus stupides du monde, n'est-ce pas ?

Derek acquiesça prudemment. Cette vieille paraissait à moitié folle. Mieux valait ne pas la contredire.

— Les cendres sont un bon engrais pour les rosiers, risqua-t-il se souvenant de la recommandation de Jackie.

Dorothy éclata de rire.

— L'homme de ma vie réincarné en rosier ! Le sort vous joue de ces tours ! Je me demande ce que la vieille pie en penserait.

Bah, après tout je m'en moque. Je les verrai fleurir de mes fenêtres. Oui, j'aurai mon cher Desmond sous les yeux chaque jour. Merci, mon brave. Vous me mettez du baume au cœur.

Là-dessus, elle se mit à pleurer à l'abri de sa main noire, transformant son visage ridé en un masque effrayant.

Les femmes sont des êtres versatiles et incompréhensibles qui constituent décidément une espèce à part, songea Derek.

~ 60 ~
Affaire classée

Les conclusions du médecin légiste et les résultats de l'analyse des pièces à conviction tombèrent dès le lendemain. Ils confirmaient que Patrick Beaumont s'était donné la mort au moyen de son bistouri par « exsanguination ». Une méthode décrite par le légiste comme menant à une « mort lente et douloureuse ». L'inspecteur Bentley, qui le savait déjà, ne s'en étonna pas. Le remords et le besoin de se punir suffisaient à justifier ce geste prémédité. Il finissait de lire le rapport quand le planton de service s'encadra à la porte.

— Patron, je sais que vous ne souhaitiez pas être dérangé, mais il y a là trois femmes qui patientent depuis un certain temps, dont l'une est âgée et paraît assez agitée. La plus jeune prétend qu'elle vous connaît.

— Comment est-elle ?

Le regard du policier s'alluma.

— Rouquine et plutôt bien roulée.

Son supérieur sentit une traînée de sueur naître à la base de sa nuque et s'écouler le long de son dos.

— Quel est le motif de leur visite ?

— Eh bien c'est assez confus et leurs motifs sont différents, mais comme elles sont voisines, elles assurent que vous pouvez les recevoir ensemble pour ne pas vous faire perdre de temps.

— Je vois, répondit-il en se frottant nerveusement les mains. Accordez-moi cinq minutes avant de laisser entrer ces dames.

Sans perdre un instant, Bentley ouvrit la porte de son armoire métallique. Un miroir était suspendu à l'intérieur, devant lequel il s'épongea le front avant de se recoiffer. Par chance, il échappait à la calvitie précoce, et s'il tenait de son père, il garderait longtemps une chevelure drue et foncée qui lui permettrait de ne pas trop accuser son âge.

Il avait à peine repris sa place que les visiteuses furent introduites dans la pièce. À part Jackie Barton, qui se tenait en retrait, il reconnut Dorothy Parker qui paraissait très secouée. Elle était soutenue par une femme beaucoup plus jeune, probablement sa fille. Ce trio insolite n'annonçait rien de bon.

Sue aida sa mère à s'asseoir, avant de s'effondrer elle-même sur la deuxième chaise. Réalisant soudain qu'il manquait un siège, le policier fit rouler son fauteuil de bureau jusqu'à Jackie qui l'échangea aimablement avec Dorothy. Les trois femmes enfin installées, il posa une fesse sur le bord de sa table dans une posture dominante que Sue capta d'emblée pour l'avoir pratiquée elle-même dans les situations délicates qui demandaient à être résolues rapidement.

— Eh bien, mesdames, commença-t-il après s'être éclairci la voix, quel bon vent vous amène ?

Sue prit la parole, la première :

— Je n'irai pas par quatre chemins, inspecteur, car je sais que votre temps est compté. J'aurais préféré éviter cette visite, mais ma mère, Dorothy Parker ici présente, a tellement insisté que…

— Venons-en aux faits !

— On a volé l'urne funéraire de mon mari, intervint Dorothy.

— Ma mère perd la tête, affirma Sue à voix basse.

Dorothy, qui n'était pas sourde, la fusilla du regard.

— Cette femme ment. Je dis la vérité.

— Je suis absolument désolé, dit Bentley avec conviction. C'est un fait gravissime. Vous avez bien fait de venir nous en faire part, madame Parker. Mon adjoint va s'occuper de votre cas et soyez assurée que nos services feront diligence pour retrouver le coupable de cet immonde forfait.

Tout en parlant, il avait ouvert la porte du bureau communicant.

— Sergent, venez prendre la déposition de ces dames, je vous prie, et n'omettez aucun détail.

Sue lui adressa un sourire d'infinie reconnaissance tandis que sa mère se calmait aussitôt.

— Pendant ce temps, je vais vous recevoir juste à côté, madame Barton, annonça-t-il à Jackie en désignant le petit bureau de Jones.

Dès qu'ils furent seuls, Jackie déversa sur la table immaculée du sergent le contenu du sac en plastique qu'elle tenait à la main.

— Mon chien a trouvé ça en creusant un trou dans le jardin des Dobson. Je me suis dit que ça pourrait vous intéresser.

Peter Bentley se mordit les lèvres pour ne pas éclater de rire. Un tas d'os terreux s'était éparpillé sur le bureau. Il en saisit un et l'examina attentivement avant de le reposer puis de s'essuyer les mains.

— Vous en pensez quoi ? demanda-t-il.

Jackie se troubla.

— Eh bien je me disais que ça pouvait être les restes d'un cadavre.

— C’est le cas, mais il ne s’agit pas d’un cadavre humain.

La déception s’afficha sur le visage pâle de la belle rousse. L’inspecteur repassa dans son bureau où le pauvre Jones peinait à noter le discours incohérent de Dorothy ponctué des commentaires de sa fille.

— Sergent, veuillez s’il vous plaît identifier les objets déposés sur votre table.

En apercevant les os par la porte ouverte, le jeune policier eut un haut-le-cœur. Drôle de journée décidément ! Suivi de Jackie, il revint au bout d’un instant dans le bureau de son supérieur.

— Il s’agit vraisemblablement des restes du squelette d’un chien, annonça-t-il fièrement.

— Excellent ! commenta son patron en se frottant les mains.

— Fakir, le chien bien-aimé de Desmond ! rugit Dorothy dans un éclair de lucidité. Pat le détestait. Il la soupçonnait de l’avoir empoisonné. Cette femme était un monstre, monsieur, croyez-moi.

— Je vous crois, madame Parker, et je vous remercie d’avoir contribué à élucider ce mystère. Vous voyez, madame Barton, dit-il en se tournant vers Jackie rouge de confusion, le hasard fait bien les choses. Sans la présence providentielle de votre voisine ici même, nous n’aurions pas pu identifier ces restes. Voici un dossier classé ! Si seulement toutes mes enquêtes pouvaient aboutir aussi facilement.

Dorothy se redressa avec la grâce d’une jeune fille, un bon paquet d’années en moins, et son intégrité intellectuelle miraculeusement retrouvée. Elle prit les mains de Bentley entre les siennes.

— Merci infiniment, cher monsieur. Je savais que je pouvais compter sur vous.

— De rien, chère madame. Nous sommes là pour aider nos concitoyens à résoudre leurs problèmes.

Sue lui serra la main à son tour et en profita pour y glisser sa carte.

— Merci de votre compréhension, dit-elle tout bas. Le comportement de ma mère est de plus en plus préoccupant. N'hésitez pas à m'appeler le cas échéant.

— Je n'y manquerai pas. Je suppose que vous envisagez déjà les solutions qui s'imposeront un jour ou l'autre.

Elle hocha la tête.

— Bon courage !

Dans le petit bureau du sergent, Jackie s'était mise à faire le ménage.

Après avoir raccompagné la mère et la fille, Peter s'adossa au chambranle.

— Ne vous donnez pas cette peine, dit-il sur un ton enjoué. Mon collègue va s'en charger.

Jackie inclina la tête à la manière de Lady Di.

— Vous devez me prendre pour une idiote.

— Jamais de la vie ! Sachez que je suis toujours heureux de vous voir.

Les mots lui avaient échappé. Il se mordit les lèvres et joignit les mains.

— Vous croyez que ma voisine disait vrai à propos de ce pauvre Fakir ?

— C'est possible. Les personnes atteintes de démence sénile gardent plus ou moins longtemps la mémoire du passé intacte.

— Dans ce cas, pourquoi ne pas envisager que Desmond ait voulu se venger à son tour de l'assassinat de son chien en tuant sa femme ? suggéra-t-elle faiblement.

Bentley contracta la mâchoire. Il espérait que Janet n'était pas venue fouiner du côté de Park Avenue.

— Vous avez de la suite dans les idées, madame Barton. Mais je vous répète que Pat Dobson a succombé à un arrêt cardiaque.

— De toute façon, ça n'a plus d'importance, n'est-ce pas ?

— Non. Ils sont morts tous les deux. L'affaire est classée.

— Je me fais toujours des idées… Bien, je vais vous laisser travailler, inspecteur. Je suis désolée de vous avoir importuné pour rien.

Cette fois, Bentley se garda de protester.

— Vous féliciterez Charlie de ma part, dit-il en l'aidant à revêtir son manteau. C'est un fin limier. Il serait utile dans la police.

L'éclat de rire de Jackie découvrit ses jolies dents.

— Je ne sais pas ce qui lui passe par la tête en ce moment. Il creuse des trous et des tunnels partout. Une vraie taupe !

Ils avaient atteint la sortie.

— Au revoir, monsieur Bentley. Prenez soin de vous.

Le policier regagna son bureau le cœur battant. Son adjoint l'attendait en jonglant avec les os de Fakir.

— Je ne me doutais pas qu'il fallait en plus jouer les psys quand on était flic, ronchonna-t-il.

— Vous n'avez pas fini d'être étonné, sergent. On sert à tout dans la police : d'infirmier, de toubib, de pompier, d'assistante sociale… C'est ce qui fait le charme du métier. Bien, si on allait la boire, cette pinte que vous me devez ?

Un peu plus tard, alors qu'ils étaient attablés au *Corbeau qui rit*, devant leurs bières, Peter dit, sur le ton de la confidence :

— Cette affaire du corbeau nous a secoués, je crois. Moi, en tout cas.

— Moi aussi, mais grâce à Beaumont, et à vous, patron, je commence à m'intéresser à la poésie. Hier soir, j'ai entamé la lecture du poème de Poe et je n'ai pas pu m'en détacher.

— Tant mieux ! Je vous invite à explorer ses récits fantastiques. Ils devraient vous plaire également.

Lindsay leva sa chope.

— Paix à l'âme du corbeau, lança-t-il dans un élan lyrique qui amusa son supérieur.

Celui-ci l'imita.

— Que son âme repose en paix en attendant que la science rende son corps à sa *chère* épouse.

— Ah ! Ils ont accepté son don.

— Oui, je viens d'être prévenu. Beaumont serait heureux de l'apprendre.

Le jeune policier reposa la chope sans y avoir trempé les lèvres et resta songeur.

— Qu'est-ce qui vous « turlupine » encore, Lindsay ?

— Une sacrée empoisonneuse, cette Pat Dobson, quand on y pense ! Le mari et maintenant le chien ! Pour Fakir, j'aurais aimé connaître le fin mot de l'histoire.

— Pour le mari, on sait à quoi s'en tenir, mais pour le chien, la parole de madame Parker étant sujette à caution, ça restera un mystère. Un de plus ! Cessez de vous tracasser, Lindsay. Je me tue à répéter que l'affaire est classée.

— Espérons que, d'ici Noël, une nouvelle affaire tout aussi tordue ne nous tombe pas sur les bras.

— Puissiez-vous avoir raison ! rétorqua l'inspecteur Bentley avant de déguster sa première gorgée de bière.

~ 62 ~
Épilogue

Comme le redoutait le sergent Jones, une nouvelle affaire allait bientôt ébranler la petite cité alors qu'elle se préparait à célébrer Noël dans la plus pure tradition anglaise.

Elle débuterait par une lettre anonyme glissée nuitamment dans la boîte du poste de police. Quand l'inspecteur Bentley en prendrait connaissance, son intuition lui soufflerait qu'il ne s'agissait pas d'une simple plaisanterie.

Il l'ignorait encore, mais Charlie le labrador lui serait d'une aide précieuse dans son enquête en déterrant un sac recélant d'étranges photos.

* * *

Retrouvez prochainement les héros de cette histoire entourés d'une pléiade de nouveaux personnages dans le tome 2 des *Mystères de Chatton Green* intitulé : *La danse macabre des moutons noirs.*

Remerciements

Je dois mon attrait pour l'Angleterre à la saga intitulée *La Dynastie des Forsyte.*

J'épouserai un Anglais, m'étais-je promis à l'époque de sa diffusion, quand les séries s'appelaient « feuilleton ».

Ironie du destin, c'est à Paris que j'ai fini par rencontrer cet Anglais des confins de l'Écosse qui allait devenir mon mari et me ferait apprécier dans la vie réelle tout ce qui contribue au charme de son île et de ses habitants : la culture, l'humour, les paysages, les coutumes, le thé…

C'est lui qui a inventé le nom de Chatton Green, ma ville imaginaire, mais inspirée (je peux le confier maintenant) de l'une de celles où nous avons vécu avec nos trois fils en bas âge.

Merci, Tim, pour ces années passées ensemble, en Angleterre et ailleurs, qui constituent une inépuisable source de bonheur et d'inspiration.

Merci à celles qui m'accompagnent depuis le début, ou presque, de mon aventure littéraire :

– Virginie, du blog *Les mots de Virginie*, toujours curieuse de lire et de commenter mes manuscrits en avant-première.

– Karine, l'une de mes premières et plus fidèles lectrices, devenue ma correctrice sous le nom *L'Encre de Karine.*

– Lydie, du cabinet *2LI* qui a réalisé les couvertures de mes comédies romantiques et se réjouit de créer celles de la série.

Merci enfin à vous, lectrices et lecteurs, qui me découvrez dans le genre, nouveau pour moi, du cosy mystery, ou qui me connaissez grâce à mes précédents romans. Je serais heureuse que vous continuiez à me suivre dans cette aventure.

Si, comme je l'espère, vous avez aimé cette histoire, n'hésitez pas à me faire part de vos impressions, à les partager autour de vous et à déposer un commentaire sur Amazon, cela m'aiderait beaucoup.

Pour découvrir mon univers de romancière, je vous donne rendez-vous sur ma page Facebook et mon compte Instagram : @marielerougeromanciere

Pour recevoir immédiatement un cadeau-lecture dans votre boîte email et faire partie de mes lecteurs VIP, vous pouvez vous inscrire par ici : https://mailchi.mp/dfab5097f1e5/landing

À très bientôt sur les réseaux sociaux, et/ou dans les festivals et salons du livre.

Marie

La liste de mes autres romans

En autoédition (ebook et broché sur Amazon)

Let's fall in love for Christmas (comédie romantique) 2022
Au risque de me laisser séduire (comédie romantique) 2022
Pataquès amoureux en Patagonie (comédie romantique) 2022
Chéri, occupe-toi du bébé (comédie romantique) 2021
Le jour où j'ai failli ne pas t'aimer (romance de Noël) 2020
La princesse et le duc (comédie romantique) 2020
Mon amant de Russie (romance contemporaine) 2020
Et demain, tout ira bien (comédie romantique) 2019
En solo pour le meilleur et pour le pire (comédie romantique)

Chez Prisma Éditions (en ebook seulement)

Un mariage si simple (romance) 2017
L'héritière comblée (romance) 2017

Chez Harlequin-HQN (en ebook seulement)

Sur la plage m'abandonner (romance) 2015
Le choix de Pénélope (romance) 2014
La valse des sentiments (romance) 2014

Un peu de ma bio

Comme les chats, j'ai traversé plusieurs vies, toutes reliées par le fil rouge de l'écriture. Après une carrière de journaliste dans la presse écrite, le goût des mots et mon insatiable curiosité ont déterminé ma vocation de romancière nourrie de mes rencontres, de mes escapades – du bout de ma rue, au bout du monde – et de tout ce que je peux capter dans l'air du temps.

Ayant souvent vécu à l'étranger avec mon mari et mes trois enfants, je partage aujourd'hui mon temps entre Paris et mon port d'attache breton où je viens régulièrement me poser pour écrire face à la mer, une provision de chocolat noir et un mug de thé exotique à portée de main.

Printed by Amazon Italia Logistica S.r.l.
Torrazza Piemonte (TO), Italy

48683245R00177